KB153549

아홉 명의 목숨

NINE LIVES

NINE LIVES
by Peter Swanson

NINE LIVES

아홉 명의 목숨

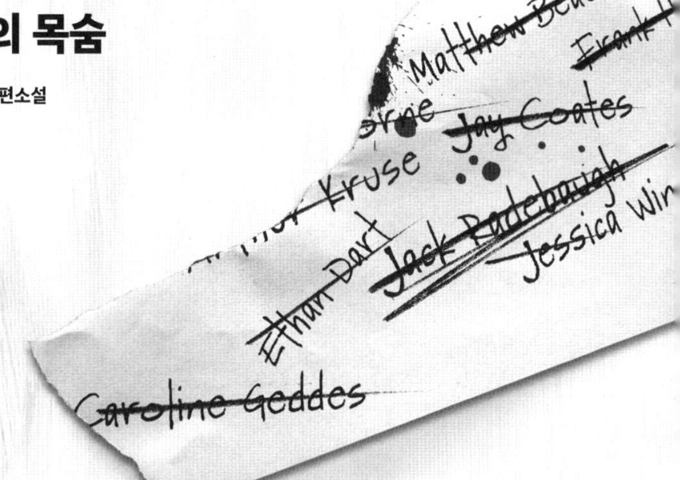

피터 스완슨 장편소설
노진선 옮김

Peter Swanson

문학동네

일러두기

1. 주석은 모두 옮긴이주다.
2. 본문 중 고딕체는 원서에서 이탤릭체로 강조한 부분이다.

존 메릴 스완슨에게

불빛 한 점 없는 칠흑 같은 어둠 속에서
통증으로 몸을 웅크린 사람
—여든셋, 지금이든 나중이든.

연민을 느낄 만한 가치가 있는 사람
—아흔아홉.

필사의 운명을 타고난 사람
—백 중에 백 모두
지금까지 바뀐 적 없는 수치.

비스와바 심보르스카, 「통계에 관한 기고문」

차례

~~아홉 명의 목숨 11~~

감사의 말 391

아홉

Matthew Beaumont

Jay Coates

Ethan Dart

Caroline Geddes

Frank Hopkins

Alison Horne

Arthur Kruse

Jack Radebaugh

Jessica Winslow

1

9월 14일 수요일 오후 5시 13분

미리 못 간다고 알리지 않는 한 조너선 그랜트는 매주 수요일 저녁에 늘 그녀를 찾아갔다. 그의 아내가 수요일마다 가끔은 맨해튼에서, 하지만 주로 뉴저지에서 여자들끼리 만나 놀았기 때문이다. 조너선은 다섯시에 사무실을 나서서 늦어도 다섯시 삼십분에는 그래머시파크에 있는 앨리슨의 방 하나짜리 아파트에 도착했다.

도어맨에게서 조너선이 올라간다는 호출이 왔을 때 앨리슨 혼은 그를 맞이할 준비가 되어 있었다.

앨리슨은 현관문에서 그를 맞이했고, 조너선은 상세르 와인 한 병과 그녀가 가질 수 있을 거라고 생각지도 못했던 불가리 스카프, 그리고 도어맨에게서 건네받은 그날의 우편물을 건네주었다. 앨리슨은 우편물을 훑어보기 시작했지만 조너선은 그녀를 끌고 침실로 갔다. 그가 옷을 벗는 동안 흰색 새틴 로브를 입고 있던 앨리슨은—조너선은 그녀가 로브 차림으로 맞아주는 걸 좋아했다—침대로 들어갔다. 조너선은 칠십대 초반의 남자치고는 꽤 멋져서 숱이 많은 머리를 깔끔하게 손질하고 다녔다. 하지만 가슴과 팔의 근육은 처지기 시작했다. 그는 벌써 발기된 채 침대에 있는 앨리슨 옆으로 들어왔다. 얼룩덜룩하게 상기된 얼굴과 목의 피부는 그가 사무실을 나서자마자 발기부전약을 먹었다는 확실한 신호였다. 가끔은 아파트에 온 직후에 약을 먹기도 했는데, 그런 경우에는 약효가 나타날 때까지 와인을 마셨다.

섹스가 끝나고 조너선이 깜빡 잠든 사이 앨리슨은 그날 들어 두번째로 샤워를 하고, 이따가 저녁을 먹으러 나갈 사람처럼 옷을 차려입었다. 비록 정해진 일정은 없었지만. 그녀는 와인을 따서 한잔 마시고 우편물을 살펴봤다. 홈쇼핑 카탈로그 두 개, 신용카드 청구서, 발송지가 적혀 있지 않은 봉투 하나가 있었다. 호기심에 봉투를 뜯었더니 접힌 종이 한 장이 나왔다. 앨리슨은 종이를 펼치고 거기 적힌 명단을 빤히 들여다보았다.

매슈 보몬트

제이 코츠

이선 다트

캐럴라인 게디스

프랭크 홉킨스

앨리슨 혼

아서 크루즈

잭 래디보

제시카 윈즐로

앨리슨은 미간을 찌푸린 채 종이를 커피테이블에 내려놓고 납작하게 누르며 조너선에게 보여줘야겠다고 마음먹었다. 살갗에 한기가 돌자 이를 떨쳐내려고 팔다리를 흔들었다. 아무 설명 없이 이름만 적힌 명단을 받으니 뭔가 막연하게 위협적인 기분이 들었다. 어쩌면 지금 침실에서 잠든 조너선과 관련이 있을지도 몰랐다. 지금까지 함께 보낸 시간에 비해 그에 대해 아는 것이 별로 없기는 했지만, 그래도 돈 많은 부자라는 사실은 확실히 알았다. 그리고 돈이 많은 사람은 적이 있기 마련이다. 이 명단에서 그녀 말고 조너선이 아는 사람이 또 있을지 궁금했다.

옷을 다 차려입은 조너선이 침실에서 나왔다. 그는 앨리슨에게서 와인잔을 받아들고 그녀가 건네준 종이를 들여다봤다.
"이 명단에 대해서 아는 거 있어요?" 그녀가 물었다.

조너선은 고개를 저었다. "이게 뭔데?"

"아까 당신이 건네준 우편물에 들어 있었어요."

"이게 다야?"

"네. 이상하죠?"

"이상하네."

조너선은 명단을 다시 앨리슨에게 건넸다. 앨리슨이 물었다.

"우리 저녁 먹으러 나가요?"

"약속이 없으면 그랬을 텐데, 업타운에서 헤지펀드 매니저들과 저녁 먹기로 했어. 미안해, 앨."

앨리슨은 어깨를 으쓱였다. 일 년 반 전, 그들의 관계가 막 시작됐을 때는 조너선이 이런 식으로 가버리면 앨리슨은 난리를 쳤다. 그를 기분좋게 해주려고 일부러 그랬다. 하지만 어느 순간 조너선에게는 그런 식의 애정 확인이 필요치 않음을 깨달았다. 이 관계에서 조너선이 원하는 건 섹스와 말동무였고, 그녀가 원하는 건 돈이었다. 그리고 아마 섹스도 포함되리라. 조너선은 떠나기 전에 기념일 선물이라면서 선불카드를 주었다. 혹시라도 불가리 스카프가 마음에 들지 않을 경우에 대비해서.

"여기 얼마나 들어 있어요?" 앨리슨이 물었다. 역시나 관계 초기였다면 절대 하지 않았을 질문이었다.

"알면 깜짝 놀랄걸. 그래도 새 차는 뽑지 마."

그가 떠난 후에 앨리슨 혼은 단짝 친구 더그에게 전화해 저녁 식사를 함께할 수 있는지 물었다. 자기가 사겠다면서.

2

9월 15일 목요일 오전 10시 5분

그 편지는 그날 아침 아서 크루즈에게 배달된 우편물 중에서 가장 그의 관심을 끌었다. 그는 물리치료를 마치고 집에 막 돌아온 터였다.

아서는 별다른 기대 없이 봉투를 뜯었다가 자신의 이름이 포함된 짧은 명단을 보고 깜짝 놀랐다. 명단에 적힌 이름은 다 모르는 사람들이었다.

노샘프턴에 있는 쿨리 디킨슨 병원에서 종양전문 간호사로 일하는 아서는 세 시간 후에 교대근무를 하러 가야 했다. 그는 얼마 전부터 윌리엄 맨체스터가 쓴 『불로만 밝혀지는 세상』을 읽기 시작했다. 지난여름에 바버라 터크먼의 『동떨어진 거울』을 읽은 후로 중세시대에 계속 머물러 있고 싶었기 때문이다. 거의 일 년 전, 교통사고로 남편 리처드와 코커스패니얼 반려

견 미스티가 죽고 아서의 왼쪽 다리가 기능을 대부분 상실한 후로 중세시대의 삶과 그 끝없는 고통, 신에 대한 탐구만이 마음을 달래주는 유일한 약이 되었다. 사고 이후로 벌써 꼬박 일 년이 지났다는 사실이 믿기지 않았다. 아서의 가장 친한 친구이자 동네 목사인 조앤은 그가 어느 정도 다시 정상으로 돌아왔다는 느낌이 들고, 일상으로 복귀하고, 행복을 느끼려면 적어도 이 년은 걸릴 거라고 했지만, 아서는 과연 그게 가능할까 의문이었다. 끝없이 길게만 느껴졌던 지난 일 년이 영원히 반복될 듯했기 때문이다. 아무것도 도움이 되지 않았다. 아니, 꼭 그렇지는 않았다. 중세 역사는 도움이 되었다. 아서는 조심조심 독서용 의자에 앉아 『불로만 밝혀지는 세상』의 읽다 만 부분을 펼쳐 들었다. 『동떨어진 거울』만큼 훌륭한 작품은 아니었다. 두 페이지를 읽고 까무룩 잠들었다가 교대근무 한 시간 전에 잠에서 깼다.

낮잠을 자고 나면 늘 다리 상태가 최악이어서 아서는 다리를 절뚝거리며 주방으로 갔다. 차를 마시려고 주전자를 올려놓았고, 물이 끓기를 기다리는 동안 싱크대 너머 창문으로 바깥을 내다보았다. 그가 레이너드라고 이름 붙인 여우가 뜰 가장자리를 재빨리 돌아가는 모습이 얼핏 보였다. 여우는 쏜살같이 달아났고, 숲으로 들어가기 직전에 고개를 돌렸는데 입에 무언가—아마도 작은 설치류—를 물고 있는 듯했다. 그걸 본 아서는 순간적으로 형언할 수 없는 행복을 느꼈다. 지난번에 레이너드를 봤을 때는 너무 마르고 털도 거친 것 같아 걱정하던 차였다.

날씨가 흐렸고, 시냇가의 버드나무는 이제 막 노란빛을 띠기 시작했다. 아서는 컴퓨터 앞에 앉아 차를 마시며 우편으로 받은 명단을 생각했다. 대체 무슨 명단일까? 자동으로 발송된 이상한 우편물일 것이다. 미국 한복판 어딘가에 있는 컴퓨터가 고장 나서 아무 이름이나 무작위로 골라 발송했을 수 있다. 리처드가 세상을 떠난 뒤로 아서는 여러 자선단체에 소액 기부를 해왔고, 약 백 군데 단체의 우편물 수신자 명단에 이름을 올렸으니 아마도 '호구 기부자'로 분류되었으리라. 상관없었다. 그렇게 나쁜 일도 아니었고, 사실 아서는 편지를 받는 일이 몹시 기다려졌다. 어릴 때는 그저 우편물을 받는 게 좋아서 홈쇼핑 카탈로그를 신청하기도 했다. 그 사실을 안 아버지가 신청을 취소하기는 했지만.

아서는 차를 다 마신 뒤 조앤에게 일요일에 교회의 꽃 장식을 할 수 있다는 답메일을 보내고 출근 준비를 했다.

3

9월 15일 목요일 오전 11시

이선 다트는 아파트 문틈으로 우편물이 툭 떨어지는 소리를 들었다. 정체 모를 봉투가 눈에 들어오자마자 이선은 에이전트에게서 온 답장이기를 바라며 얼른 뜯어보았다. 최근에 유례없이 왕성하게 작곡을 한 터라 작곡가를 관리하는 열두 곳의 에이전시에 데모 테이프를 보냈다. 무모한 짓임을 알았지만 밑져야 본전이라고 생각했다. 봉투(뉴욕시라는 소인을 보니 기대가 되었다) 안에는 달랑 종이 한 장만 들어 있었는데, 그를 포함해 모두 아홉 명의 이름이 적힌 명단이었다. 혹시 실수로 발송된 게 아닐까 싶었다. 왜냐하면 그도 데모 테이프를 보낼 짧은 에이전시 명단을 만들었기 때문이다.

이선은 명단과 머그잔에 든 커피를 들고 침실로 돌아가 노트북을 켰다. 명단 맨 위에 있는 이름인 매슈 보몬트를 입력한 뒤 검색 결과를 좁히려고 '작곡가'를 함께 입력했다. 아무것도 나오지 않았다. 적어도 매슈 보몬트가 그와 마찬가지로 에이전시를 구하는 작곡가라고 말해주는 결과는 없었다. 이선은 다른 이름들로 몇 번 더 검색해보다가 흥미를 잃었다. 다른 작곡가나 뮤지션의 명단이 아닌 건 확실했다. 그래도 여기에서 영감을 얻어 '라스트 온 유어 리스트' 같은 후렴구가 들어가는 노래가 떠올랐다. 이선은 연필을 집어들고 명단이 적힌 종이를 뒤집은 뒤 컨트리송 가사를 적기 시작했다. 명단list은 운율을 맞추기 좋으면서도 은근히 까다로운 단어였다. 고를 수 있는 단어가 많지만 전부 다 식상했기 때문이다. 이를테면 그립다missed, 키스하다kissed, 우기다insist처럼. 그래도 가사를 세 줄이나 썼고 심지어 머릿속에서 멜로디까지 들렸다. 이선은 잔에 커피를 더 따르고 기타를 가져왔다. 그날의 첫 대마초를 피운 다음 곧 작업을 시작했다.

그후로 명단을 까맣게 잊고 있었는데, 그날 저녁 오스틴 6번가에 있는 술집 카지노 엘 카미노에 앉아 있을 때 다시 떠올랐다. 한 시간 동안 같이 있었던 해나 샤펜버그에게 들려줄 기발한 이야기를 찾던 차였다.

"오늘 우편으로 명단 하나를 받았어. 전혀 모르는 사람 여덟 명의 이름과 내 이름이 적혀 있더라고."

"무슨 말이야?"

이선은 방금 딴 론스타 맥주병에서 부글부글 올라오는 거품을 한 모금 마셨다. "말한 대로야. 내 앞으로 편지 한 통이 왔는데, 그 안에 아홉 명의 이름이 알파벳 순서대로 적힌 종이가 있었어. 나도 그중 하나였고."

"타자로 친 거야?"

"아니. 타자는 아니지만 손으로 쓰지도 않았어. 컴퓨터에서 출력한 거야."

"희한하네."

"그렇지? 다행인 건, 덕분에 곡 하나가 나왔어. '라스트 온 유어 리스트.' 한 시간 만에 다 썼어. 에릭 처치 노래랑 비슷한 분위기야."

약사이자 텍사스 롱혼스 풋볼팀의 광팬인 해나는 작곡에 대한 이선의 꿈과 희망에 별 관심이 없는 터라 그의 노래 이야기가 나오자 눈이 게슴츠레해졌다. 이선은 해나와 자신이 마실 조지 디켈을 한 잔씩 산 다음, 그녀를 설득해 집까지 데려다주었다. 해나와 함께 사는 애슐리가 댈러스에 있는 부모님을 만나러 가고 없었기 때문에 해나는 이선을 집안에 들였다. 둘은 대마초를 피우고 영화 〈로열 테넌바움〉을 절반쯤 보다가 침대 겸 소파에서 섹스를 했다.

"우리 이러면 안 돼." 알몸에 낡은 소프트볼 셔츠만 걸친 채 욕실에서 나오며 해나가 말했다.

"왜?"

"넌 애슐리와 사귀는 사이니까. 난 애슐리와 함께 살고."

"아직 정식으로 사귀는 단계는 아니야. 적어도 애슐리가 나한테 그렇게 말했어."

“그래도 난 애슐리랑 함께 살아. 만약 애슐리가 우리 일을 알게 되면 함께 살기가 아주 어색해질 거라고.”

“난 애슐리보다 널 더 좋아하는 거 같아.”

“그건 중요하지 않아.”

“나한테는 중요해.”

“내 말 믿어. 너한테 중요한 게 다른 사람에게는 전혀 중요치 않아. 그 나이 먹도록 그것도 모르다니.”

이선은 치즈 오믈렛을 이인분 만들어 주방의 포마이카 식탁에서 해나와 함께 먹은 뒤에 오늘밤 자고 가게 해달라고 해나를 꼬드겼다. 둘이 해나의 침대에서—사실상 바닥에 놓인 매트리스였지만—잠깐 키스하며 서로 애무하는데 해나가 졸피뎀 효과가 나타난다며 그만 자야겠다고 돌아누웠다. 이선은 여전히 그녀의 한쪽 골반에 손을 올린 채 그날 하루를 생각했다. 그에게 중요한 것이 다른 사람에게는 전혀 중요하지 않다는 해나의 말은 일리가 있지 않을까? 그 말로 그의 삶에서 많은 부분이 설명될 것이다.

잠들기 전에 이선은 우편으로 받은 명단을 다시 한번 생각했다. 명단의 이름을 일곱 개까지 나열했는데—그는 거의 사진으로 찍은 듯한 기억력을 가졌다—마지막 이름이 도통 떠오르지 않았다. 아마도 끝까지 제대로 보지 않은 탓이리라. 그다음에는 새로 작곡한 노래의 가사를 암송하다가 쓰레기라는 결론을 내리고 잠들었다.

4

9월 15일 목요일 오후 1시 44분

이선 다트가 기억하지 못한 이름은 제시카 윈즐로였다. 그녀 역시 목요일에 FBI 올버니 지부에서 특수 요원 윈즐로 앞으로 배달된 편지를 받았다. 봉투 오른쪽 모서리에 영원 우표* 하나가 붙어 있었고, 소인으로 보아 이틀 전 뉴욕시에서 보냈다.

그녀에게 사무실로 편지가 오는 경우는 매우 드물었다. 특히나 이렇게 수수께끼 같은 편지는. 그저 이름만 나열된 명단이었다. 제시카는 본능적으로 편지 맨 가장자리를 잡아 책상에 조심스럽게 내려놓고는 직속 상사 에런 벌린에게 전화해 잠시 사무실로 와달라고 부탁했다.

* Forever stamp. 액면가가 적혀 있지 않으며, 구입 시기 및 요금 변동과 상관없이 언제든 쓸 수 있는 우표.

"아는 이름 있어?" 오 분 뒤 제시카의 어깨 너머로 편지를 들여다보며 에런이 물었다.

제시카는 이미 이 명단을 여러 번 읽었는데도 다시 한번 말없이 읽어내려갔다.

"익숙한 이름은 아서 크루즈Kruse뿐이에요. 아는 사람이라서가 아니고, 예전에 아빠가 아트 크루즈라는 친구분 이야기를 하곤 했거든요. 제 착각일 수도 있지만. 전 늘 크루즈의 철자가 Cruise일 거라고 생각했어요, 톰 크루즈처럼요."

"만난 적은 없고?"

"없어요. 그냥 아빠한테 듣기만 했죠. 누가 호숫가 별장이나 호숫가에 산다는 이야기만 하면 아빠는 늘 '대학 때 아트 크루즈의 호숫가 별장에서 여름을 보냈지'라고 말했어요. 우리 가족은 그걸로 아빠를 놀리곤 했는데, 그래서 그 이름을 기억하는 거 같아요."

"특이한 이름이긴 해."

"크루즈가요? 전혀요. 독일인에게는 흔한 이름이에요. 아까 구글에서 검색해보니까 몇 명 나왔는데 전부 독일인이었어요. 독일 출신의 독일인이요."

"흠."

제시카는 의자를 빙그르 돌려 에런을 올려다봤다. 이 각도에서 그를 보는 것은 처음이었는데, 콧구멍에 검은 코털이 수북했다.

"어떻게 생각해요?" 그녀가 물었다.

에런은 어깨를 으쓱였다. "원한다면 분석을 의뢰해. 별거 아닐 수 있어. 어딘가에서 컴퓨터 결함으로 스팸을 발송했을 수도 있지."

"그럴지도요."

에런이 떠나자 제시카는 봉투와 편지를 각각 별도의 비닐봉지에 넣어 외부 발송용 서류함에 넣었다. 그러고는 다음주에 법정에서 증언하기로 되어 있는 윌리엄 브런디 살인사건 조서를 다시 읽기 시작했다. 재판에 가기 전에 검사에게 합의가 이루어질 거라는 소식이 오기를 기다렸으나, 이제는 그럴 기미가 없어 보였다. 윌리엄 브런디는 뉴욕주 스타크의 순찰 경관으로, 가택에 침입한 강도의 소행처럼 꾸며서 전처를 살해했다. 혈흔이 묻은 증거품과 범죄 현장 사진이 FBI 사무실로 전달되었고, 제시카가 담당 수사관으로 지명되었다. 법정에서 증언하는 건 딱히 싫지 않았지만 브런디의 변호사가 문제였다. 엘리엇 스켄더리언이라는 그 머저리는 늘 어떻게든 제시카의 심기를 건드렸다. 만약 그녀에게 다트판이 있었다면 과녁에 스켄더리언의 얼굴 사진을 붙여놓았을 것이다.

다섯시가 조금 넘어 사무실을 나서기 전에 제시카는 수수께끼 같은 명단을 다시 한번 읽어본 뒤 휴대전화 노트 앱에 옮겨 적었다. 어쩌면 오늘밤에 밀린 〈굿 와이프〉를 보면서 이 이름들을 좀 더 검색해볼 수도 있으리라. 그녀와 이들 사이에 연결고리가 있다면 찾아낼 것이다. 인터넷은 비밀을 알려주길 좋아하니까.

퇴근 후에 들른 술집에서 에런 벌린을 보고 놀라지는 않았지만, 그가 혼자가 아니라는 데엔 놀랐다. 에런은 곧 전근할 예정인 특수 요원 로저 존슨과 함께 칸막이 좌석에 앉아 있었다. 술집에 들어오는 그녀를 본 로저가 합석을 권했다.

“전 그냥 바에서 앤서니랑 얘기하면서 먹을게요. 어쨌든 말씀은 감사합니다.”

제시카가 푹신한 가죽 스툴에 올라앉았을 때 바텐더 앤서니는 이미 피노누아 한 잔을 따라놓은 채 그녀를 기다리고 있었다. 동료들을 피해 바에서 혼자 저녁을 먹는 게 안 좋아 보이지 않을까 잠깐 생각하다가 그냥 떨쳐버렸다. 어차피 존슨은 스키넥터디 지부로 전근할 예정이고 에런은, 음, 엿이나 먹으라지.

제시카는 와인을 천천히 마시며 〈타임스〉에 실린 십자말풀이를 풀었고, 앤서니도 바쁘지 않을 때는 그녀를 거들었다. 제시카는 피노누아를 한 잔 더 시키면서 샐러드를 곁들인 푸타네스카 펜네 파스타 반 접시도 주문했다. 하나의 답만 확신하지 못한 상태로 십자말풀이를 다 푼 뒤에 신문을 접어 가방에 넣고는 계산하고 나갈 준비를 했다.

“벨베데레 두 잔 부탁해, 앤서니. 온더록스로.” 에런이 그녀의 옆 스툴에 앉으며 말했다.

“아, 사양할게요, 에런. 집에 가려던 참이었어요.” 제시카는 에런의 어깨 너머로 술집에서 나가는 로저를 보았다.

“딱 한 잔만 마시고 가, 제스. 부탁이야.”

그녀는 그러기로 했고, 놀랍게도 에런은 요즘 어떻게 지내냐며 몇 가지 질문을 던졌다. 그러다 역시나 그가 가장 좋아하는 화제로 돌아갔다. 둘의 불륜과 그 관계가 왜 끝났는지.

"선배는 유부남이잖아요." 제시카가 말했다.

"법적으로만 그렇지 현실은 아니야. 아내도 바람을 피운다고. 틀림없어."

"그건 중요하지 않아요."

"그럼 뭐가 중요한데?"

"솔직히 내가 연애를 하고 싶은지도 잘 모르겠지만, 만약 정말로 하고 싶다면 나랑 나이가 비슷하고, 딸린 처자식도 없고, 직장 동료도 아니고, 나르시시스트도 아닌 사람하고……"

"듣기만 해도 재수없는 남자네."

제시카는 빙그레 웃었다. 에런을 싫어하게 된 이유 중 하나가 이런 농담 때문이었는데도. 둘이 처음 사귀기 시작했을 때는 서로 꽤 뜨거웠다. 에런은 약간 머저리였지만—제시카는 처음부터 알고 있었다—자신의 일을 진지하게 받아들이고 공감 능력도 있어서, 처음 일주일 동안은 이러다 사랑에 빠질지도 모르겠다고 생각했다. 제시카는 살짝 무감각해진 입술로 보드카를 홀짝거렸다. 한 잔 더 마시겠다고 한 것이 실수였음을 그녀도 알았다. 그래서 화제를 바꾸기로 했다. "내가 받은 명단에 정말 이상한 점이 없다고 생각해요?"

에런은 말없이 앤서니에게 두 잔 더 달라는 눈짓을 보내고 있었다. "뭐? 그 명단? 그게 신경쓰였어?"

"신경쓰이지는 않았어요. 그냥 관심이 갔죠. 특이하잖아요."

"그건 그래. 원한다면 릭에게 데이터베이스에 그 이름들이 있는지 확인해보라고 할게. 아마 사람들 간에 연관성이 있을 거야. 어쩌면 포트마이어스 해변에 있는 콘도의 사흘 무료 숙박권에 당첨된 사람들 명단일 수도 있지."

"그럴 수도 있죠. 그냥 대량 발송 시스템에 결함이 생긴 걸 수도 있고요."

그들 앞에 보드카 두 잔이 더 놓였다. 제시카는 보드카잔을 응시했다. 이걸 마시느냐 안 마시느냐에 따라 오늘밤 숙면을 취하느냐, 아니면 에런과 함께 침대로 가느냐가 결정되었다.

그녀는 스툴에서 내려와 코트를 입었다. "미안해요, 에런. 오늘은 일찍 자야겠어요."

에런은 입을 꾹 다물었지만 "알았어, 조만간 점심 먹을까?"라고 물었다.

"좋죠."

앤서니가 제시카를 힐끗 보았는데, 그녀가 생각하기에는 약간 잘했다고 응원하는 듯한 눈빛이었다. 비록 입 밖에 낸 적은 없어도 앤서니는 에런을 별로 좋아하지 않았다. "벌써 가려고요?" 앤서니가 한쪽 입꼬리만 올라간 미소를 지으며 물었다.

"네, 다시 한번 고마워요. 마리아에게 펜네 파스타가 정말 맛있었다고 전해줘요."

앤서니가 그녀 몫으로 시킨 보드카를 다시 가져가려고 손을 뻗자 에런이 막았다. "그럴 거 없어, 티. 내가 다 마실 거야." 제시카가 목에 스카프를 두르는 동안 에런은 그녀의 보드카를 자신의 잔에 부었다. 제시카는 마음이 바뀌기 전에 돌아서서 자리를 떴다. 오늘은 정말 일찍 자야 했다.

5

9월 15일 목요일 오후 2시

목요일은 캐럴라인 게디스가 근무하는 날이었다. 하지만 찾아오는 학생이 적었기 때문에 그녀는 이 두 시간을 조용한 글쓰기 시간으로 삼았다. 그날은 찾아온 학생이 딱 한 명뿐이었다. 일레인 청이라는 여학생이 미리 연락도 없이 불쑥 찾아왔다. 반면 사전에 약속한 두 학생은 오지 않았다. 캐럴라인은 교편을 잡은 지 올해로 십이 년이 된 터라 이메일이 생기면서 사제간의 관계가 어떻게 변했는지 잘 알았다. 요즘 학생들은 직접 말하면 될 일도 뭐든 이메일을 통해 혹은 수강생이 많은 수업을 위해 그녀가 설정해둔 사이트인 위키를 통해 말했다. 마감 시한이 지난 과제물, 변명, 심지어 더 좋은 성적을 받으려는 아부까지도 전부 이메일로 보냈다. 작년에 그녀의 수업을 들었던 한 남학생은 성적인 제안을 하기도 했다. 지난 이십 년 동안 텍스트 분석을 해왔음에도 캐럴라인은 그 남학생의 글이 무슨 뜻인지 아직도 정확히 몰랐다. '선생님이 제 개인 교사였으면 좋았을 텐데, 무슨 말인지 알죠? jk.' 한나절이 지난 후에야 캐럴라인은 jk가 '농담이에요just kidding'의 줄임말임을 깨달았다.

일레인은 눈물을 글썽거리면서 이번 학기의 두번째 수업에 지각한 이유는 알람 시계가 고장났기 때문이며 그래서 쪽지 시험을 못 봤다고 설명했다. "그걸 보충할 수 없다는 건 불공평해요." 일레인이 또다시 말했다.

"그냥 쪽지 시험이었어. 네 최종 성적에서 극히 일부분만 차지할 거야."

"전 이 수업에서 A를 받아야 해요."

"그럼 이렇게 하자, 일레인. 지금 이 자리에서 새로운 쪽지 시험을 내줄게."

캐럴라인은 노트에서 종이 한 장을 뜯어내 재빨리 워즈워스의 시에 관한 새로운 문제 세 개를 적었다. 오늘 아침 수업에서 다룬 시는 아니지만 예전에 숙제로 내준 적이 있었다. 캐럴라인은 종이를 일레인 쪽으로 밀며 십 분을 주겠다고 말했다.

"이건 쪽지 시험과 다른 문제잖아요." 흠잡을 데 없이 매끈한 일레인의 이마에 주름 두 개가 또렷이 새겨졌다.

"응. 새로운 쪽지 시험이야."

캐럴라인은 책을 꺼내 읽는 척하면서 일레인을 지켜보았다. 일레인은 아랫입술을 깨물었는데 어찌나 세게 물었는지 살짝 자국까지 남았다. "연도까지 외워야 하는지 몰랐어요."

"그냥 최선을 다하렴. 영점보다는 낫잖니."

일레인은 종이 위로 몸을 웅크리고 답을 휘갈겨쓰다가 캐럴라인이 시간 다 됐다고 말하기 직전에 시험지를 캐럴라인 쪽으로 밀었다. "전 여전히 불공평하다고 생각해요." 일레인이 말했지만, 캐럴라인이 잘 들을 수 없을 정도로 작은 소리였다.

"다음주 수업에서 보자." 캐럴라인이 말했고, 일레인은 벌써 휴대전화를 꺼내든 채 씩씩거리며 자리를 떴다. 누군가에게 영문학 교수가 너무 못됐다는 문자를 보내나보다고 캐럴라인은 생각했다. 상관없었다. 근무시간이 아직 이십 분 남아서 메일함을 훑어보았다. 급히 답장해야 할 메일은 없어서 이 주 전에 데이비드 라투어에게 받은 메일을 열어보았다. 지난여름 캐럴라인이 토론토에서 열린 학술 이론 대회에서 시인이자 극작가 조애나 베일리에 관해 강연했을 때 만난 맥길대학 교수였다.

메일에서 라투어는 그녀의 강의가 무척 재미있었고, 그녀가 좋아할 것 같은 시를 공유하고 싶다고 했다. 바로 루이스 맥니스의 「늑대들」이라는 시였다. '나는 이제 성찰하고 싶지 않다'라는 시의 첫 구절이 처음 읽은 뒤로 그녀의 머릿속에 계속 맴돌았다. 캐럴라인은 그 시를 다시 읽었고, 하마터면 데이비드에게 시가 너무 좋다는 메일을 또 쓸 뻔했지만 참았다. 한 번 쓴 걸로 충분했다. 또한 나중에 그를 다시 만나 직접 말할 날이 올지도 모른다고 생각하는 걸로 충분했다.

근무시간이 끝나자 캐럴라인은 캠퍼스를 가로질러 주차해둔 프리우스를 타고 앤아버의 워터힐에 있는 방 두 개짜리 작은 집으로 향했다. 모험심이 강한 고양이 페이블을 종일 밖에 방치해 둔 터라, 집에 도착했을 때 현관 포치에서 그녀를 기다리고 있는 페이블을 보고 안도했다. 또한 페이블이 새를 잡아 죽여서 현관 매트에 놓아두지 않은 데도 안도했다. 페이블은 그녀를 따라 집으로 들어오더니 잿빛 귀를 뒤로 젖히고 주방에 있는 사료 그릇을 향해 쏜살같이 달려갔다. 캐럴라인이 키우는 또다른 고양이 에스트렐라가 식탁으로 폴짝 뛰어올라 그녀를 맞이했다. 수줍음이 많은 에스트렐라는 줄무늬가 있는 오렌지색 고양이였다. 캐럴라인은 우편물을 뒤적거리다가 흰 봉투 하나를 끄집어냈다. 봉투에 붙은 라벨에 쿠리어 글꼴로 그녀의 집 주소가 인쇄되어 있었다. 오른쪽 모서리에는 성조기가 그려진 영원 우표가 붙어 있었다. 발신인 주소는 없었다.

왠지 모르게 아는 사람이 보낸 편지 같았다. 그럴 만한 요소가 전혀 없었는데도. 캐럴라인은 소비세 고지서와 비영리 동물 복지 단체에서 온 후원 요청 편지—펫스마트*에서 그녀의 주소를 어딘가의 메일링 리스트에 판 게 틀림없다—를 제쳐놓고 매니큐어를 바르지 않은 엄지손톱으로 봉투를 뜯었다.

안에는 종이 한 장이 들어 있었다. 봉투에 붙은 라벨과 마찬가지로 쿠리어 글꼴로 컴퓨터에서 출력한 것이었다.

매슈 보몬트

---

* 반려동물 용품을 판매하고 미용 및 의료 서비스 등을 제공하는 체인점.

제이 코츠

이선 다트

캐럴라인 게디스

프랭크 홉킨스

앨리슨 혼

아서 크루즈

잭 래디보

제시카 윈즐로

캐럴라인은 다른 것이 들었는지 봉투 안을 살폈지만 그뿐이었다. 이름이 적힌 종이 한 장. 당연히 자신의 이름을 제외하고는 다 모르는 이름이었다.

에스트렐라가 종이 가장자리에 볼을 비비려 했고, 페이블은 주방에서 큰 소리로 야옹거리며 사료를 달라고 했다. 문득 캐럴라인은 섬뜩한 생각이 들었다. 이건 살해될 사람 명단이야. 누군가가 우리를 죽음의 표적으로 삼은 거야. 저절로 떠오른 생각이었다. 휴대전화가 울릴 때마다 형언할 수 없이 비극적인 소식을 듣게 될 거라는 생각이 저절로 떠오르듯이. 캐럴라인은 명단을 한번 더 읽고는 그렇게 소름 끼치는 망상을 한 자신을 속으로 비웃었다. 이것이 살아 있는 사람들의 명단이라면 당연히 모두가 언젠가는 죽음의 표적이 될 것이다. 그럼에도 오싹하긴 마찬가지였고, 뮤리얼 스파크의 책 『메멘토 모리』가 떠올랐다. 지금 그녀는 별 의미 없는 명단에 너무 큰 의미를 부여하고 있었다. 하지만 평생 그렇게 살아왔고, 매사에 의미를 부여하는 일이 직업이었다.

"'나는 이제 성찰하고 싶지 않다. 성찰하지 않는 것들을 질투하고 경멸한다.'" 캐럴라인은 시구를 암송했다. 비록 여기서 맥니스가 비판한 대상은 그녀처럼 지나치게 분석하는 성향이 아닌 2차세계대전 직전의 독일 정치 상황이었을 테지만, 어쨌든 일리 있는 말이었다. 캐럴라인은 일상에선 이렇게 문학작품을 개인적으로 해석하는 일을 허용했다. 수업시간에는 굳이 그러지 않았지만. 다음 시구가 뭐였더라? '비극적이거나 철학적인 함성은 되고 싶지 않다'였던가? 그다음에 한 줄이 더 있고 '그러고 나서 바다가 우리 위로 흐르게 하라'였던가? 어쩌면 오늘밤에 시 전체를 외울지도 몰랐다. 어머니에게 배운 습관 중에서 유일하게 좋은 것이었다. 시를 외우고 암송하는 일.

캐럴라인은 가르랑거리는 에스트렐라의 턱밑을 문지르며 손가락에 닿는 진동을 느꼈다. 그러고는 주방으로 가서 페이블에게 사료를 주었다.

6

9월 15일 목요일 오후 12시 33분

제이 코츠는 명단을 훑어본 뒤 별다른 생각 없이 주방 쓰레기통에 버렸다. 그날 한 광고회사에서 회신을 받았는데 잘하면 계약이 성사될 것 같았다. 즉석밥 광고였고, 그는 종이 박스에 담긴 쓰레기 같은 즉석밥에 홀딱 반한 일류 셰프 역할을 연기할 예정이었다. 그날 오후 세시에 버뱅크에서 미팅이 있으니 BMW를 타고 출발하기 전까지 두 시간의 여유가 있었다.

일어나자마자 짧은 조깅을 하고 왔는데도 제이는 로잉머신을 꺼내 꼬박 한 시간을 더 운동한 후 드디어 친구 매디슨이 출연한 드라마 〈NCIS〉의 에피소드를 보았다. 이 에피소드는 몇 주째 그의 DVR에 저장되어 있었고, 매디슨은 아직도 안 봤냐면서 피드백을 달라고 계속 채근했다. 피드백 좋아하시네. 무려 〈NCIS〉였다. 매디슨은 두 장면에 출연했고, 대사도 세 줄이나 되었다. 헬스장의 개인 트레이너 역할을 맡았는데, 감독은 그녀가 등장하는 두 장면 모두 가슴이—아마 진짜 가슴일 것이다—부각되게 찍었다. 다 본 뒤에야 비로소 제이는 안도했는데, 첫째, 워낙에 거지같은 역할인데다 둘째, 매디슨의 연기가 형편없었기 때문이다. 그가 이 에피소드를 보지 않고 계속 미뤘던 진짜 이유는 매디슨이 연기를 기막히게 해냈을지 모른다는 두려움, 그래서 그녀에게 더 많은 일이 들어올지 모른다는 두려움 때문이었다. 현재로서는 그 두려움을 감당할 자신이 없었다.

제이는 부크먼 크리에이티브 광고회사가 있는 단층 건물 앞 손님용 주차 공간에 차를 세웠다. 오늘 같은 경우를 대비해 아껴둔 코카인을 두 줄로 덜어 재빨리 코로 들이마셨다. 미팅 전에 땀이 나지 않기를 바라며 32도에 가까운 열기 속에서 찐득한 아스팔트를 가로질렀다. 출렁거리는 살집에 통통하고 중서부 억양을 쓰는 안내원이 그를 곧장 오디션장으로 안내하며 생수를 마시겠냐고 물었다. 제이는 그냥 수돗물을 달라고 했다. 매디슨에게 이럴 때는 수돗물을 달라고 하는 편이 더 소탈해 보인다고 들었기 때문이다. 제이는 두 명의 괴짜 카피라이터와 그날 딱 오 분이 비었다면서 잠깐 들른 광고회사 대표 에이미 부크먼 앞에서 대사를 외웠다. 백 퍼센트 확신할 수는 없지만 카피라이터들은 그보다 나이가 어린 듯했다. 오디션장을 나서자 대기실에 앉아 있는 댄 스웨덴이 보였다. 둘 다 서로 못 본 척했다.

한 시간 뒤에 매니저가 그에게 전화해 오디션은 떨어졌지만 대표 에이미가 그를 매우 좋게 봤다며 다른 기회가 생기면 다시 연락한다느니 어쩐다느니 말했다. 전화가 왔을 때 제이는 마침 제임스펄스에서 새 운동화나 살까 싶어 브렌트우드 컨트리 마트를 돌아다니던 중이었다. 하지만 마음이 바뀌어 바니스 버거로 가서 어니언링을 주문한 다음, 테이블에 앉아 화를 삭이며 후보자를 물색했다. 이십오 분이나 걸렸지만 어니언링을 다 먹어갈 때쯤에 그 여자를 보았다. 이십대 후반에 레깅스를 입었고, 주변에서 예쁘다고 해주지만 실제로 그 정도는 아닌 외모였으며 혼자였다. 그의 조건에 완벽하게 부합했다. 제이는 여자를 따라갔다. 그는 눈에 띄지 않게 주변 환경과 섞이면서 늘 목표물을 시야 주변에 두는 법을 정확히 알았다. 여자는 크리스찬 루부탱에 들어가더니 한 켤레 정도는 살 재력이 있는 척하며 돌아다녔다. 제이도 그녀를 따라 들어가, 계산대를 지키는 직원에게 트레이시가 아직 여기서 일하냐고 물었다. 직원은 어리둥절한 표정을 짓더니 물었다. "테리사를 말씀하시는 건가요?"

"아, 맞아요." 제이가 말했다.

"테리사는 주말 근무예요."

"고마워요." 제이는 그렇게 말하고 금발 여자가 나갈 때 같이 가게를 나섰다.

그녀를 따라 주차장으로 갔더니 여자가 은청색 혼다 시빅에 올라탔다. 아마 스물다섯 살 생일 선물로 아버지에게 받았으리라. "아주 믿을 만한 차란다, 얘야." 아버지는 틀림없이 그렇게 말했을 테고, 여자는 아버지 볼에 키스하며 애교 넘치는 목소리로 아빠가 최고라고 말했을 것이다.

여자가 차를 몰고 곧장 주차장에서 나가자 제이는 얼른 자신의 BMW로 뛰어갔고, 샌비센티 대로에서 동쪽으로 향하는 그녀의 차를 간신히 찾아냈다. 그녀를 따라 코리아타운까지 가면서 차량번호를 외웠다. 여자는 치장 벽토로 마감한 2층짜리 아파트 건물 앞에 차를 세우더니 자동차 키와 같은 열쇠고리에 달린 열쇠로 유리문을 열고 들어갔다. 여기가 그녀의 집이었다. 제이는 길 건너편 쇼핑몰로 들어가 아파트 건물을 지켜볼 수 있는 곳에 주차하고, 하루 허용치가 두 대인 팔리아멘트 담배 한 대에 불을 붙였다. 휴대전화를 꺼내 인스타그램으로 들어가 '#브렌트우드컨트리마트'를 입력했다. 딱히 기대하지는 않았지만 가장 최근 포스팅이 애비 브리텔이라는 여자가 올린, 우유 거품으로 하트를 그려넣은 카페라테 사진인 걸 보고도 딱히 놀라지 않았다. 대부분이 셀카인 여자의 사진을 보니 그가 뒤쫓는 금발이 맞았다. 그녀는 자신을 배우이자 작가, 태극권 강사라고 소개했다.

그렇게 제이는 그녀를 손에 넣었다. 그녀의 이름과 사진은 물론 어디 사는지, 어떤 차를 모는지도 알았다. 또한 앞으로 이십사 시간 안에 이 여자를 죽일 수 있으며 자신이 절대 잡히지 않으리라고 확신했다. 웨스트할리우드에 사는 제이 코츠와 코리아타운에 사는 애비 브리텔은 연결고리가 전혀 없었기 때문이다. 벌써 신문 헤드라인이 눈에 보였다. 할리우드에서 살해된 예쁜 백인 여성. 사방에서 뉴스가 나올 것이다. 제이는 상상의 나래를 펼치다가 멈췄다. 그건 나중으로 미루고, 지금은 여자의 이름과 사는 곳을 알아냈다는 사실만으로 아드레날린이 용솟음쳤다. 주차장에서 빠져나와 집으로 차를 모는 동안 기분이 좋아졌다. 하지만 그 기분은 오래가지 않았다. 그 여자의 신상 정보를 찾아내는 일은 너무 쉬웠다. 어쩌면 그에게 정말로 필요한 건 게임의 난이도를 높여 저렇게 잘난 척하는 년을 실제로 죽인 다음 기분이 어떤지 살피는 것일지도 몰랐다.

그날 저녁, 팔굽혀펴기를 백 개 하고 루틴대로 얼굴에 화장품을 바른 다음 매디슨에게 전화해 〈NCIS〉를 봤다고 말했다.

"드디어 봤네. 어땠어?"

"아주, 아주 좋았어. 네 가슴이……"

"그렇지? 완전 섹시해 보이지? 대사가 세 줄이나 있었다는 게 믿어져?"

"엄밀히 말하면 두 줄이야."

"그러네. 네 말이 맞아."

"하지만 정말 다 좋았어. 진심으로 하는 칭찬이야, 매즈. 마음껏 기뻐하라고."

"꺄, 고마워, 제이."

제이는 오늘 광고회사에 다녀온 일은 말하지 않았지만 끊기 전에 이렇게 말했다. "그리고 말이야, 세상에, 〈NCIS〉 메이크업팀 끝내주더라. 응?"

"무슨 말이야?"

"촬영하기 전에 네가 발진 때문에 걱정했잖아, 기억해? 근데 거의 티가 안 나더라고. 물론 나는 알아봤지. 하지만 그거야 내가 눈여겨봤으니까 안 거고. 분장으로 감쪽같이 가렸던데."

"맞아. 메이크업을 아주 잘하더라." 그녀가 말했다.

제이는 매디슨의 목소리에 불안이 서서히 스며드는 걸 알 수 있었고, 얼른 전화를 끊은 다음 이불 속으로 들어갔다. 잠에 빠져들며 만약 그가 애비 브리텔이나 그녀와 같은 배우 지망생들을 찾아가 자신이 꿈꾸는 짓을 실제로 할 용기가 있다면 어떻게 될지 생각했다. 누가 더 우월한지 확실히 보여주는 것이다. 제이는 손을 뻗어 철근처럼 단단해진 페니스를 감쌌지만 그 이상은 허락하지 않았다. 애비 브리텔을 좀더 생각하다 에이미 부크먼을 생각했다("에이미가 넌 안 되겠대, 제이, 하지만 네가 정말로 인상적이었대"). 에이미를 결박한 다음, 진짜 철근을 가져다가 입에 쑤셔넣어 숨을 못 쉬게 하고 싶었다. 그 생각을 한 후에야 마음이 가라앉아 잠들 수 있었다.

7

9월 15일 목요일 오후 5시 15분

퇴근하고 집으로 운전해 가는 길에—눈 깜짝할 사이에 지나가는 사십오 분간의 고독한 시간—매슈 보몬트는 현재 상황을 읊어보았다. 매일 하는 일로 삶의 좋은 점을 기억하고 개선해야 할 점을 상기하는 방법이었다.

오늘의 주제는 큰딸 에마였다. 사랑스러운 7학년인 에마에게서 최근 그애 엄마처럼 불안과 두려움의 징후가 노골적으로 나타나기 시작했다. 하지만 에마는 강박적으로 착한 아이가 되려 했고 타인을 기쁘게 해주려고 너무도 애를 쓰는 터라, 정신없이 바쁜 일상을 살다보면 에마를 잊어버리기 십상이었다. 매슈는 에마에게 좀더 신경을 쓰고, 결국에는 다 잘될 거라는 사실을 아이에게 확실히 알려주자고 생각했다. 곧 여덟 살이 되는 앨릭스는 마침내, 그리고 공식적으로 ADHD 진단을 받았다. 거기다 적대적 반항장애 진단도 받았는데, 덕분에 앨릭스의 일부 문제 행동이 이해가 되었다. 낸시가 우기는 것처럼 모든 행동이 설명되지는 않았지만. 그래도 진단을 받는 것은 올바른 첫걸음이었고, 학교 시스템 안에서 아이의 진로 계획을 세우는 데 도움이 될 터였다. 막내 조슈아는 고질적인 축농증만 제외하면 아무 문제도 없었다. 조슈아에게 항생제를 계속 먹이려는 낸시와 대체 약물에 대해 다시 의논해야 했다. 오늘밤은 힘들 테지만 이번 주말에는 가능할 것이다. 낸시의 기분에 달렸다.

매슈는 트레일리지 웨이로 접어들었다. 인가가 드물고 꽤 긴 이 길은 각기 다른 스타일의 신축 저택 세 채로 둘러싸인 막다른 골목에서 끝났다. 그의 집은 이탈리아풍이었다. 적어도 겉보기에는 그랬지만 내부는 확실히 팔라디오풍이었다. 그게 맞는 단어인지 모르겠지만. 집을 생각하자 그의 마음이 낸시에게로 향했다. 최근 그녀의 상태는 더 나아진 걸까 아니면 더 나빠진 걸까? 이제는 판단조차 할 수 없었다. 그래도 지난 몇 주 동안 그녀의 강박적인 생각은 주로 앨릭스와 그애의 정신장애 여부를 판별하는 최근 검사에 쏠려 있어서 매슈가 새로 온 수석비서와 '바람을 피운다'는 생각을 덜 하긴 했다. 물론 그가 바람을 피운다는 건 낸시의 오해였다. 주로 법무팀장인 엘런 매시슨을 상대로 가끔 그런 상상을 하기는 했어도, 매슈는 지난 십오 년간 결혼생활에 충실했다. 7월에 팀원들과 함께 술을 마신 것은 사실이었다. 또한 주차해둔 차를 가지러 백베이로 걸어가는 길에 사우스엔드에 사는 비서 제이다 워싱턴을 아파트까지 바래다준 것도 사실이었다. 하지만 그날 밤 함께 걷는 내내 제이다는 주로 자신이 『섀도우 헌터스』 시리즈를 얼마나 좋아하는지 이야기했고, 그 이야기를 들은 매슈는 그녀가 성적인 대상으로 보이기보다 친딸 에마와 비슷하게 느껴졌다. 무려 '수석비서'가 그들의 열두 살짜리 딸과 공통점이 많다는 사실을 알면 낸시도 재미있어할 거라 생각해 그 일을 아내에게 말했는데 그것이 실수였다. 낸시는 재미있어하지 않았다. 오히려 그가 바람을 피웠다며 밤새 잠도 못 자게 들볶았다. 매슈는 아무 일도 없었다는 사실을 아내에게 겨우 납득시켰고, 남은 여름 내내 자기는 비서와 어떻게 되기를 원한 적도 없다고 아내를 설득했다. 이제 낸시는 일주일 넘게 그 주제를 꺼내지 않았고, 어쩌면, 정말로 어쩌면 그 일은 끝났을 수도 있다.

매슈는 차 네 대가 들어갈 수 있는 차고에 렉서스를 주차하고 잠시 차 안에 앉아 푸 파이터스의 노래를 몇 곡 더 듣다가 현관 로비를 가로질러 주방으로 들어갔다. 그가 들어서자 아일랜드 식탁에 기대서 있던 낸시가 그에게 보란듯이 종이 한 장을 들어 올렸다.

"무슨 일 있어?" 매슈가 물었다.

"그건 당신이 알겠지."

매슈는 조심스럽게 아내에게 다가갔다. 그때 앨릭스가 닌자 복장에 플라스틱 사무라이 검을 들고 주방으로 뛰어들어왔다. 앨릭스가 미리 고른 핼러윈 복장이었다. 앨릭스의 계속되는 공격을 막아내며 매슈는 낸시에게서 종이를 받아들었다. 그의 이름을 포함해 여남은 명의 이름이 적힌 명단이었다.

"이게 뭐야?" 매슈가 아내에게 묻고는 아들을 돌아보며 외쳤다. "그만해, 앨릭스!"

"내가 어떻게 알아? 오늘 당신에게 온 편지인데 내가 봐서는 안 되는 거였어. 안 봤더라면 좋았겠지만 이미 봤으니 무슨 편지인지 알고 싶어. 일종의 암호문이야?"

"나도 모르겠어. 앨릭스, 그만하라니까. 조슈아한테 가서 함께 놀자고 해. 낸스, 왜 그런 표정을 짓는 거야? 암호문이라니?"

"무슨 편지인지 난 도통 모르겠어. 그게 다야."

"모르긴 나도 마찬가지야. 별일 아닐 거야. 실수로 배달됐겠지. 봉투에는 뭐라고 적혀 있었어?"

낸시는 몸을 돌려 화강암 상판에 쌓인 우편물더미에서 봉투를 꺼냈다. 그때 에마가 주방으로 들어와 매슈를 껴안았고, 앨릭스는 동생을 찾으러 달려나갔다. 아마 조슈아는 어딘가에 숨어 있을 것이다. 미국에서 유일하게 싸움 놀이를 좋아하지 않는 여섯 살짜리였기 때문이다.

"아무것도 안 적혀 있어. 그래서 의심스럽다는 거야." 낸시가 말했다.

에마는 아빠에게서 종이를 가져가더니 읽기 시작했다.

"솔직히 말해서 난 전혀 모르겠어, 낸스."

"우리 학교에 애비 혼은 있는데 앨리슨 혼은 없을 거예요." 에마가 끼어들었다.

"신경쓰지 마." 낸시가 자신이 마실 와인 한 잔을 따르며 말했다. "그냥 수상해 보였어. 내가 과잉 분석했나봐."

"이게 대체 뭐라고 생각한 거예요, 엄마?" 에마가 경멸에 가까운 어조로 물었다. 에마가 커갈수록 엄마를 점점 더 못마땅하게 여긴다는 걸 매슈는 알고 있었다. 마치 엄마의 성격에서 미묘하게 이상한 부분을 알아차리기 시작했다는 듯이. 걱정스러운 일이었다.

그때 조슈아가 울면서 주방으로 들어왔다. 볼에 분홍빛으로 부어오른 자국이 있었다. 매슈는 앨릭스를 찾아나섰다. 사무라이 검을 사준 게 큰 실수였다.

8

9월 16일 금요일 오전 7시

9월 초가 단연코 일 년 중 가장 좋은 시기였다. 날씨는 아직 여름이고, 평소에는 차가운 대서양이 가장 따뜻하며, 관광객—적어도 시끄러운 애새끼들을 데리고 온 관광객—은 영원히 사라졌다. 해가 뜬 지 삼십 분쯤 지나 프랭크 홉킨스가 아침 산책을 나섰을 때 윈드워드 리조트에서 돌을 쌓아 만든 방파제까지 쭉 이어지는 모래사장에는 사실상 아무도 없었다(조수 웅덩이 옆에 웅크린 사람이 한 명 있기는 했다). 하늘은 피시 차우더처럼 허여멀건 색이었고 모래사장 위로 안개가 피어올랐다. 프랭크는 반바지에 캐주얼한 구두를 신었지만 위에는 폴로셔츠에 낡은 면 스웨터를 껴입었다. 그의 착각이 아니라면 요즘은 아침에 약간 추웠다. 아니면 나이들어서 뼈가 시린 걸 수도 있고. 나이를 먹고 추위를 타고. 그는 마음속으로 운율을 맞추다가 갑자기 기침이 터져나오는 바람에 잠시 걸음을 멈췄다.

다시 발걸음을 떼었다가 하마터면 바람에 날려온 모래에 반쯤 덮인 갈매기 사체를 밟을 뻔했다. 날개 일부와 드러난 등뼈가 보였고, 부리로 보이는 부위는 끼룩끼룩 울 듯이 살짝 벌어져 있었다. 프랭크는 속이 약간 울렁거렸다. 아마도 어젯밤 바가 문을 닫은 뒤에 객실에서 마신 브랜디 때문일 것이다. 마시면 안 된다는 걸 알았지만 어쩔 수 없었다. 그는 침대에 누워 베개 네댓 개에 기댄 채 라운지에서 셸리가 뭐라고 했는지 기억해내려 했다. 남편이 플로리다로 이사하고 싶어한다는 이야기였다. 셸리는 이사하고 싶어하지 않았다. 프랭크도 그 정도는 알았다. 하지만 요즘은 라운지에서 음악을 점점 더 크게 트는 바람에 셸리가 하는 말을 다 알아듣지 못했다. 십 년 넘게 윈드워드 리조트에서 바텐더로 일한 셸리가 떠나지 않기를 바랐지만 불가피한 일일 것이다. 바텐더는 왔다가 떠나기 마련이다. 아내도 그렇고 세월도 그렇다. 그래도 셸리가 떠난다고 생각하면 마음이 아팠다. 매일 셸리와 함께 보내는 저녁 시간이—비록 바 카운터를 사이에 두고 있기는 해도—하루 중에서 제일 행복했다.

프랭크는 방파제까지 얼마나 남았는지 확인하려고 고개를 들었다. 방파제까지 갔다가 되돌아오는 것이 그의 산책 코스였다. 태양이 넓게 펼쳐진 희뿌연 구름 뒤에 숨어 있었는데도 그는 눈이 부셔서 실눈을 떴다. 그러다 살짝 비틀거렸다. 방금 무슨 생각을 했더라? 곧 떠나게 될 셸리? 아니면 두번째 아내였던 글로리아와 그녀가 어느 날 아침 그냥 차를 몰고 떠나 다시는 돌아오지 않은 일? 최근에는 기억이 점점 더 뒤죽박죽이었다. 어릴 때 있었던 일은 마치 어제 일처럼 또렷하게 떠오르는 반면, 지금 벌어지는 일들은 전생의 기억처럼 흐릿했다. 현재 중단된 베란다 보수공사가 그랬다.

언제 이렇게 늙어버렸을까? 정말로 술을 줄여야 했다. 오늘밤에 글로리아에게 앞으로는 술을 마실 때마다 탄산수를 마시겠다고 말할 것이다. 좋은 생각이었다. 그러면 아마 한밤중에 깨지도 않을 테고, 입안이 너무 말라서 혀가 새 스펀지처럼 버석하지도 않을 것이다. 그래, 오늘밤부터 탄산수를 좀더 마시자. 그리고 침대에 누워 있을 때는 브랜디를 마시지 말자. 또 치즈버거 대신 그날의 생선 요리를 먹자. 그러면 글로리아—아니, 글로리아가 아니라 셸리!—가 감탄할 테고 결국 그의 곁을 떠나지 않을 수도 있다. 프랭크는 셸리가 자신에게 말을 걸 때 목소리를 낮추는 게 좋았다. 아주 친밀하게 느껴졌다. 비록 셸리의 말을 이해하지 못할 때도 있었지만.

방파제에 거의 다 왔을 때 하늘에 둥근 태양이 모습을 드러냈고 안개가 걷히기 시작했다. 프랭크의 시선이 따개비가 다닥다닥 달라붙은 바위로 향했다. 미신이라도 믿는 것처럼 되돌아가기 전에 꼭 만지는 바위였다. 바위는 어린 여자아이가 머리를 허벅지 사이에 묻고 웅크린 듯한 모양새였다. 만조 때 바위에 달라붙은 검은 해초가 아이의 머리카락이었다. 이 바위는 해변과 마찬가지로 프랭크가 이렇게 오래 사는 동안 변한 게 없었다. 하지만 그날 아침에는 놀랍게도 바위 위에 흰 봉투 하나가 놓여 있었는데, 가장자리가 흰색이고 완벽한 원형인 회색 돌로 눌러놓았다. 프랭크는 봉투를 집어들고 노안 때문에 적당한 거리를 둔 채 봉투에 붙은 라벨을 읽었다. 그의 이름과 주소가 적혀 있었다. 이상하게 비현실적인 느낌이 그를 덮쳤다. 왜 그의 앞으로 온 편지가 방파제에 있을까? 이건 꿈인가? 만약 그렇다면 말이 된다. 프랭크는 같은 꿈을 반복해서 꿨는데 종종 바로 이 해변, 이 방파제 주변이 배경이었다. 그는 이것이 현실임을 증명하려는 듯이 눈을 재빨리 깜빡이고는 자신이 들고 있는 축축한 봉투를 내려다봤다. 떨리는 손으로 봉투를 뜯고 안에 든 종이를 꺼내 펼쳤다. 무엇이 들어 있으리라 예상했는지는 정확히 몰라도 이렇게 단순한 명단은 아니었다. 프랭크는 명단을 훑으며 자기 이름을 알아보았지만 나머지는 모르는 이름이었다.

바위에 봉투를 놓아둔 사람이 아직 근처에 있는지 확인하려고 고개를 돌리려는 찰나, 누군가가 그의 양 발목을 꽉 움켜잡더니 거칠게 끌어당겼다. 프랭크는 앞으로 넘어지며 축축한 모래에 얼굴을 박았다. 그가 반환점으로 삼는 바위에 머리 한쪽을 부딪힌 바람에 눈물이 핑 돌았고, 관자놀이에서 날카롭고 축축한 통증이 느껴졌다. 프랭크를 공격한 상대가 이번에는 그의 벨트를 잡고 그를 들어올리더니 앞으로 한 발짝 옮겼다. 그러자 프랭크의 얼굴이 바닷물이 얕게 고인 구덩이에 처박혔다. 프랭크는 일어나려 했지만 팔에 힘이 없었다. 대신 도와달라고 소리를 질렀다. 프랭크의 등에 올라탄 상대가 그의 얼굴을 물웅덩이에 거칠게 밀어넣었다. 프랭크는 지독한 통증으로 코가 따끔거리고 입은 물과 모래로 가득찼다.

"당신이 왜 죽는지 알아?" 그의 귓가에서 목소리가 들렸다.

프랭크는 기침을 했고, 입에 들어간 모래와 섞인 찝찌름하고 따뜻한 피맛이 느껴졌다. "아뇨." 프랭크는 그렇게 말했지만, 사실 마음 한구석으로는 이유를 알고 있었다. 방파제와 연관이 있지 않나? 그가 늘 꾸는 꿈과도?

다시 목소리가 들렸다. 프랭크는 살갗 위에서 움직이는 숨결을 느낄 수 있었다. 살인자의 말을 들으니 역시 그의 짐작이 맞았다. 그의 꿈과 연관이 있었다. 순간적으로 프랭크는 평온함 비슷한 감정을 느꼈다. 현실 세계가 꿈속 세상과 섞이며 하나의 장소, 즉 그가 존재하는 세상이 되었고 그 세상이 급속도로 종말을 맞이하는 듯했다. 힘센 손이 그의 얼굴을 모래에 깊이 밀어넣자 바닷물이 그의 귀를 핥았다. 붉은 어둠 속에서 동심원이 보였다. 마치 물이 찼다가 빠지는 조수 웅덩이 같았다. 또 어릴 때 살던 집의 주방에서 원피스 위에 앞치마를 두른 엄마도 보였다. 엄마는 그에게 등을 돌린 채 가스레인지 앞에서 무언가를 하고 있었고, 프랭크는 울면서 엄마에게 상황을 설명하며 잘못했다고 빌었다. 잘못했어요, 엄마. 잘못했어요. 하지만 엄마는 돌아보지 않았다. 이제 어둠조차 줄어들면서 조수 웅덩이만 남았고, 엄마는 여전히 뒤돌아보지 않았다. 세상은 점점 더 작아졌고, 프랭크는 공기 대신 물을 들이마셨다.

여덟

Matthew Beaumont

Jay Coates

Ethan Dart

Caroline Geddes

~~Frank Hopkins~~

Alison Horne

Arthur Kruse

Jack Radebaugh

Jessica Winslow

1

9월 16일 금요일 오전 8시 45분

샘 해밀턴 형사는 시신에서 2.5미터쯤 떨어져서 범죄 현장을 머릿속에 새기고 모든 걸 다 살피려 노력했다. 피해자는 엎드린 채 한쪽 다리를 살짝 올리고 있었다. 마치 잠을 자는 듯이. 얼굴은 축축한 모래에 박혀 있어서 헝클어진 백발과 햇볕에 달아오른 목만 보였다.

"정말로 프랭크 홉킨스예요?" 샘 옆에 서 있던 케너윅 순찰경관 리사 뱅크스가 물었다.

"짐 생각에는 그런 것 같대. 내 생각도 그렇고. 저거 프랭크 옷이잖아, 안 그래? 얼굴은 볼 필요도 없지." 프랭크 홉킨스는 부모에게서 물려받은 윈드워드 리조트 소유주였고, 리조트 안에 있는 바의 터줏대감이었다. 케너윅 주민들은 모두 그를 알았다.

“네, 제가 봐도 프랭크 홉킨스가 맞는 것 같네요.”

현장 부근에는 케너윅 경찰서 소속 경관이 네 명 정도 더 있었지만 제일 먼저 도착한 짐 로비쇼를 제외하고는 아무도 시신에 가까이 다가가지 않았다. 메인주 경찰서에도 연락이 간 터라 현장감식반이 오는 중이었다.

“저게 뭐죠?” 리사가 물었다.

샘은 리사가 가리키는 쪽을 바라보았다. 프랭크의 왼손에 구겨진 흰 종이 혹은 봉투 같은 게 들려 있었다.

“나도 궁금하던 참이야.” 샘이 말했다.

“가져올까요?”

“그냥 두는 게 좋겠어. 사라질 것도 아니고, 아마 증거일 거야.”

“무슨 증거요? 여기가 범죄 현장이라고 생각하세요?”

“누군가가 프랭크의 머리를 모래 속에 꽤 깊이 처박은 것 같아.”

“프랭크가 단순히 심장마비로 쓰러졌고, 나머지는 밀물 때문에 일어난 일이라는 생각은 안 드세요? 형사님이 이 지역 출신이 아니라는 건 알지만 해변이 어떤지 아시잖아요. 물가에 서 있으면 모래가 발을 빨아들인다고요.”

“그래, 자네 말이 맞아. 하지만 여기서 뭔가 다른 일이 일어난 것 같아서.”

그 말을 하자마자 샘은 아무런 범죄도 일어나지 않았는데 자신이 착각하는 건 아닐까 생각했다. 프랭크 홉킨스는 젊지 않았다. 그가 바에서 보낸 시간을 감안하면 건강하지도 않았을 것이다. 지금 이 상황에서 가장 개연성 높은 설명은 프랭크가 아침 산책을 나왔다가 심장이 멎었다는 것이다. 샘은 자신이 매사를 범죄와 연관 지어 생각하는 경향이 있다는 걸 알고 있었고, 어쩌면 지금도 그러는 것일지 몰랐다.

리사는 어깨를 으쓱이더니 다시 믹맥 로드를 돌아보았다. 얼핏 차 소리가 들린 것 같았는데 그녀의 생각이 맞았다. 메탈블루색 SUV 세 대가 길가에 멈춰 섰다. 반대편에서 지방방송국 차량도 도착했다. "그들이 왔네요they're here." 리사가 리듬을 넣어 말하자 샘은 웃음을 터뜨렸다. 영화 〈폴터가이스트〉에 나오는 여자아이의 유명한 대사를 흉내낸 것이기 때문이었다. 샘은 도착한 경관들을 향해 성큼성큼 걸어갔다.

그날 늦게 경찰서로 복귀한 후에야 샘은 프랭크의 손에서 발견된 종이가 무엇인지 알게 되었다. 뜯어진 봉투였는데 프랭크의 이름과 주소가 적혀 있었다. 종이도 한 장 있었다. 바닷물에 젖기는 했어도 아직 글씨를 읽을 수 있었다. 아마도 봉투에 들어 있었을 것이다. 종이에는 프랭크를 포함해 아홉 명의 이름이 적혀 있었다. 편지는 곧장 주 경찰본부로 보내졌지만, 편지를 찍은 사진이 있어 샘은 이름을 두 번씩 읽어보았다. 단번에 알아볼 수 있는 이름은 없었다. 봉투 앞면을 찍은 사진도 있었다. 우표도, 소인도 없이 주소가 적힌 라벨뿐이었다. 정말 의아한 일이고 진정으로 미스터리였다. 봉투가 없었다고 해도 미스터리이긴 마찬가지였다. 검시관이 맨 처음 작성한 비공식 보고서에 따르면 프랭크 홉킨스의 목덜미에 멍이 있었는데, 이는 누군가가 숨이 멎을 때까지 그의 얼굴을 물속에 처박았다는 뜻이라고 했다. 대체 누가 아침 산책중인 프랭크 홉킨스를 죽이고 싶어했을까? 강도? 그에게 버림받은 연인? 둘 다 가능성이 희박했다.

올해로 케너윅에서 형사로 근무한 지 십오 년이 되는 샘은 프랭크 홉킨스와 잘 아는 사이였다. 1999년에 그가 루이지애나주 호마에서 메인주로 이사온 직후에 알게 된 주민 중 한 명이었다. 화창한 10월 주말에 면접을 보고 오 주 뒤인 12월 초에 다시 돌아왔는데, 케너윅은 벌써 딱딱하게 굳은 잿빛 눈으로 한 겹 덮여 있었다. 새로운 동료들은 메인주 남부의 시베리아 같은 추위를 맛보기엔 아직 이르다고, 이건 그저 때 이른 북동풍의 급습일 뿐이며 곧 기나긴 추위가 찾아올 거라고 말했다. "천국에 온 걸 환영해요" "내복을 챙겨왔길 바라요" 같은 농담이 쏟아졌지만 샘은 내심 뉴잉글랜드의 아름다운 설경에 마음이 설렜다. 태어나서 삼십오 년을 루이지애나주 혹은 그의 가족이 사는 자메이카에서 보냈지만, 둘 다 딱히 고향이라는 느낌이 들지 않았다. 도무지 알 수 없는 이유로 샘은 다른 곳을 동경했다. 그러다 풍상에 시달린 케너윅의 집들과 낮은 잿빛 하늘을 보니 여기다 싶었다.

케너윅의 유일한 형사로서 그가 한 첫번째 공식 활동은 절도 용의자를 조사하러 윈드워드 리조트를 방문한 일이었다. 프랭크 홉킨스가 그를 맞아주었는데, 메인주 억양이 어찌나 강한지 익숙지 않은 샘의 귀에는 약간 꾸며낸 것처럼 들렸다. 리조트 바에 있는 금전등록기가 털렸는데—기껏해야 이삼백 달러라고 프랭크는 말했다—프랭크는 식당에서 웨이터 보조로 일하다가 최근에 해고된 직원 벤 가농을 의심했다. 동네 청년인 벤은 너무 자주 병가를 낸다는 이유로 해고되었다.

"내가 어제 벤을 해고했어요." 프랭크가 말했다. "그런데 청소부인 바버라가 오늘 아침에 그애를 봤다더군요. 마지막 월급을 받으러 왔다고 했대요. 하지만 그럴 리가 없어요. 우린 급료를 모두 우편으로 보내니까요. 그러고는 바버라가, 그러니까 바에서 일하는 다른 바버라가 금전등록기에서 지폐가 다 사라졌다고 한 겁니다."

"금전등록기가 잠겨 있었나요?"

"네, 그렇죠. 다만 열쇠가 바 뒤쪽 고리에 걸려 있기 때문에 천재가 아니라도 이런 범죄를 저지를 수 있어요. 저기, 난 벤의 엄마와 친구고 솔직히 말해서 벤을 고소하고 싶지도 않아요. 그저 그애가 이런 짓을 저지르고도 잡히지 않으면 다음에 또 그럴까봐 걱정될 뿐입니다. 무슨 말인지 이해하시죠?"

"네. 지금 벤이 어디 있을까요?" 샘이 물었다.

"아마 쿨리스에 있을 겁니다. 해변 반대쪽 끝에 있는 술집이요. 내 돈을 쓰면서 날 욕하고 있겠죠."

샘은 벤 가농의 인상착의를 상세하게 파악한 후에 쿨리스로 가서 벤을 찾아냈다. 벤을 경찰서로 데려가 신문하자 그는 울면서 전부 다 자백했다. 프랭크는 고소하지 않았고 벤은 돈을 돌려주었다. 아마 그가 이 일을 기억하는 유일한 이유는 케너윅에서 처음으로 맡은 사건이기 때문이리라. 하지만 그후로 샘은 금요일 밤마다 윈드워드 바에 가서 스카치앤드소다를 마셨다. 그리고 몇 년 동안 가끔은 쿨리스에 가서 맥주를 마셨다. 이 새로운 동네에서 유일하게 인종차별을 경험한 곳이었음에도. 아니, 어쩌면 그래서 거기 갔을 수도 있다. 케너윅에서 첫 겨울을 보내던 어느 날, 이웃 마을 웰스에서 온 부동산 개발업자가 술에 잔뜩 취해 샘에게 말했다. "당신은 메인주에 어울리는 피부색이 아니라고 말해준 사람이 없었나?"

"당신 이름이 뭐요?" 자신이 자메이카 억양을 살짝 사용한다는 걸 의식하며 샘이 물었다.

"내가 왜 그걸 말해야 하지?"

"그래, 말할 필요 없어. 난 당신 얼굴을 기억할 거니까. 언젠가 내가 당신을 체포할 거야. 아마 주취 난동 같은 거겠지. 그때가 되면 방금 당신이 한 말을 내가 까맣게 잊었다는 사실에 안도하게 될 거야."

남자는 어리둥절한 표정이었다. 이 년쯤 지나 샘이 정말로 그를 체포했을 때도 남자는 어리둥절한 표정이었다. 이번에는 케너윅 하버 호텔이었고, 남자는 술에 취해 바 카운터에서 일하는 대학생의 가슴을 만지려 했다. 약속했던 대로 샘 해밀턴 형사는 하비 비치라는 이 부동산 개발업자를 처음 본 것처럼 행동했다. 메인주에서 인종차별 발언을 들은 적은 그때가 유일했다. 뉴잉글랜드 지역은 불친절하기로 악명이 높았는데도 사실 샘이 만났던 사람들은 대부분 흠잡을 데 없이 친절했다. 윈드워드 리조트에 늘 상주하는 소유주로 아침 산책길에 살해당한 프랭크 홉킨스도 마찬가지였다.

샘은 프랭크를 처음 만났을 때를 떠올렸고, 당시에는 그가 유부남이라고 확신했다. 우체국에서 일하는 검은 머리 여자. 아마 이름이 실라였을 것이다. 실라는 이곳을 떠나 플로리다로 이사하면서 프랭크에게 함께 가자고 하지 않았다. 그게 몇 년 전 일이었고, 이제 프랭크는 확실한 독신이었으며 아주 규칙적으로 생활했다. 바람이 너무 세지 않은 한 매일 아침 해변을 산책했고, 하루의 절반을 주로 윈드워드 리조트의 수익 유지와 운영이라는 막중한 업무를 처리하며 보냈다. 일이 끝나면 윈드워드 라운지에서 조용히 버드라이트를 연거푸 마시며 기나긴 밤을 보냈다. 샘이 아는 한 그 일정에는 연애를 할 여유가 없었다. 뿐만 아니라 프랭크는 적을 만들지 않았다. 너그러운 상사였고, 누구에게나 친절했다. 따라서 해변에서 프랭크에게 일어난 일은 전형적인 살인 같지가 않았다. 더 나은 표현이 생각나지 않는데, 뭔가 잘못된 일처럼 느껴졌다. 편지가 아니었다면 샘은 프랭크가 사고로 죽었다고 생각했을 것이다. 강도가 돈을 훔치려다가 일이 틀어져서, 혹은 어쩌면, 아무도 모를 일이지만 어쩌면 누군가가 그저 사람을 죽이는 게 어떤 기분인지 궁금해서 그의 얼굴을 모래에 처박았을 수도 있다. 하지만 그 편지는 대체 뭐란 말인가? 그 명단은?

샘은 그들 중에 살인사건과 연관된 사람이 있는지 알아보려고 이름들을 검색해보았지만 아무것도 나오지 않았다. 그래도 계속 구글에서 검색을 했다. 주 경찰도 자체 데이터베이스를 살펴보고 있을 테니 명단의 이름 간에 연결고리가 있다면 밝혀질 것이다.

2

9월 16일 금요일 오후 12시 30분

제시카 윈즐로는 금요일 점심을 거의 항상 시시네 식당에서 먹었다. 주로 회계부의 메리와 함께. 하지만 이번주에는 메리가 휴가라서 콩그레스 스트리트에 새로 생긴 식당에 가봐야겠다고 생각했다. 창문 너머로 전기구이 통닭이 보이는 식당이었다.

테이블 자리는 다 찼지만 뒤쪽 카운터에 한 자리가 남아 있었다. 제시카는 아이스티, 밥과 콩을 곁들인 훈제 닭다리, 플랜틴* 튀김을 주문했다. 카운터 뒤에 있던 라틴계 노인이 제시카의 얼굴을 훑어보더니 그녀가 제일 싫어하는 질문을 던졌다. "어디 출신이지, 치카**?"

---

* 열대지방에서 자라는 바나나속 작물. 녹말 함유량이 높아 보통 조리해 먹는다.

** Chica. '아가씨'라는 뜻의 스페인어.

한동안 안 들었지만 살면서 지겹게 들었던 질문이었다. 그 외에 "넌 어떤 혈통이야?" 혹은 그보다 덜 무례하지만 사람을 깔보는 듯한 "오, 의외로 예쁘네?"도 있었다.

"메릴랜드주요." 제시카가 대답했다.

"아니, 그전에."

"제가 아는 한 처음부터 메릴랜드주였어요."

노인은 한쪽 눈썹을 치켜올렸지만 더는 묻지 않고 카운터에 앉은 다른 손님의 주문을 받으러 갔다. 제시카는 입양아였고, 부모님이 확실히 아는 사실은 그녀가 베트남인이라는 것뿐이었다. 그녀에게는 분명히 베트남인의 피가 흘렀지만 흑인과 백인의 피도 섞여 있었다. 확실하지는 않았지만 제시카는 자신이 베트남 여자와 아프리카계 미국인 군인 사이에서 태어났을 거라고 짐작했다. 만약 그렇다면 그녀의 친모는 매춘부였을 가능성이 있다. 솔직히 말해서 제시카는 별로 신경쓰지 않았다. 처음 보는 사람들이 마치 자신들과 상관있는 일이라도 된다는 듯이 족보를 캐묻기 전까지는 그 문제를 생각해본 적도 없었다. 제시카는 부글부글 끓어오르는 분노를 꾹꾹 눌렀다. 아마 저 노인은 악의가 없었을 것이다. 그저 그녀가 스페인어를 할 줄 아는지 알고 싶었으리라. 대부분이 그녀를 한번 보고 스페인어를 할 줄 알 거라고 생각했다.

노인이 닭다리를 가져다주었고, 음식은 소문보다 훨씬 맛있었다. 반쯤 먹었을 때 카운터에 뒤집어둔 휴대전화가 두 차례 진동했지만 제시카는 무시했다. 손에 닭기름이 묻기도 했지만,

그보다는 음식을 마저 즐기고 싶었다. 하지만 세번째로 진동하자 제시카는 닭다리를 내려놓고 냅킨에 손가락을 닦은 다음 휴대전화 화면을 확인했다. 두 통은 에런에게서 왔고, 한 통은 안내데스크에서 일하는 스테퍼니에게서 왔다. 에런이 보낸 문자도 있었다. 어디야?

제시카는 답장을 보내려다가 그냥 전화했다. 에런은 곧바로 전화를 받았다.

"어디야?" 약간 짜증 섞인 목소리로 그가 물었다.

"점심 먹는 중이에요. 점심시간이잖아요."

"그 명단 있잖아."

"어제 우편으로 받은 명단이요?"

"응. 그 이름 중 하나가 프랭크 홉킨스였지."

"기억나요."

"오늘 아침에 메인주 케너윅에서 프랭크 홉킨스가 살해됐어."

"정말이요?"

"그래, 정말이야. 최대한 빨리 사무실로 와."

"알았어요. 지금 갈게요."

제시카는 남은 음식을 포장할까 하다가 관두고 계산한 다음에 식당을 나섰다.

사무실로 돌아오니 안내데스크와 그녀의 칸막이 자리 중간쯤에서 에런이 그녀를 막아섰다. 에런은 꽤 초췌해 보였고, 제시카는 그가 어젯밤에 몇시까지 술집에 있었는지 궁금했다.

“어떻게 된 거예요?” 그녀가 물었다.

“명단을 분석팀에 보냈는데, 팀원 중 누군가가 오늘 메인주 케너윅에서 프랭크 홉킨스가 살해됐다는 기사를 읽은 모양이더라고. 결국에는 분석팀에서도 알게 됐겠지만, 그래도.”

“무슨 일이 있었던 거래요?”

“분석관 말이야?”

“아뇨, 메인주에 사는 프랭크 홉킨스요. 오늘 왜 이래요, 에런?”

“미안. 어젯밤에 앤서니랑 너무 늦게까지 놀았어.”

“괜찮아요. 그 남자는 어떻게 죽었대요?”

“사는 곳 근처 해변을 산책하는 중이었는데 강제로 익사당했어. 조수 웅덩이 같은 곳에 머리가 처박혀 있었대.”

“이유가 뭐래요?”

“모르겠어. 아무도 몰라. 어제 네가 그 명단을 보고 다 모르는 사람이라고 했잖아. 근데 그 명단에 대해 좀더 생각해봤어? 너랑 이 남자랑 어떤 접점도 없어?”

“없어요.”

“문제는 말이야……”

“널리고 널린 이름이잖아요.”

“프랭크 홉킨스?”

“네, 내 말은……”

“문제는 사건 현장에 프랭크의 이름과 주소가 적힌 봉투가 있었다는 거야.”

"거기에도 명단이 들어 있었대요?"

"네가 받은 것과 똑같은 명단. 네 이름이 들어간 명단."

"젠장." 제시카가 말했다.

"그러니까." 에런이 말했다.

3

9월 16일 금요일 오후 1시 33분

이선 다트가 아파트에 막 들어서는데 집전화가 따르릉 울렸다. 이선은 전화기에 표시된 발신자 번호를 확인했다. 엄마가 아닐까 싶어서였다. 변호사를 제외하고 아직도 집으로 전화하는 사람은 엄마뿐이었다. 하지만 뉴욕주 올버니의 번호인 걸 알고 받지 않기로 했다.

커피를 내리려고 주방으로 갔더니 어제(그제였나?) 내린 커피가 사분의 일가량 남아 있었다. 그걸 얼음 위에 부은 다음 기타를 들고 다시 거실로 갔다. 창문으로 들어오는 한줄기 엷은 햇살 속에 앉아, 이 아파트에 입주하면서부터 사용했던 소파에서 올라오는 먼지 입자를 바라보았다. 피곤했다. 이선은 이가 시릴 정도로 차가운 아이스커피를 길게 한 모금 마셨다.

어쿠스틱기타를 무릎에 걸치고 코드 몇 개를 치다가 전날 썼던 노래 가사를 떠올려보았다. 금방 떠오르자 이번에는 가사를 읊어보았다. 어젯밤에는 이 노래가 쓰레기라는 결론을 내렸지만 지금은 괜찮은 것도 같았다. '라스트 온 유어 리스트'. 나쁘지 않은 제목이었다. 어쩌면, 정말로 어쩌면 이건 조금 전에 헤어진 해나를 주인공으로 한 노래인지도 몰랐다. 그가 알기로 해나가 정복한 남자들의 명단은 꽤 광범위했다. 이선도 마찬가지였지만. 그가 사랑에 빠진 걸까? '어젯밤 또 해나의 꿈을 꾸다 깼어'로 노래를 시작하는 게 나을까? 그렇다면 노래 제목을 '해나'로 할 수도 있다. '라스트 온 유어 리스트'보다 그 제목이 더 낫다. 그렇게 곡을 만들다가 유리 재떨이를 뒤져서 파이프를 채울 만큼의 대마초를 골라냈다. 사실 대마초보다 빌어먹을 담배가 피우고 싶었다.

초조해진 이선은 벌떡 일어나 점핑잭을 몇 번 하고는 아까 올버니에서 전화한 사람이 메시지를 남겼는지 확인했다. 메시지가 있었다. 자동녹음전화일 거라고 예상했지만 사람 목소리가 나왔다. 자신을 제시카 윈즐로라고 밝힌 여자가 이 메시지를 확인하는 대로 당장 전화해달라고 했다. 이선은 그 이름을 즉시 기억해냈다. 어제 받은 그 이상한 명단에 있던 이름이었다. 사실 어젯밤에 기억나지 않았던 유일한 이름이기도 했다. 어쩌면 그 명단이 정말로 그가 데모 테이프를 보낸 작곡가 에이전시와 연관이 있을지도 몰랐다. 하지만 올버니라고? 그건 좀 이상했다.

"안녕하세요, 제시카." 이선이 말했다. 그녀는 신호음이 채 울리기도 전에 전화를 받았다.

"이선 다트 씨인가요?"

"네."

"저는 연방수사국 특수 요원 제시카 윈즐로예요. 몇 가지 물어보고 싶은데요."

"그러시죠." 이선은 다시 소파에 앉았다.

"최근에 명단이 든 편지를 받은 적이 있나요?"

"어제 받았습니다. 당신 이름도 그 명단에 있었어요."

여자는 잠시 머뭇거리더니 대답했다. "네, 맞아요. 기억하시네요?"

"그럼요. 어제 받았으니까요."

"그 명단이 당신과 어떤 관계가 있나요? 누가 보냈는지 아나요? 아니면 거기 적힌 이름 중에 아는 사람이 있나요?"

"아뇨. 아무 관계도 없어요. 무슨 착오인 줄 알았는데요."

"프랭크 홉킨스는요? 그 이름도 아무 관계가 없나요?"

"없습니다. 거기 적힌 이름 전부 다요." 그때 전화기 너머에서 다른 목소리—어떤 남자의 목소리—가 뭐라고 말하는 소리가 들렸다.

"최근에 평소와 다른 일이 있었나요? 누가 협박했다든가. 혹시 당신에게 원한을 가진 사람이 있나요?"

"음, 없을걸요."

"알겠습니다. 그냥 확인하는 거예요. 아직 그 편지 가지고 있나요, 아니면 버렸나요?"

"아직 가지고 있습니다. 원하시면 제가……"

"아뇨, 그냥 지금 있는 자리에 두고 만지지 마세요. 지금 집이죠?"

"네."

"그 지역 현장 요원을 당신 집으로 보내서 그 편지를 수거할 거예요. 주소 좀 확인해도 될까요?"

"대체 무슨 일이죠? 걱정해야 할 일인가요?"

"저희가 요원을 보낼 겁니다. 걱정하지 마세요. 적어도 아직은요. 지금 무슨 일인지 파악하려 애쓰고 있으니까요."

"그걸로는 안심이 안 되는데요." 이선이 말했다.

요원이 웃음을 터뜨렸다. "그렇죠? 저기, 우리 요원이 도착하기 전에 편지를 다시 만지지 마세요. 그렇게 해줄 수 있나요?"

"물론이죠." 이선이 말했다.

전화를 끊은 다음 이선은 침실로 가서 여전히 노트북 옆에 놓여 있는 명단을 바라보았다. 그 명단 뒷면에 새 노래의 가사를 썼다는 걸 잊고 있었다. 그걸 연방 요원에게 넘길 생각을 하니 약간 민망했다. 그들은 신경도 안 쓰겠지만. 그래도 모를 일이다. 어쩌면 FBI의 누군가가 가사를 보고 그의 천재성을 알아채고는 프로듀서인 사촌을 소개해줄 수도 있다. 이선은 텅 빈 아파트에서 쿡쿡 웃었다. 그러고는 훗날을 대비해 휴대전화를 꺼내 명단 뒷면을 찍어두었다.

4

9월 16일 금요일 오후 3시 50분

제시카가 명단에서 두번째로 연락처를 찾아낸 사람은 아서 크루즈였다. 그녀의 전화를 받았을 때 아서는 병원에서 일하는 중이었는데, 처음에는 명단에 관한 질문을 받고 무슨 말인지 몰라 어리둥절했다.

"아, 맞아요." 마침내 그가 말했다.

"그러니까 어제 우편으로 명단을 받으셨죠?"

"네."

제시카는 이선에게 물었던 것과 같은 질문을 했고, 사실상 같은 대답을 들었다. 아서 역시 명단에 아는 사람이 없었다. 최근에 평소와 다른 일이 일어난 적도 없었고 그가 아는 한 자신에게 원한을 가진 사람도 없었다.

"아직 그 편지와 봉투를 가지고 계시면 저희가 가져갔음 해요. 삼십 분쯤 뒤에 집에 계실 수 있나요?" 제시카가 말했다.

"힘들겠는데요. 지금 한창 일하는 중이고 또……"

"중요한 일이에요."

"알겠습니다." 아서는 앞으로 한 시간 정도는 지나와 매기 둘이서도 괜찮으리라 생각했다. 그의 집은 병원에서 멀지 않으니 금방 다녀올 수 있었다.

"그리고 물어볼 게 하나 더 있어요." 제시카가 말했다. "가능성이 희박하다는 건 알지만, 혹시 게리 윈즐로라는 사람을 아세요?"

아서는 잠시 생각하다가 대답했다. "들어본 적 없는데요."

"나이가 어떻게 되시죠?"

"마흔다섯입니다."

"혹시 아버님 성함이 아서 크루즈나 아트 크루즈는 아니죠?"

"맞습니다. 아트 크루즈였어요."

"아, 죄송해요. 아버님께서 돌아가셨나요?"

"아뇨. 과거형을 쓰지 말았어야 했는데, 아버지를 만나거나 이야기를 나눈 지가 십 년이 넘어서요."

"그러니까 아버님 성함이 아트가 맞군요."

"아서지만 그냥 아트로 통하죠."

"그렇다면 아버님 지인 중에 게리 윈즐로라는 사람이 있는지도 기억 못하시겠네요?"

"아버지 지인 중에 제가 이름을 아는 사람이 한 명이라도 있는지 모르겠네요. 아까 요원님 성이 윈즐로라고 하지 않았나요?"

"네. 게리 윈즐로는 제 아버지인데 아서 크루즈라는 친구분이 있었거든요. 제 착각일 수도 있지만 왠지 그 이름이 기억나요. 두 분이 대학 친구라고 들은 것 같아요."

"저희 아버지는 프린스턴대학 출신이에요."

"아, 그렇다면 대학 친구는 아니겠네요." 제시카가 말했다.

"요원님 아버님은……?"

"버몬트대학을 나오셨어요. 하지만 분명히 아트 크루즈라는 친구가 있었어요. 혹시 아버님이 호숫가 별장을 가지고 계신가요?"

"아뇨. 하지만 조부모님이 가지고 계셨죠. 사진을 본 적이 있어요. 뉴햄프셔주에 있는 스쾀호수였죠. 그런데 혼란스럽네요. 요원님 아버지와 저희 아버지가 친구였다는 사실이 이 명단과 무슨 연관이 있죠?"

"죄송해요. 혼란스러운 게 당연해요. 전 FBI 요원이지만 저도 우편으로 명단을 받았어요. 당신이 받은 것과 같은 명단일 거예요."

"아, 그래서 이름이 약간 귀에 익었군요. 그럼 이게 무슨 명단인지 아시나요?"

"저도 몰라요. 그래서 알아내려는 중이에요. 저희는 그 명단 사본을 받은 사람 간에 어떤 연관성이 있는지 알아내려 해요. 혹시 아버님께 전화해서 게리 윈즐로라는 사람을 아는지, 어디에서 만났는지 물어볼 수 있을까요?"

"솔직히 말하자면 전 아버지 연락처도 모릅니다. 설사 안다 해도 전화는 못할 것 같고요."

"알겠습니다. 그럼 제가 아버님께 연락드릴 방법이 있는지 알아봐주실 수 있을까요?"

"물론이죠."

아서는 리처드가 몰았던 스바루를 타고 집으로 가며 황량한 들판과 골짜기의 쓰러져가는 농가를 지났다. 흐릿한 하늘의 일부분이 검게 부풀어오른 듯 보였고, 아서는 폭풍우가 오려는 건가 생각했다. 아까 이름이 거론되었던 탓에 잠깐 아버지를 생각했다. 지금 어떻게 살고 있을지 궁금했다. 가끔씩 여동생 서맨사에게 소식을 전해듣기는 했다. 서맨사는 아버지와 통화는 했지만 좀처럼 만나지는 않았다. 아트 크루즈는 플로리다주 웨스트팜비치에 있는 대형 아파트 단지에 살았다. 서맨사 말로는 아버지가 한때 다른 단지에 사는 여자친구가 있다고 주장했는데 여자 이름도 곧바로 생각해내지 못했다고 한다. 그 여자를 제외하면 아버지는 철저한 외톨이였다. 서맨사는 그 사실을 약간 마음에 걸려했지만 아서는 전혀 개의치 않았다.

아트 크루즈는 아들이 게이라는 사실을 안 뒤로 아들과 연을 끊었다. 하지만 아서는 가끔씩 설사 자신이 게이라는 사실을 밝히지 않았더라도 아버지와는 잘 지내지 못했을 거라는 생각이 들었다. 아버지는 골수 공화당원에 폭스 뉴스 중독자였고, 본인이 사회적 편견으로 가득차 있다는 자부심이 있었다. 다시 말해 인종차별, 성차별, 동성애 혐오 발언을 입 밖으로 내뱉으며 시대에 역행한다고 느껴야 직성이 풀리는 사람이었다. 부모님이 이혼하고 이 년 후에 아서가 아버지에게 게이라는 사실을 밝혔을 때 아버지는 한쪽 입꼬리를 치켜올리며 미소를 짓더니 이렇게 말했다. "이제 곧 결혼한다고 하겠구나. 내가 참석할 거라고 기대하지 마라." 아버지의 의절 덕분에 여러모로 일이 쉬워졌다. 리처드와 결혼하게 되었을 때 아서는 아버지에게 청첩장을 보냈고, 참석하지 않겠다는 답장이 올 거라고 예상했다. 하지만 아무런 답장도 오지 않았다. 심지어 거절의 말조차 없었고, 그 일로 아서는 아버지를 자신의 삶에서 영영 지워버렸다. 한번은 리처드가 물어봤다. 아버지를 생각한 적이 있는지, 언젠가는 부자 관계가 회복될 거라고 여기는지. 아서는 솔직히 대답했다. 아버지를 완전히 잊은 건 아니지만 거의 잊고 산다고.

아서가 집에 돌아온 지 채 오 분도 되지 않아 링컨 내비게이터 한 대가 진입로에 멈춰 서더니 회색 정장을 입은 남자 두 명이 내렸다.

"아서 크루즈 씨?" 한 남자가 배지를 들어 보이며 물었다. 그는 짧은 흰색 수염을 턱선까지만 길렀는데 턱밑의 살짝 처진 분홍색 살은 말끔히 면도했다.

아서는 그들에게 명단과 봉투가 있는 곳을 보여주었다. 둘 다 이미 재활용 쓰레기통에 버려져 있었다. 더 젊고 단정한 용모에 아주 잘생긴 또다른 남자가 장갑을 끼더니 카탈로그와 광고물, 냉동식품 상자 사이에서 명단과 봉투를 끄집어냈다.

"무슨 일입니까?" 혹시 이 요원들이 제시카 윈즐로보다 좀더 많은 정보를 알려줄까 싶어서 아서가 물었다.

"우리도 정확히는 몰라요, 친구." 수염을 기른 남자가 말했고, 아서는 '친구'라는 말에 약간 움찔했다.

더 젊은 요원, 〈뉴욕경찰 24시〉에 출연했던 시절의 지미 스미츠를 약간 닮은 요원은 봉투와 명단을 각기 다른 비닐봉지에 넣으며 "이것만 있으면 됩니다, 선생님"이라고 말했다. 아서는 새로운 사람을 만나면 늘 그러듯 절룩거리는 다리를 의식하며 둘을 현관까지 배웅했다.

현관문에 달린 뿌연 유리창 너머로 그들이 떠나는 모습을 지켜본 다음 다시 집안으로 천천히 돌아갔다. 아주 멀리서 찢어지는 듯한 천둥소리가 들렸고, 아서는 다시 병원으로 가야 한다고 혼잣속으로 말했다. 하지만 등받이가 T자 모양인 식탁 의자에 앉아 그 명단이 무슨 의미인지, 왜 FBI가 이 일에 관심을 갖는지 생각했다. 윈즐로 요원이 그에게 뭔가 숨기는 걸까? 그럴 가능성이 있어 보였다.

아서는 가늘어진 왼쪽 허벅지 근육을 문질렀다. 날씨가 안 좋으면 늘 다리가 더 아팠다. 아니면 그저 그의 착각일까? 갑자기 창밖이 어두워졌고, 그는 지붕에서 빗소리가 나기를 기다렸다. 병원으로 돌아가야 했지만, 최근 있었던 일을 리처드에게 시시콜콜 말하고 싶다는 생각만 계속 들었다. 우편으로 받은 명단, FBI의 전화, 거기다 이제는 편지를 수거하러 온 두 요원까지. 아서는 리처드와 나누는 대화를 상상해보았다. 평소에는 좀처럼 허락하지 않는 드문 호사였다. 상상 속에서 리처드는 두 요원이 어떻게 생겼는지 같은 세세한 것들까지 알고 싶어했다. 원래 그런 성격이었다. 아서는 그에게 젊은 요원은 지미 스미츠를 닮았고, 수염을 기른 남자는 턱밑을 면도했다고 말해줄 것이다. 조지 루카스처럼? 리처드는 웃으며 말하리라. 그렇다니까. 아서가 대꾸할 것이다. 그 생각은 미처 못했네.

그는 몇 분 더 이런 몽상에 빠져들었고, 심지어 둘이 이야기할 때면 늘 그들의 다리에 기대며 애정을 갈구하던 미스티까지 등장시켰다. 그러자 목이 메어 상상을 멈췄다. 다시 병원으로 돌아가야 했다. 이제 비가 내렸지만 아서는 개의치 않고 평소처럼 느린 걸음으로 차까지 걸어갔다.

5

9월 16일 금요일 오후 6시

금요일 오후 여섯시까지 제시카는 자신과 프랭크 홉킨스를 제외하고 명단을 받은 사람 중 네 명의 신원을 확실히 알아냈다. 이선 다트와 아서 크루즈는 비교적 쉽게 찾아냈다. 아마 이름이 특이했기 때문일 것이다. 제시카는 캐럴라인 게디스라는 이름의 몇몇 여자에게 연락했지만 우편으로 의문의 명단을 받았냐는 질문에 모두 당황해했다. 그러다 마침내 미시간대학 교수 캐럴라인 게디스를 찾아냈다. 이선과 아서에게 그랬듯이, 제시카는 캐럴라인 게디스의 집에서 가장 가까운 지부에 전화해 명단과 봉투를 수거해올 사람을 보내달라고 했다. 또한 흔한 이름임에도 불구하고 겨우 네댓 번 실패한 끝에 매슈 보몬트를 찾아냈다. 무슨 이유인지 제시카는 그의 목소리를 듣자마자 이 사람이 보스턴에 있는 금융회사 부사장 매슈 보몬트라고 확신했다. 왜 그랬을까? 매슈 보몬트는 퇴근하기 직전에 사무실로 걸려온 제시카의 전화를 받았고, 요원을 만나는 데 동의했다. 제시카는 통상적인 질문을 한 다음—그는 명단에 아는 이름은 없다고 했다—그의 나이를 물었다. 어느 정도는 부사장치고 목소리가 너무 젊기 때문이었다.

"서른아홉입니다." 그가 대답했다.

"아, 저랑 동갑이네요." 제시카는 무심코 말했다.

전화를 끊은 제시카는 이선 다트와 캐럴라인 게디스가 몇 살일지 생각했다. 아서 크루즈는 마흔다섯이라고 했다. 이선과 캐럴라인도 목소리로 보아 삼십대 후반에서 사십대 초반 같았다. 하지만 프랭크 홉킨스는? 그는 일흔둘이었다.

제시카는 질리도록 들여다본 명단을 또 들여다보며 아직 신원을 알아내지 못한 이름에서 그들의 나이에 대한 단서를 얻을 수 있는지 확인했다. 제이 코츠는 어떤 연령대든 가능했다. 삼십대 중반일 수도, 칠십대일 수도 있었다. 제이라는 이름은 한때 인기가 많았다. 잭 래디보는 약간 나이든 사람의 이름 같았지만, 아마 경제경영서 분야의 거장인 일흔 살의 작가 잭 래디보 때문일 것이다. 하지만 제시카는 이미 그와 통화했고, 그는 편지를 받지 않았다고 했다.

마지막으로 찾아내지 못한 사람은 앨리슨 혼이었다. 그 이름 또한 모든 연령대가 가능했다. 동시에 너무 흔한 이름이라 명단을 받은 앨리슨 혼을 찾기가 매우 어려울 수 있었다.

제시카는 프랭크 홉킨스에 대해 좀더 알고 싶어서 케너윅 경찰서에 전화해보기로 했다.

먼저 자신을 FBI 요원이라고 밝힌 뒤 프랭크 홉킨스 살인사건 담당자와 이야기하고 싶다고 했다.

"그 사건은 주 경찰서로 넘어갔어요." 안내원이 말했다. "하지만 해밀턴 형사님은 아직 여기 계세요. 도움이 될지 모르겠지만 사건 현장에 출동했던 분이거든요."

"그럼요. 도움이 되고말고요."

삼십 초쯤 지나서 해밀턴 형사와 연결이 되었고, 그가 전화를 받았다.

"안녕하세요, 형사님. 올버니 연방수사국의 윈슬로 요원입니다. 잠시 통화할 수 있을까요?"

"설마 이름이 제시카는 아니겠죠?"

"맞아요. 명단을 보셨군요."

"아. 솔직히 말하면 반쯤은 농담이었습니다. 그 명단에 있는 게 진짜 요원님 이름인가요?"

"네. 저도 오늘 아침에 프랭크 홉킨스 주변에서 발견된 것과 똑같은 편지를 받았어요. 지금은 그 사실을 비밀로 하고 있지만요."

"뭘 비밀로 한다는 말입니까?"

"편지의 존재요. 그리고 그 명단도."

"아, 그래요, 들었습니다. 그래서 이게 다 무슨 일입니까? 그 명단에 적힌 다른 사람들을 압니까?"

"한 명도 몰라요. 그중 몇 명의 신원을 파악하긴 했는데, 서로 아무런 연관도 없어요. 적어도 우리가 파악한 바로는.”

“정말 이상하군요, 이 모든 일이요.” 해밀턴 형사가 말했다.

“명단에 자기 이름이 있으면 더 이상하게 느껴지죠.”

“그렇겠네요.”

“그럼 프랭크 홉킨스에 대해 말해주시겠어요?”

“프랭크는 평생 여기 케너윅에서 살았습니다. 두 번 결혼했고 자녀는 없어요. 부모님이 설립하고 가족이 경영하는 윈드워드 리조트를 물려받았죠.”

“그 리조트도 케너윅에 있나요?”

제시카가 물었다. 약간 귀에 익은 이름 같았다.

“네, 케너윅 해변에 있어요. 예전엔 제법 고급 리조트였습니다. 가족이 와서 한 달씩 머물다 가는 그런 곳이었죠. 모든 식사를 제공하고, 셔플보드도 할 수 있고, 베란다에서 마티니도 마시고. 하지만 지금은 꽤 쇠락했어요. 제 생각에 프랭크가 그 리조트를 계속 경영한 이유는 그저 사업하는 척하면서 술을 마실 수 있는 바를 갖기 위해서가 아니었나 싶어요.”

“알코올중독자였나요?”

“그럴 겁니다. 제가 아는 사람의 절반이 그렇듯이 정상적인 사회생활을 하는 알코올중독자였죠. 하지만 문제를 일으킨 적은 한 번도 없습니다. 다들 프랭크를 좋아하는 듯했어요.”

“형사님도 포함해서요?”

“물론 저도 포함해서요. 전 가끔씩 금요일 밤에 윈드워드에서 술을 마셨는데 프랭크는 늘 친절했죠.”

"사건 현장에 가셨다고 들었어요."

"갔습니다. 아주 가까이 가지는 못했지만 틀림없이 범죄가 일어난 현장이었어요. 음, 틀림없다기보다 왠지 자연사라고 생각되지 않았습니다. 누군가 프랭크의 머리를 모래에 세게 처박은 것 같았어요."

"모래가 아니라 조수 웅덩이인 줄 알았는데요."

"프랭크가 죽을 때는 조수 웅덩이였죠. 하지만 그후에 조수가 빠져나갔으니까요."

"그렇군요. 프랭크가 봉투와 명단을 가지고 있었나요?"

"둘 다 구겨진 채 손에 들려 있었습니다. 봉투에는 우표가 붙어 있지 않았고요."

"그렇군요. 미처 몰랐어요."

"주 경찰서와 통화해보면 더 자세히 알 수 있을 겁니다. 사건 담당 형사가 메리 파킨슨인데 도움이 될 거예요."

"그분에게 전화하죠."

"그래서 명단에 있는 사람 중에 몇 명이나 찾아냈습니까?" 형사가 물었다.

"잭 래디보, 앨리슨 혼, 제이 코츠만 빼고 다 찾아냈어요."

"아, 그래요. 빠르네요. 뭔가 알고 있는 사람이 있던가요?"

"말씀드렸다시피 제가 아는 한 우린 다 서로를 몰라요. 명단에 이름이 있다는 사실 외에는 공통점도 없고요."

"음, 그럼 이제 공통점이 생겼네요."

"네. 그런 것 같아요." 제시카가 말했다.

"할리우드에 제이 코츠라는 배우가 있습니다. 개인 홈페이지도 있고요."

"아, 형사님도 찾아보셨군요?"

"조금요. 오늘 시간이 좀 남아서 명단의 이름을 검색해보고 뭐가 나오는지 보자 싶었죠."

"저도 배우 제이 코츠에게 메시지를 남기긴 했어요. 하지만 아직 답이 없네요. 지금 캘리포니아는 이른 시간이니까 확인하지 않았을 수도 있죠. 일하는 중일 수도 있고요."

"그 사람이 맞는 것 같아요?"

"네, 그런데 이유는 모르겠어요. 나이 때문인 것 같기도 해요. 지금까지 신원을 파악한 사람들은 모두 삼십대 후반 같았거든요."

"프랭크 홉킨스만 제외하고요."

"네, 프랭크 홉킨스만 제외하고요."

"잭 래디보는요? 아직 못 찾았나요?" 해밀턴 형사가 말했다.

"운이 따르지 않네요. 그 사람도 구글에서 검색해봤어요?"

"네. 많지는 않더군요. 가장 유명한 사람은 작가였어요."

"제가 그 작가랑 통화했는데 명단을 받은 적이 없다더군요. 명단에 아는 사람도 없고요."

"그 작가는 몇 살인가요?"

"일흔 살이요."

잠시 정적이 흐르다가 제시카가 덧붙였다. "혹시 프랭크 홉킨스에 대해 제가 또 알아야 할 사실이 있다면 연락해주시겠어요?”

“물론이죠. 연락처를 알려주세요.”

사무실과 휴대전화 번호를 교환한 뒤에 두 사람은 전화를 끊었다. 제시카는 잠시 조용히 앉아 머릿속에서 윈드워드 리조트의 기억을 끌어내보려 했다. 들어본 적이 있었다. 아주, 아주 예전에.

지금까지 메인주 남부 해안에 적어도 두 번은 갔지만, 그녀가 아는 한 케너윅에 간 적은 없었다. 장대비가 퍼붓던 전몰장병기념일 주말에 예전 남자친구 저스틴과 캠던에 간 적은 있었다. 그게 삼 년 전쯤이었다. 그전에는 열세 살 때 가족 여행으로 간 적이 있는데, 처음 가족들과 갔던 여행인데다 내내 집에 돌아가 친구들과 놀고 싶다고 생각했던 터라 그 여행을 기억했다. 엄마가 케네벙크포트에 빌린 별장은 실망스러웠다. 해변과 가깝기는 했지만 바위투성이 해변이었고, 8월인데도 바다는 얼음장처럼 차가웠다. 제시카는 부모님과 함께 해안을 드라이브하며 다른 작은 마을에 있는 상점과 아이스크림 가게를 둘러봤던 기억이 났다. 그리고 거기 머무는 동안 아빠가 유달리 속 좁게 굴었던 일도. 그 일을 기억하는 이유는 어느 날 저녁식사 자리에서 엄마가 자식도 모자라 남편까지 이기적인 십대처럼 구는 게 지긋지긋하다고 화를 냈기 때문이었다. 그때 케너윅에도 갔던가? 기억나지 않았다.

“그만 퇴근해.” 에런이 문간에 서서 말했다.

제시카는 멍한 상태로 그를 돌아보았다. “퇴근할 거예요. 전화 한 통만 더 하고요."

"알았어. 그럼 이따 나랑 같이 가. 내가 바래다줄게."

"농담이죠?"

"농담 아니야. 나랑 가는 게 싫으면 다른 사람 붙여줄게. 무슨 일인지 정확히 알아내기 전까지는 위험을 감수하고 싶지 않아."

"알았어요. 오 분 뒤에 그쪽으로 갈게요."

에런이 떠난 뒤 제시카는 캘리포니아에 사는 제이 코츠에게 한번 더 전화했다. 이번에도 역시 받지 않았다. 제시카는 지난번에 남긴 메시지보다 좀더 긴급한 내용으로 다시 남길까 고민하다가 그만두기로 했다. 어쨌든 이 사람이 아닐 수도 있으니 괜히 겁을 줄 필요는 없었다.

6

9월 16일 금요일 오후 6시 14분

매슈 보몬트는 오늘 로빈슨 부부와 부부 동반 저녁식사 약속이 있다는 걸 잊어버렸다. 주방으로 들어갔다가 좋아하는 초록색 드레스를 입은 낸시를 보고서야 기억이 났다.

"우리 외출해?" 그가 물었다.

"약속을 잊어버렸구나."

"아주 약간."

"미셸하고 통화했는데 식당에서 만나기로 했어. 예약 시간이 여섯시 삼십분이고 곧 미케일라가 아이들을 돌봐주러 올 거야. 그애에게 아이들이 뭘 해야 하는지 설명할 시간도 빠듯하다고. 그러니까 제발 빨리 옷 갈아입어. 샤워할 시간은 없을 거야."

침실에 가보니 낸시가 그가 입을 옷을 준비해두었다. 황갈색 치노 바지와 바지 밖으로 내서 입어야 하는 버튼다운셔츠였다.

매슈는 정장을 벗고 데오도란트를 뿌린 다음 옷을 입었다. 머릿속으로는 오늘 저녁 모임을 생각하며 로빈슨 부부에게 어제 받은 편지와 오늘 FBI 요원이 사무실로 찾아와 편지를 수거해간 일을 말해야 할지 고민했다. 요원은 편지의 존재, 더 구체적으로 말하면 명단에 적힌 이름을 비밀로 하라고 했다. 하지만 아내가 이미 편지를 봤다고 말했더니 그저 어깨를 으쓱였다. 이 편지는 재미있는 이야깃거리였고, 만약 그가 피트 로빈슨과 술을 마셨다면—그의 아내 미셸과 술을 마셨어도 마찬가지였을 테지만—틀림없이 그 이야기를 꺼냈을 것이다. 하지만 어제 낸시가 명단을 보고 어떤 반응을 보였는지, 그를 얼마나 의심했는지를 생각하면 저녁식사 자리에서 그 얘기를 했을 때 낸시가 어떻게 나올지 예측할 수 없었다. 더군다나 FBI 요원이 사무실로 전화를 걸었고, 다른 요원을 보내 일종의 증거로 편지를 수거해 갔다고 말하면 어떤 반응을 보일지 더더욱 알 수 없었다. 아니, 사실은 낸시가 어떻게 나올지 알고 있었다. 우선 낸시는 그 편지가 성관계 동영상을 유포하겠다고 협박당하는 사람들의 명단이라고 확신할 터였다. 또한 매슈가 그 명단을 그냥 집에서 버리지 않고 회사로 가져갔다는 사실을 알면 질색할 것이다. 그의 유죄가 증명된 셈이라고 주장할 터였다. 하지만 그가 명단을 회사로 가져간 이유는 오로지 낸시가 우연히 그걸 다시 보고 화를 내는 일이 없도록 하기 위해서였다.

옷을 갈아입고 아래층으로 내려온 매슈는 하마터면 현관을 가로지르는 앨릭스와 부딪힐 뻔했다. 앨릭스는 한쪽 양말만 신은 채 맨발로 마룻바닥을 차며 바닥에서 미끄럼을 타고 있었다.

"나뭇가시에 찔릴라." 매슈가 말했지만 앨릭스는 이미 모퉁이를 돌아 널찍한 거실로 들어가버렸다.

낸시의 말소리가 들렸고, 주방으로 들어가보니 낸시가 미케일라에게 이런저런 지시를 내리고 있었다. 미케일라는 이 동네에 사는 십대 여자애로 이 년째 그들이 가장 자주 찾는 베이비시터였다. 그들이 미케일라를 좋아하는 이유는 앨릭스를 잘 다루기 때문이었다. 혹은 적어도 아이들을 돌보고 집에 돌아갈 때 앨릭스가 아무 문제도 일으키지 않았다고 말하기 때문이었다. 낸시와 미케일라는 화강암 아일랜드 식탁 반대편에 서 있었고, 매슈는 미케일라의 이마를 제외한 다른 곳에는 절대 눈길을 주지 않으려 조심했다. 예전에는 젓가락 같았던 미케일라의 몸매가 얼마 전부터 굴곡이 있는 젊은 여성의 몸매로 변했고, 또래 여자아이들처럼 매슈의 눈에는 여전히 속옷으로 보이는 레깅스를 입었다. 레깅스 위에 입은 줄무늬 티셔츠는 길이가 짧아서 배가 살짝 보였다.

"당연히 에마는 자기 하고 싶은 대로 하게 놔둬도 돼. 그애는 걱정할 것 없어. 만약 앨릭스가 저녁을 먹은 다음에도 계속 가만있지 못하면 좋아하는 프로그램을 보여줘. 하지만 넷플릭스의 앨릭스 계정으로만 봐야 해. 우리 계정으로 로그인하지 못하게 해."

"앨릭스는 우리 계정의 비밀번호를 몰라." 매슈가 말했다.

"아마 알걸." 낸시가 말하자 미케일라가 미소를 지으며 고개를 끄덕였다. 예전에는 교정기를 끼고 있지 않았나? 매슈는 기억이 나지 않았지만, 만약 그랬다면 지금은 뺀 모양이었다.

"그래. 그러겠네."

"걱정 마세요." 미케일라가 말했다. "지난번에 앨릭스가 자기가 좋아하는 비디오게임을 가르쳐줬어요. 그거 또 해도 돼요?"

"물론이지." 매슈가 말했다. "하지만 그애한테 져주는 게 좋을 거다. 아니면 또 성질을 부릴 테니."

"딱히 이기고 지는 게임은 아니에요. 세상을 건설하는 게임에 가깝거든요." 미케일라가 말했다.

그들이 차를 타고 식당으로 가는 동안 낸시는 삼십 초 정도 침묵을 지켰고, 매슈는 FBI 이야기를 할까 말까 고민했다. 그때 낸시가 먼저 입을 열었다. "당신이 그런 식으로 미케일라와 계속 시시덕거리면 앞으로 그애한테는 아이들을 못 맡길 거 같아. 당신 너무 역겨워."

매슈는 최대한 조용히 한숨을 내쉬고는 차분히 말했다. "낸스, 난 미케일라와 시시덕거린 적 없어, 정말이야. 그건 불가능해. 미케일라는 어린애인데 내가 어떻게 그애에게 관심이 있겠어?"

"내 말은……"

"당신이 무슨 말 하려는지 알아, 당신 심정을 이해한다고. 하지만 당신이 틀렸어. 이 이야기를 더 할 수도 있지만 지금은 안 돼. 오늘밤에는 친구들과 즐겁게 지내도록 노력하자고."

두 시간 뒤 그들의 테이블에 디저트가 놓였을 때 매슈는 로빈슨 부부와 함께하는 이 저녁식사가 놀랍게도 정말 즐겁다고 생각했다. 낸시도 아까와 달리 시간이 갈수록 긴장을 풀었다. 직거래 농산물로 요리하는 이 식당은 최근 확장공사를 했는데 그중 하나가 난방장치가 있는 야외 파티오였다. 그들도 파티오 자리를 예약했다. 머리 위로 밤하늘이 펼쳐졌고, 서늘한 공기에서는 장작을 때는 그릴에서 풍겨오는 냄새가 감돌았다. 매슈는 오리 가슴살 요리를 맛있게 먹었고, 짭짤한 캐러멜 아이스크림을 곁들인 타르트 타탱도 한입 먹었다. 내일 아침에 꼭 조깅을 하겠다고 다짐하면서.

그는 미셸 로빈슨을 마주하고 피트 옆자리에 앉아 있었다. 덕분에 여자들이 아이들 얘기를 하는 동안 남자끼리 패트리어츠 미식축구팀에 대한 이야기를 할 수 있었다. 그러다 디저트를 먹고 다들 술을 한 잔씩 더 주문한 뒤, 매슈는 포트와인을 홀짝이며 미셸과 이야기를 나누게 되었다. 그녀는 뮤지컬 〈해밀턴〉을 보러 뉴욕에 다녀온 일을 들려주었다. 미셸을 아름답다고 말할 사람은 아무도 없으리라. 그녀는 다리가 짧고 엉덩이는 펑퍼짐했으며 둥근 얼굴에 비해 이목구비가 너무 컸다. 하지만 매슈는 늘 그녀에게 약간의 연정을 품고 있었다. 작년 여름에 그들 부부와 로빈슨 부부도 알고 지내는 친구인 카트라이트 부부가 뒷마당에서 바비큐 파티를 열었을 때 싹튼 감정이었다. 늦은 오후에 불어닥친 폭풍우 때문에 매슈와 미셸은 수영장에서 빠져나와 바들바들 떨고 있는 아이들과 함께 수영장에 딸린 풀하우스로 들어갔다. 매슈와 미셸은 아이들 장난감으로 가득한 선반을 바라보았다. 대부분이 방치되거나 고장나거나 아이들에게 잊힌 장난감이었다. 그때 미셸이 말했다. "난 매사가 서글프게 다가오는 인생의 단계에 접어들었어요."

"그래요?" 그녀의 갑작스러운 고백에 깜짝 놀라며 매슈가 말했다.

미셸이 웃음을 터뜨렸다. "미안해요. 내가 방금 소리 내서 말했나요? 또 너무 심각했네요. 아마 남편이 들었다면 그렇게 말했을 거예요. 이제 내 인생에서 신나고 신비로운 시기는 다 끝나고, 매사가 향수를 불러일으키는 것 같아요. 그냥 나이 먹는 걸로 엄살 좀 부려봤어요."

"무슨 말인지 알 것 같아요. 젊었을 땐 사는 게 두렵기도 했지만 한편으로는 재미있었죠." 매슈가 말했다.

미셸이 다시 웃었고, 두 사람은 아주 가까이 서 있었기에 매슈는 그녀의 입에서 나는 와인냄새를 맡을 수 있었다. "그게 그리웠던 것 같아요. 사는 재미요."

"그나마 아이를 키우는 건 재미있지요."

"당신 아이들이 우리 아이들보다 좀 어리죠. 맞아요, 아이들은 재미있는 존재예요. 하지만 곧 아이들이 당신에게 흥미를 잃을 거예요. 내가 또 엄살을 부리네요." 미셸은 매슈에게 몸을 숙이더니 그의 손을 꽉 잡으며 말했다. "낸시에게 이 대화는 비밀로 해주세요. 이해 못할 거예요."

"약속하죠." 매슈가 말했다. 그때 구명조끼를 입은 말라깽이 소녀가 미셸의 치마를 잡아당겼다.

"저 추워요." 소녀가 말하자 미셸이 아이를 들어올려 꼭 껴안아주었다.

"너 이름이 뭐라고 했지?" 미셸은 자신의 품으로 파고들며 몸을 떠는 자그마한 아이에게 물었다. 매슈는 소녀의 등을 문질러주었다. 소녀는 이름을 말했지만 미셸의 스웨터에 얼굴을 파묻고 있어서 둘 다 듣지 못했다.

그후로 매슈는 그 순간을 수없이 생각했고, 그 기억은 아직도 그의 마음을 아프게 하는 힘이 있었다. 지금 그가 촛불을 옆에 두고 미셸과 대화를 나누는데도 아이러니하게 낸시는 손톱만큼도 질투하지 않았다. 왜 그럴까? 미셸이 약간 뚱뚱하고 두 사람보다 나이가 약간 많아서? 아마 낸시는 미셸의 연갈색 눈이 얼마나 아름다운지 모를 것이다.

집에 도착하고 오 분 후에, 그리고 낸시가 미케일라에게 돈을 주고 돌려보낸 후에(매슈는 일부러 그애에게 눈길도 주지 않았다) 피트 로빈슨에게서 전화가 왔다.

"미셸이 휴대전화가 없어졌다는데, 혹시 테이블에 있는 걸 가져가지 않았어?"

알고 보니 낸시와 같은 기종인 미셸의 휴대전화가 낸시의 것과 함께 그녀의 가방에 들어 있었다. 피트는 휴대전화를 가지러 오겠다고 했다.

"창피해 죽겠네." 낸시가 혀 꼬부라진 소리로 말했다. 낸시가 이렇게 약간이라도 취하는 경우는 매우 드물었다.

"별일 아니야. 당신이 훔치려고 했던 것도 아니잖아. 훔치려고 했어?"

낸시는 미소를 짓더니 매슈에게 밖에서 피트를 기다려주겠냐고 물었다. "난 곧장 2층으로 올라가서 침대로 직행하고 싶어."

매슈는 제일 따뜻한 스웨터를 골라 입고 미셸의 휴대전화를 챙겨서 밖으로 나갔다. 로빈슨의 볼보가 멈추더니 놀랍게도 운전석에서 미셸이 내렸다. 매슈는 휴대전화를 들고 판석 포장길을 내려가 그녀를 맞았다.

"피트가 올 줄 알았어요." 매슈가 말했다.

"실망했어요?"

"아뇨." 그는 미셸에게 휴대전화를 건넸다.

"피트는 스포츠 하이라이트가 보고 싶대요. 그리고 술을 마셔서 운전하면 안 될 거예요. 저도 운전을 해도 되는지 모르겠지만, 전 휴대전화 중독이라서요."

"누구나 다 그렇죠."

둘은 주위가 고요한 가운데 잠시 우두커니 서 있었다. 갑자기 미셸이 말했다. "요즘 어떻게 지내요, 매슈?"

너무 갑작스러운 질문이라 매슈는 무심코 대답했다. "그럭저럭 지내요. 난 아이들이 걱정돼요. 그리고 낸시는, 아내는……아내도 걱정되고요."

"내가 할 말은 아니지만 낸시는 당신에게 너무 모질게 구는 것 같아요."

그 말을 듣는 것만으로도 매슈는 가슴이 먹먹해졌다. "아내는 늘 내게 화를 내는데 나는 이유를 모르겠어요. 어떻게 해야 아내가 화를 내지 않을지도 모르겠고요."

"만약 내가 부부 상담사였다면 당신 잘못이 아니라고 말할 거예요. 낸시가 화내지 않도록 하는 게 당신이 해야 할 일도 아니고요."

"머리로는 알지만 마음으로는 내 탓으로 느껴질 때가 있어요."

"이해해요."

"당신과 피트는 어때요?" 매슈가 물었다.

미셸은 머뭇거리다가 말했다. "피트는 좋은 아빠예요. 하지만 몇 년 전부터 날 거들떠보지도 않아요. 그이가 관심 있는 건 스포츠뿐이죠."

"피트와 얘기해봤어요?"

"해봤죠. 그이는 더 잘하겠다고 약속했지만 달라지는 건 없더라고요. 이제는 더 많은 걸 원하는 내가 이기적이라는 생각이 들어요. 당신은 낸시와 얘기해봤어요?"

"아내는 나나 다른 사람들과 다른 눈으로 스스로를 보는 것 같아요. 모르겠어요…… 어떻게 해야 할지. 하지만 아뇨, 아내와 진지하게 대화해본 적은 없어요."

현관문 위의 센서 등이 꺼졌고 매슈와 미셸은 어둠 속에 서 있었다. 매슈는 지금 반 발짝만 내디디면 그녀와 키스할 수 있고, 그러면 절대 돌이킬 수 없다는 걸 알았다. 하지만 낸시는 이미 그가 수많은 여자와 바람을 피운다고 생각하니 어쩌면 그냥 키스하는 게 나을지도 몰랐다.

매슈가 앞으로 한 발 내딛자 미셸도 한 발 내디뎠고, 둘은 키스했다.

7

9월 16일 금요일 오후 9시 25분

이선은 부모님을 만나고 집으로 돌아가는 길인데 술이나 한잔 하겠느냐는 애슐리의 문자를 무시했다. 대신 해나에게 문자를 보내 집으로 와달라고 사정했다. 하지만 답장은 오지 않았다.

전자레인지에 부리토를 넣고 돌리는 동안 샤이너 복을 한 병 땄다. 그가 아는 한 애슐리와 해나는 함께 살면서도 딱히 친하지 않았다. 그렇다고 애슐리가 예전에 자기와 잤던 남자가 이제는 자기 동거인하고만 잔다는 사실을 흔쾌히 받아들일 거라는 뜻은 아니었다. 하지만 어쩌면 애슐리는 크게 개의치 않을지도 몰랐다. 이선은 제일 오래된 친구 마커스에게 전화해 여자친구의 룸메이트랑 사귀는 게 가능할지 물어볼까 했지만, 벌써 조롱 섞인 그의 웃음소리가 들리는 듯했다.

해나에게서 답장이 오기를 기다리며(그녀의 그런 쌀쌀맞은

태도가 너무 좋았다) 아까 FBI 요원에게 넘긴 명단의 이름을 좀더 자세히 검색해보았다. 그 이름 중에 캐럴라인 게디스가 있었는데 미시간대학교 영문학과 조교수 캐럴라인 게디스와 동일인인지 궁금했다. 대학교 홈페이지에 그녀의 사진이 있었다. 검은 머리를 뒤로 넘겨 널찍한 이마를 드러낸 채—뭐라고 해야 할까—비밀스러워 보이는 미소를 반쯤 짓고 있었다. 이선은 그녀를 보며 낯익은 느낌을 받았다. 꼭 만난 적이 있다기보다 왠지 이미 아는 사람 같았다.

교수진 페이지에 그녀의 이메일이 적혀 있어서 이선은 간단한 메일을 보냈다.

캐럴라인, 혹시 당신 이름이 적힌 이상한 명단을 받았나요? 만약 아니라면 이 엉뚱한 메일은 무시해주세요. 만약 받았다면, 내 이름도 그 명단에 있는데 이유를 모르겠어요. 답장 주세요. 이선 다트.

이선은 답장이 금방 오리라고 기대하지 않은 터라 노트북을 닫고 레코드를 꽂아둔 선반으로 가서 그 앞에 쪼그리고 앉아 음악을 골랐다. 지금 가장 끌리는 음악이 뭘까? 이선은 조니 미첼을 골라 뒷면에 있는 〈더 히싱 오브 서머 론스〉를 틀었다. 그러고는 다시 메일함을 확인하니 놀랍게도 이미 캐럴라인에게서 답장이 와 있었다.

네, 나도 명단을 받았어요. FBI 요원이 와서 무심한 태도로 명단을 가져갔고요. 어떤 질문을 해도 대답하지 않더라고요. 당신은요?

이선은 답장을 썼다.

나도 똑같아요. 무슨 일이 벌어진 게 틀림없습니다. 걱정해야 하는 상황일까요? 나는 걱정되기보다는 궁금합니다.

캐럴라인:

나도 궁금해요. 약간 걱정되기도 하고요. 명단의 이름 중에서 아는 사람이 있었나요?

이선:

아뇨, 없어요. 그리고 그 이름들을 다 검색해봤는데 떠오르는 게 전혀 없었어요. 하지만 교수진 페이지에서 당신 사진을 봤을 때…… 낯이 익은 것 같았어요. 이유는 모르겠습니다.

캐럴라인:

낯이 익다는 게 우리가 서로 아는 사이일 수도 있다는 뜻인가요? 난 당신 이름을 처음 들어봐요.

이선:

그래요? 난 유명한 뮤지션입니다.

캐럴라인:

정말이에요?

이선:
아뇨. 하지만 그렇게 되고 싶어요. 난 야심이 크거든요. 애초에 그런 바보 같은 농담을 한 게 너무 창피하네요. 다른 이야기나 할까요? 고향이 어디예요?

두 사람은 한 시간 동안 이메일을 주고받으며 지금까지 살아온 삶을 비교하고 둘 사이에 연결고리가 있는지 알아내려 했다. 하지만 둘 다 삼십대 중반이라는 사실을 제외하고는 공통점이 거의 없다는 것을 알게 되었다. 그들이 찾아낸 공통점은 매사추세츠주 보스턴 지역 출신의 조부모를 두었다는 것뿐이었다.

이선:
어쩌면 우리의 연결고리는 연관성이 전혀 없다는 것인지도 모르겠네요. 이 정도로 연관성이 없다는 게 이상할 지경이에요.

캐럴라인:
당신은 노래를 만들고, 난 노래를 좋아해요. 하지만 이건 연결고리라고 할 수 없겠죠.

이선:
음, 아마 내 노래는 마음에 안 들걸요. 하지만 당신은 시를 비평하고,

난 시를 좋아하죠.

캐럴라인:

시를 좋아하는 사람은 노래를 좋아하는 사람보다 훨씬 드물어요. 좋아하는 시인이 누구예요?

이선은 잠시 생각하며 그녀에게 좋은 인상을 줄 만한 시인 명단을 빠르게 작성하려다가 굳이 왜 그래야 하는지 자문했다. 그래서 그냥 솔직하게 말하기로 했다.

제일 먼저 떠오르는 시인은 존 베리먼, 프랭크 오하라, 웰던 키스, 로버트 로웰이에요. 또 당신이 아마도 시인으로 인정하지 않을 사람도 많아요. 조니 미첼, 밥 딜런, 레너드 코언, 제임스 맥머트리, 윌리 블로틴.

마지막 이메일을 보낸 후에 답장이 곧바로 오지 않자 이선은 자신이 선택한 시인들이 그녀의 흥미를 떨어뜨린 건 아닐까 생각했다. 그는 일어나서 레코드를 훑어보다가 〈송스 오브 러브 앤드 헤이트〉를 꺼내 첫번째 트랙에 바늘을 내려놓았다.

8

9월 16일 금요일 오후 9시 48분

캐럴라인은 정신이 말똥말똥한 상태로 침대에 앉아 낯선 사람과 이메일을 주고받고 있었다. 그녀가 키우는 오렌지색 고양이 에스트렐라는 평소 습관대로 침대 발치 오른쪽 모퉁이에서 동그랗게 웅크린 채 자고 있었다. 또다른 고양이 페이블은 어딘가에 있을 것이었다.

그 이상한 편지 때문에 갑자기 그녀에게 이메일을 보낸 이선 다트가 조금 전 자신이 좋아하는 시인들을 알려주었고, 캐럴라인은 웰던 키스를 검색해 예전에 좋아했던 그의 시를 찾아보았다. 몇 분 후 시를 찾아낸 캐럴라인은 다시 읽어보았다. 「내 딸을 위하여」라는 특이한 시인데, 특히 마지막 행이 마음에 남았다. '나는 딸이 없다. 딸을 원하지도 않는다.'

이선에게 답장을 쓰려는데 그에게서 다시 메일이 왔다.

내가 밥 딜런을 시인이라고 해서 가버린 거죠?

캐럴라인은 미소를 지으며 이렇게 썼다.

아뇨. 가지 않았어요. 하지만 밥 딜런이 시인은 아니죠. 그 사람은 작곡가예요. 당신을 두고 가버린 게 아니라 내가 좋아하는 웰던 키스의 시 「내 딸을 위하여」를 찾고 있었어요. 요즘에는 이 시인에 대해 들을 일이 없네요.

이선:

휴, 아직 거기 있군요. 벌써 당신이 그립던 참이었어요. 난 키스를 정말 좋아해요. 가끔은 내가 그를 너무 이상화하는 것 같기도 해요. 키스가 행방불명되었고 그후로 그를 본 사람이 아무도 없다는 이유로 말이죠. 「범죄 클럽」이라는 키스의 시를 알아요?

캐럴라인:

몰라요. 하지만 찾아볼게요.

이선:

좋아요. 당신이 그 시를 읽는 동안 참을성 있게 기다릴게요. 당신이 가버린 줄 알고 패닉에 빠지지 않도록 노력할게요.

캐럴라인과 이선 다트는 동트기 직전까지 이메일을 주고받았다. 캐럴라인은 커튼을 물들인 부드러운 잿빛 여명이 아니라 새벽 정찰을 나가게 해달라고 그녀를 깨우러 온 페이블 때문에 시간을 알게 되었다.

이제 곧 아침이에요. 캐럴라인이 메일을 보내자 곧바로 답장이 왔다.

내가 하루 중에서 제일 싫어하는 시간이네요. 내일 저녁에 계속 얘기할까요? 아니면 그만해야 할까요?

캐럴라인:

난 계속할 수 있어요. 하지만 먼저 눈 좀 붙여야겠어요.

그녀는 노트북을 닫은 다음 서재로 가져가서 충전했다. 창문 커튼이 이제 아침햇살로 환히 빛났다. 그런데도 그녀는 다시 이불 속으로 기어들어갔고, 지난 이틀간의 기묘한 사건들을 생각했다. 처음에는 편지가 오더니, 그다음에는 FBI에서 그 편지를 수거하고 싶다는 전화가 왔고, 이제는 텍사스주 오스틴에 살며 웰던 키스를 좋아하는 컨트리 가수와 한참 동안 이메일을 주고받았다. 캐럴라인은 그의 개인 홈페이지에 올라온 사진을 보고 그가 초상화에서 본 에드먼드 스펜서*와 약간 닮았다고 생각했다. 가늘고 뾰족한 코와 진갈색 눈동자가 똑같았다.

---

* 엘리자베스 1세 시대에 활동한 영국 시인.

캐럴라인은 머리 위로 이불을 끌어당겨 어둠 속으로 들어간 다음, 계속 눈을 뜬 채 잠시 누워 있었다.

9

9월 17일 토요일 오전 7시 16분

제시카 윈즐로는 잠에서 깬 채 침대에 누워 있었다. 세 시간이나 제대로 잤는지 의문이었다. 어제저녁에 에런은 그녀를 집까지 바래다주었다. 제시카는 집에 들어오는 에런을 막지 않았고, 심지어 그가 한동안 집안을 이리저리 기웃거려도 내버려두었다. 하지만 그에게 마실 것을 권하지는 않았다. 에런도 그녀를 따라 순순히 현관으로 갔다.

"아침에 곧장 사무실로 와. 어디 공공장소 같은 곳에 들르지 말고." 에런이 말했다.

"알았어요." 제시카는 말하며 현관문의 우편물 투입구에 꽂힌 카탈로그를 집어들었다.

"이번 일을 심각하게 받아들이는 거 맞지?"

제시카는 고개를 들었다. 에런은 진심으로 걱정하는 듯했지만 입에서 치약냄새가 났다. 그건 그녀를 바래다주려고 사무실을 나서기 전에 이를 닦았다는 뜻이었고, 또한 그녀가 자고 가라고 말해주기를 바랐다는 뜻이었다.

"맞아요. 내일 아침에 날 위해 미아스 카페의 커피와 팔미예*를 사다놓겠다고 약속하면 곧장 사무실로 갈게요."

"클린턴 애비뉴에 있는 카페 말이야?"

"네, 거기요."

"알았어. 그럼 내일 아침에 봐."

제시카는 아직 신원을 파악하지 못한 나머지 이름에 관한 정보를 수집하며 밤을 보냈다. 하지만 더는 누구에게도 이메일을 보내거나 전화를 하지 않았다. 그러다 리사 가드너의 신작을 들고 침대로 가서 잠들 수 있겠다 싶을 때까지 읽었다. 하지만 당장은 잠이 오지 않았고, 머릿속으로 계속 명단의 이름을 연결하며 그들의 공통점이 무엇인지 알아내려 했다. 마침내 잠들었을 때는 꿈을 꾼 게 틀림없었다. 왜냐하면 어느 순간 잠에서 깼을 때 방금 꾼 꿈이 모든 걸 설명해준다고 확신했기 때문이다. 제시카는 늘 머리맡 테이블에 놓아두는 노트를 향해 손을 뻗었지만 노트를 펼치고 백지를 보자마자 그녀의 머릿속도 백지가 되어버렸다. 꿈의 흔적은 한 톨도 남아 있지 않았다.

에런이 사무실에 커피를 사오겠다고 했지만 제시카는 집에서 직접 커피를 내려 마셨다. 힘든 하루가 될 터였다. 가장 편한 정

---

* 종려나무 잎이나 나비 모양으로 생긴 프랑스 페이스트리.

장을 입고 안개가 자욱한 거리로 나가 주변 타운하우스의 텅 빈 창문을 훑어보았다. 이 구역에 사는 대부분의 주민처럼 그녀 역시 눈보라가 몰아쳐 제설 작업을 해야 하는 경우가 아니면 집 앞에 주차했다. 주민 전용 주차장이 있기는 해도 저멀리 수영장 반대편에 있었다.

출근하는 차 안에서 NPR을 들으려 했지만 정신이 자꾸 다른 데로 팔려 라디오를 끄고 명단의 이름을 읊어보았다. 프랭크 홉킨스. 잭 래디보. 아서 크루즈. 앨리슨 혼. 제이 코츠. 이선 다트. 캐럴라인 게디스. 매슈 보몬트. 여덟 명이었다. 한 명 더 있었지? 전부 아홉 명이니까. 그러자 명단의 아홉번째 이름은 자신이었다는 게 기억났다. 왜 아홉이지? 제시카는 의아했다. 명단은 열 명이어야 하지 않나? 그녀는 FBI 지부에 도착해 전용 주차 구역에 차를 세웠다. 에런에게 그걸 제일 먼저 물어보리라. 왜 하필 아홉 명일까?

10

9월 17일 토요일 오전 8시

조깅을 하던 매슈는 마을의 보호구역을 가로지르는 구간에 이르렀다. 다트퍼드에서 가장 큰 습지를 끼고 있는 소나무숲이었다. 그는 속도를 늦추며 우듬지를 사라락 흔드는 산들바람 소리에 집중했다. 지금 이 순간에 머물려고 노력했다.

그러다 걸음을 멈추고 가만히 서서 귀를 기울였지만, 들리는 소리라고는 자신의 폐를 들락날락하는 숨소리뿐이었다. 아직도 어젯밤 일이 믿기지 않았다. 어둠 속에 미셸 로빈슨과 함께 서서 통금 시간이 얼마 남지 않은 고등학생처럼 키스하고 서로의 몸을 더듬다니. 매슈는 그 일을 곱씹느라 잠을 설쳤다. 그의 손에 닿은 그녀의 등이 얼마나 단단했는지, 입술이 얼마나 부드러웠는지 계속 떠올렸다. 미셸과 얼마나 그렇게 있었을까? 아마 오 분 정도였으리라. 그후에 미셸은 웃으며 말했다. "음, 이

거 참 재미있네요."

"우린 이러면……"

"안 되죠. 당연히 이러면 안 돼요." 미셸의 손이 매슈의 허리를 감은 채 그의 몸을 바싹 끌어당겼다.

"난 집에 들어가야겠어요. 낸시가……"

"네, 그래야죠. 당연히." 미셸은 그의 허리에 두른 팔을 풀고 차에 몸을 기댔다. "아마도 이 일은 그저 우리 삶의 아주 멋진 간주곡으로 받아들여야 할 거예요."

"맞는 말입니다. 아주 멋진 간주곡이었어요."

둘은 다시 입술에 가볍게 키스하고 작별인사를 나눴다.

미셸이 그렇게 말해줘서 다행이었다. 안 그랬으면 지금쯤 혹시 미셸이 피트에게 다른 사람과 사랑에 빠졌으니 이혼하고 싶다고 말할까봐 겁에 질렸으리라. 아니, 그런 일은 없을 것이다. 그저 기혼인 두 친구가 반쯤 취해서 키스했을 뿐이다. 그 이상의 의미는 없었고, 시간이 흐르면 둘 다 잊게 될 일이었다. 달리 무슨 일이 있겠는가? 미셸과 불륜을 시작하고, 차 안에서 키스하고, 모텔방을 빌리고, 각자 배우자에게 거짓말을 한다는 생각만 해도 식은땀이 나고 메스꺼웠다. 말도 안 되는 발상이었고, 주위 사람들은 상처받을 터였다.

지금 미셸은 무슨 생각을 하고 있을지 궁금했다. 미셸에게 문자를 보내 둘이 만나 이야기할 만한 곳이 있는지 물어봐야 할까? 하지만 그런 문자를 보내면 휴대전화에 기록이 남을 것이다. 설사 그가 그 문자를 지운다 해도 증거가 될 것이다. 또한 어젯밤과 같은 일이 또 벌어질 수도 있다. 그러니 가장 좋은 방법은 아무 일도 없었던 척하는 것이다.

그래도 한 가지는 남았다. 매슈는 불안하면서도 동시에 행복했다. 그 키스의 기억은 적어도 겨우내 가족 문제를 헤쳐나갈 힘이 되어줄 것이다. 늘 마음속에 남아 언제든 꺼내어 볼 수 있다. 그걸로 충분해야 하리라. 만약 그가 미셸과 바람을 피운다면 결국 들통날 것이다. 늘 들통나기 마련이다. 그러면 그와 낸시는 이혼할 테고 양육권은 낸시가 가져가 아마도 다시는 아이들을 보지 못하리라. 낸시는 그가 한 짓 때문에 그를 증오하며 그 증오를 고스란히 아이들에게 물려줄 것이다. 뿐만 아니라 그녀의 신경증적 경향도 대물림되어 아이들은 엄마의 축소판이 될 것이다. 어쩌면 아닐 수도 있고. 어쩌면 아이들은 잘 자랄지도 모른다. 결국에는 매슈도 그랬으니까. 어린 시절 내내 그의 어머니는 엉망진창이었다. 그리고 그가 대학에 진학하면서 집을 떠난 후로 어머니는 십오 년 넘게 집밖에 나가지 않았다. 야채수프를 먹고, 홀마크 채널에서 방영하는 영화—해피 엔딩으로 끝나기만 한다면 어떤 영화든 상관없었다—를 꾸준히 보며 살았다. 맙소사, 왜 내가 엄마 생각을 하고 있지? 매슈는 다시 미셸을 생각했다. 그리고 그녀를 품에 안았을 때 어떤 느낌이었는지 떠올렸다.

더는 호흡이 거칠지 않았지만 두 손으로 무릎을 짚은 채 허리를 숙이고 있던 매슈는 허리를 펴고 런지를 두어 번 한 뒤 좀더 스트레칭을 했다. 오늘은 멀리 돌아서 달리기로 이미 마음먹은 터라 앞으로 4킬로미터는 더 달려야 했다. 미셸 로빈슨을 좀더 생각할 수 있었다. 하지만 다시 달리기 전에 뒤에서 잔가지가 뚝 부러지는 소리가 들리더니, 정확히 그의 양 견갑골 사이에 구멍을 뚫은 44구경 총알의 엄청난 위력에 매슈는 앞으로 털썩 쓰러졌다. 총알이 견갑골 사이를 통과하며 척수를 절단해버린 탓에, 솔잎이 깔린 푹신한 바닥에 쓰러졌을 때 그는 사실상 뇌사 상태였다.

일곱

~~Matthew Beaumont~~

Jay Coates

Ethan Dart

Caroline Geddes

~~Frank Hopkins~~

Alison Horne

Arthur Kruse

Jack Radebaugh

Jessica Winslow

1

9월 17일 토요일 오전 8시 4분

총알이 매슈 보몬트의 목숨을 앗아간 바로 그 순간, 9월의 토요일 아침에 일찍 일어난 앨리슨 혼은 알칼리수 한 잔을 다 마신 뒤 요가 매트에 누워 있었다.

긴장을 풀려고 했지만 머릿속이 복잡했다. 두 시간 전에 일어난 후로 계속 그랬다. 이는 주기적인 현상이었는데, 자신이 완전히 무의미하거나 목적 없는 삶을 살고 있다는 생각이 들면서 갑자기 숨을 쉴 수 없을 정도의 공황 상태에 빠지곤 했다. 이십대와 삼십대를 거치며 가끔씩 그런 기분을 느낀 적이 있었지만 이제는 시간이 문제였다. 12월이면 마흔한 살이었다. 그 생각을 하면 온몸이 오싹해지며 두려움이 밀려오고 가슴이 콱 막혔다. 그녀는 십구 년 전 코네티컷주 매더대학에서 예술 학위를 받은 뒤 뉴욕으로 이사했고, 곧바로 유망해 보이는 일자리를 연

달아 구했지만 어디에도 자리를 잡지는 못했다. 어퍼이스트사이드에 사는 부유한 부부의 베이비시터로 일했고, 요가 강사도 했고, 배우의 프로필사진만 전문으로 찍는 사진사로도 일했다. 또 빌리지에 있는 사진 갤러리에서 무급 인턴으로도 일했으며, 기억하는 한 계속 사진을 찍었다. 주로 친구들과 뉴욕의 거리를 피사체로 삼아. 지금 그때 찍은 몇몇 사진을 보면 자신이 실패자라는 슬픔에 가까운 감정에 휩싸였다. 그 사진들은 실력 좋은 사진가가 찍은 훌륭한 사진의 아류작 같았다. 괜찮은 사진도 있었지만 돋보이는 사진은 한 장도 없었다. 그녀에게 특별한 재능이 없다는 사실을 상기시켜주는 사진들이었다. 또한 자유분방했던 이십대와 그 시절이 다시는 오지 않으리라는 사실도. 그녀가 찍은 사진 속 친구들은 대부분 가정을 꾸리거나 유망한 경력을 쌓으려 뉴욕을 떠났다. 하지만 그녀는 여전히 여기 남아 있었다.

일 년 전, 조너선 그랜트와 관계를 맺은 덕에 여유 시간이 생기자 앨리슨은 자신이 찍은 사진 중 일부를 활용해 콜라주를 만들었다. 문자메시지와 이메일을 출력해 사진에 붙이고, 그걸 다시 캔버스에 재배치한 다음 그 위에 오일스틱으로 색을 칠했다.

조너선은 콜라주가 마음에 든다며 심지어 전시회까지 열어주겠다고 제안했다. 하지만 최근 들어 앨리슨은 자신이 작업한 여남은 개의 작품을 보면 마치 외국어로 적힌 대본을 보는 듯 무슨 의미인지 도무지 읽을 수가 없었다. 좋은 작품인지, 형편없는 작품인지도 가늠할 수 없었다. 앨리슨은 그 작품들을 옷방

안쪽에 처박아버렸다.

기분이 좋은 날에는 자신이 행복하고 편안한 삶을 사는 행운아라고 생각했다. 돈 걱정 없이 맨해튼의 널찍한 침실 하나짜리 집에 살았으며, 예술활동을 하고 책을 읽고 운동하고 친구를 만날 시간이 있었다. 그녀가 해야 할 일은 조너선을 만나는 것뿐이었다. 조너선은 일주일에 한 번 섹스하고(가끔은 그것조차 하지 않았다) 이따금 최고급 레스토랑에서 함께 저녁을 먹는 대가로 생활비를 주었다.

조너선에게 돈을 받는 정부로 산 지 이제 일 년이 되었다.(가끔은 자신이 그의 여자친구라고 생각하고 싶었지만 사실은 그렇지 않다는 걸 앨리슨도 알았다.) 조너선은 그녀가 맨해튼 미드타운에 있는 지하 스테이크 하우스에서 자리를 안내하는 종업원으로 일할 때 접근해왔다. 당시는 재정적으로나 정신적으로나 그녀에게 특히 힘든 시기였다. 오 년 사귄 남자친구와 서로 합의하에 헤어졌지만 남자친구는 곧장 같은 로펌에 근무하는 더 어린 여자를 사귀었고, 일 년 만에 결혼해 뉴저지에 집을 사서 가정을 꾸렸다. 또한 앨리슨은 뉴욕에 와서 얻은 일자리 가운데 제일 좋은 직장도 잃었는데, 브루스 램이라는 닷컴 기업가가 후원하는 신생 문학잡지의 사진 편집자 자리였다. 듣자하니 그 잡지는 창간하고 이 년 동안 막대한 손실을 봐서 더는 세금 공제용으로도 쓸모가 없었다고 한다. 마침 그때 친구 루시가 스테이크 하우스에서 안내원으로 일하고 있었다. 손바닥만한 스커트에 홀터톱을 입기는 해도 하기 쉬운 일이었고, 팁도 다른 직원들과 함께 나눠 받을 수 있었기 때문에 그녀는 뉴욕에 온 이래로 가장 많은 주급을 벌었다.

조너선 그랜트는 식당의 준단골로 저녁 아홉시쯤 혼자 와서 바에 앉았다. 멋진 정장을 입고 굵은 저음에 자세가 곧은 그는 앨리슨의 엄마가 좋아했던 제임스 메이슨이라는 배우를 연상시켰다. 그는 늘 특선 메뉴인 게살과 베어네이즈소스를 곁들인 프티필레미뇽을 주문했다. 손님이 없는 한가한 저녁이면 앨리슨은 그와 이야기를 나누곤 했는데 종종 그가 마시는 와인이 화제로 올랐다. 어느 날 저녁, 늦게까지 바에 남아 있던 조너선이 앨리슨에게 두 블록 너머에 자신이 아는 바가 있는데 함께 가지 않겠느냐고 물었다. 뉴욕에서 최고의 와인을 파는 스페인식 타파스 식당이라고 했다. 앨리슨이 망설였는지 그가 얼른 두 손을 들어올리더니 말했다. "거절해도 괜찮아. 난 그냥 당신과 와인 이야기를 하는 게 좋아서. 그리고 이왕이면 당신도 나와 함께 와인을 마시면서 와인 이야기를 하면 좋겠어."

"마감 시간이 되면 알려줄게요." 앨리슨이 말하고 자리로 돌아갔다. 그녀는 조너선과 함께 가고 싶었다. 조너선은 아버지뻘이긴 했으나 위험해 보이지 않았고, 또한 매력적이었다. 그럼에도 그가 그런 제안을 하자마자 앨리슨의 살갗에 기이한 한기가 퍼졌다. 마치 불길한 예감 같았다. 앨리슨은 어릴 때부터 가끔씩 그런 예감이 들곤 했다. 예전에 할머니와 전화했을 때도 너무 추워서 통화가 끝난 뒤에 스웨터를 가지러 달려가야 했다. 그다음에 할머니를 봤을 때는 열린 관 속에 누워 있는 모습이었는데, 마치 누군가 할머니의 몸을 숨쉬지 않는 끔찍한 모형으로 바꿔놓은 듯했다. 그녀가 느끼는 한기가 항상 죽음과 연결되는 것은 아니었다. 앨리슨이 열세 살이었을 때 그리니치에 새로 이사온 탤벗 부인을 처음 만났는데 그때도 오한이 들었다. 그로부터 일 년도 안 되어 아버지는 가족을 버리고 메리앤 탤벗과 함께 필라델피아로 떠나 새 가정을 꾸렸다. 원래 냉담하고 불만스러운 아버지였으나 가족을 버린 뒤로는 남이나 다름없었다. 지난 십 년 동안 앨리슨은 아버지와 이야기를 나눈 적이 없었다.

앨리슨은 자신의 예감이 주로 변화를 암시한다고 생각했다. 그것도 항상 부정적인 변화를. 죽음도 당연히 부정적인 변화였다.

조너선 그랜트가 함께 술을 마시러 가자고 청했을 때 한기를 느꼈음에도 앨리슨은 그와 함께 갔다. 그리고 즐거운 시간을 보냈다. 조너선은 자식과 일에 대해 이야기했고, 그녀에게 어떻게 살아왔는지 물었다. 앨리슨은 만약 그가 키스하려 하면 그냥 허락하자고 마음먹은 터였지만, 그는 키스하려 하지 않았다. 하지만 세번째 데이트에서 조너선이 그녀에게 새로운 제안을 했다.

"나는 직설적인 대화가 통한다고 믿어. 내 재산도 전부 그렇게 모았고. 그래서 당신한테 한 가지 제안을 하고 싶어."

그가 자세히 설명하기도 전에 앨리슨은 어떤 제안일지 대충 짐작했지만, 결국에는 자세한 설명을 듣고 난 후에야 마음이 움직였다. 조너선은 그래머시파크 부근에 아파트를 소유하고 있는데 앨리슨에게 공짜로 거기 살게 해주겠다고 했다. 그 대가로 일주일에 한 번 그와 '육체적 교류'—그의 유감스러운 표현—를 하길 원하며 또한 용돈과 선물도 풍족하게 주겠다고 했다.

"우린 아직 함께 잔 적도 없어요. 나와의 섹스가 좋을지 어떻게 알죠?" 앨리슨이 물었다.

"난 당신을 좋아하니까. 난 페티시도 없고, 당신 가슴이 어떻게 생겼는지, 당신이 어떤 행위를 좋아하는지도 신경쓰지 않아. 그런 건 전혀 상관없어. 난 그저 당신과 친밀해지고 싶을 뿐이야. 하지만 결정하기 전에 먼저 나와 자보고 싶다면 그것도 충분히 이해해."

그래서 그들은 그날 밤에 그리니치호텔에서 하룻밤을 보냈다. 그의 말대로 조너선의 성적 행동에는 이상하거나 변태적인 면이 전혀 없었다. 그는 먼저 약을 먹으며 이걸 먹어야 발기가 잘된다고 했다. 그런 다음 그녀를 침대로 데려가 아주 부드럽게 시작했다, 약간 지루할 정도로. 그러다 어느새 주도권을 잡고 계속 체위를 바꾸더니 두 사람 모두 가장 잘 느끼는 체위를 찾아냈고, 앨리슨은 쉽게 오르가슴을 느꼈다. 그녀가 지치고 긴장이 풀린 상태로 푹신한 침대에 누워 있는 동안 조너선은 룸서비스로 차가운 화이트와인 한 병을 주문했다.

"그럼 이제 난 당신의 창녀가 되는 건가요?" 앨리슨이 물었다.

"'정부'라는 호칭이 더 낫지만 당신이 원하는 대로 불러. 내 제안을 거절한다 해도 이해해."

"만약 내가 다른 남자를 만나면요? 그러다 사랑에 빠지면?"

"기꺼이 축하해주지."

그게 열네 달 전의 일이었다. 그날 밤 스테이크 하우스에서 느꼈던 예감에도 불구하고 조너선이 가져다준 변화는 대부분 긍정적이었다. 그녀의 삶은 즐거움으로 가득했다. 이제 돈 걱정은 하지 않았다. 대신 삶의 목적에 대해 걱정했다. 나이든 유부남과의 관계라는 일종의 함정에 빠진 것은 아닐까? 이 관계는 영원할 수 없는데, 그가 떠난 뒤에는 어떻게 할 것인가? 조너선이 제공하는 안정적인 수입이 사라진 삶으로 어떻게 돌아갈 수 있을까?

하루가 그녀 앞에 드리워져 있었다. 앨리슨은 더그에게 함께 점심을 먹을 수 있는지 문자를 보냈고, 보낸 직후에야 그가 남자친구와 주말을 보내러 뉴욕주 북부에 갔다는 사실이 기억났다.

집안을 서성이며 오늘 아침에는 왜 이렇게 온몸이 떨리는지 의아했다. 팔다리가 정말로 쿡쿡 쑤셨다. 요 며칠 기분이 이상했는데 돌이켜보니 명단이 든 편지를 받은 날부터였다. 이렇게 감정에 휩싸인 적은 오랜만이었고, 원인은 그 편지였다. 변화가 다가오고 있다는 뜻이었다, 그것도 부정적인 변화가.

하마터면 명단을 다시 보려고 주방 쓰레기통을 뒤질 뻔했다. 하지만 그런다고 뭐가 달라지겠는가? 대신 앨리슨은 오전에 페디큐어 예약을 할 수 있는지 알아보려고 단골 스파에 전화했다.

2

9월 17일 토요일 오전 8시 21분

침실 창문을 열어둔 터라 잠에서 깨니 방안이 서늘했다. 하지만 묵직한 이불을 덮어서 몸은 기분좋게 따뜻했다. 아서는 잠시 누워서 서늘한 공기의 감촉과 이불 속 따뜻한 체온, 산들바람에 펄럭이는 커튼을 음미하며 서서히 정신을 차렸다. 빛이 높은 천장의 반을 가로지르며 깜빡거렸고, 아서는 그 빛에서 눈을 떼지 못했다. 그러다 매일 아침 그러듯이 생각이 밀려들었다. 리처드의 죽음, 이상한 편지, FBI 요원. 그러자 잠이 완전히 깼다.

샤워를 하며 그날 아침 침대에서 잠시 누렸던 몇 분간의 고요한 행복을 떠올렸다. 요즘 들어 잠에서 깬 뒤 리처드가 죽었으며 다시는 그를 볼 수도, 그와 이야기를 나눌 수도 없다는 사실을 기억해내기까지 시간 차가 생기는 날이 점점 더 늘어났다. 아서는 혼란스러웠다. 아직 살아 있다는 사실을 음미할 수 있는 그 순간이 좋기도 했지만, 리처드가 자신에게서 점점 멀어져 반은 잊힌 과거의 유령이 될까 두려웠다.

아서는 억지로 생각을 멈추고 대신 오늘 하루의 계획을 세웠다. 토요일이 일주일 중에서 제일 힘들었다. 출근도 안 하고 교회도 가지 않기 때문에 하루가 끝없이 길고 텅 빈 복도처럼 그의 앞에 펼쳐졌다. 그래도 낙엽을 쓸어야 하니, 그 일을 하다보면 어느 정도 시간이 갈 것이다. 그다음에는 미드미술관에서 열리는 '중세시대 성물 컬렉션' 전시회를 보러 갈 예정이었다. 그의 취향에 딱 맞는 전시회였다. 두 일정 사이에 당연히 식사도 하고, 저녁을 먹은 뒤에 영화도 한 편 보면 이번 토요일도 그럭저럭 넘길 수 있으리라.

3

9월 17일 토요일 오전 11시 13분

“왜 아홉 명일까요?” 제시카는 자신의 자리로 다가오는 에런에게 물었다.

“응?”

“왜 명단이 열 명이 아니라 아홉 명일까요? 이런 명단은 보통 열 명 아닌가요? 왜 그래요, 에런? 무슨 일 있어요?”

제시카는 에런이 그녀의 말을 듣기보다 그녀에게 무언가를 말하려고 기다린다는 걸 알아차렸다. 그래서 의자를 마저 돌려 에런과 정면으로 마주보았다. 그는 두 손을 바지 주머니에 넣은 채 서 있었다.

“또 죽었어.”

“누가요? 어디서요?”

“매사추세츠주 다트퍼드에 사는 매슈 보몬트. 아침에 조깅하다가 총에 맞았어."

"그 매슈 보몬트가……"

"명단에 있던 사람이냐고? 맞아. 직장이…… 보스턴이더군. 어제 보스턴에서 편지를 수거했어."

"세상에." 제시카가 말했다.

"그러게 말이야."

"어떻게 죽었어요? 총에 맞았다고 했죠? 몇시에요?"

"정확히 몇시에 총에 맞았는지는 몰라. 하지만 시신은 아침 열시쯤에 발견됐어. 매슈 보몬트는 신분증을 소지하고 있지 않았지만 지역 경찰이 신원을 확인할 수 있었어. 우리가 미리 이름을 알려줬기 때문에……"

"그러니까 범인이 누구든 그 지점에서 몇 시간 거리에 있었던 거네요."

"그걸로는 아무것도 알아낼 수 없어." 에런이 말했다.

"알아요. 다만…… 이틀 만에 둘이나 죽었어요."

"마음 한구석에는 이 모든 게 그저 엄청난 우연의 일치가 아닐까 하는 의구심이 아직 남아 있었던 것 같아. 무작위로 아홉 명이 명단에 올랐고, 우연히 그중 한 명이 살해당한 거라고. 더는 아무 일도 일어나지 않을 줄 알았어. 또다른 사망자도 없을 거고, 우린 이 일을 모두 잊어버릴 거라고."

"두번째 비행기예요." 제시카가 말했다.

"무슨 말이야?"

"9.11테러 당시에 첫번째 비행기가 쌍둥이 빌딩과 충돌한 뉴스를 보면서 다들 그냥 끔찍한 사고라고만 생각했죠. 그러다 두 번째 비행기가 바로 옆 빌딩과 충돌하면서 모든 게 바뀌었어요."

"맞아. 나도 기억나. 이번 사건이 두번째 비행기인 셈이군. 이젠 그 명단에 있는 사람을 전부 보호해야 해. 너도 포함해서."

제시카는 고개를 끄덕였다. "전부 다 신원을 파악할 수 있으면 좋겠어요. 아침 내내 찾아봤어요. 이 나라에 앨리슨 혼이 몇 명이나 되는지 알아요?"

"네가 찾는 앨리슨 혼이 이 나라에 있다는 보장은 있고?"

"없죠, 당연히. 하지만 찾아야 해요. 일단 우리가 매사추세츠주 다트퍼드로 가야겠네요."

에런은 주머니에서 한 손을 꺼내 자리를 구분하는 칸막이에 올렸다. "'우리'라면 다른 FBI 요원을 말하는 거겠지? 넌 이 사건에 관여할 수 없다는 거 알지?"

비록 고개를 젓기는 했어도 제시카 역시 알고 있었다. "적어도 아직 찾아내지 못한 사람들을 찾는 일은 할 수 있잖아요, 그렇죠?"

"나한테 묻지 마. 그건 루스에게 달렸어. 내가 여기 온 진짜 이유도 그거고. 루스가 십 분 뒤에 모든 요원에게 브리핑할 거야."

"알겠어요. 젠장, 나한테 휴직하라고 하겠죠?" 제시카가 말했다.

"그래야지. 범인을 잡을 때까지 비밀리에 휴가를 보낼 거야.

네가 루스 입장이라고 해도 그렇게 하지 않겠어?"

"그랬겠죠." 제시카는 책상에서 휴대전화를 집어들며 자리에서 일어났다. "어디에 맞았대요?"

"매슈 보몬트? 등에 맞았다던데. 자기가 총에 맞을 거라는 걸 몰랐어."

"어제 그 사람하고 통화했는데. 맙소사. 아무래도 장난이 아닌 것 같네요."

둘은 함께 루스 잭슨의 사무실로 걸어갔다.

4

9월 17일 토요일 오전 9시 48분

제이는 이틀 전 오디션에서 떨어졌던 기억이 생생히 떠올라 불쾌한 기분으로 잠에서 깼다. 눈 뒤에서 뻐근한 두통이 느껴지는 숙취에 시달리며 어제 술을 몇 잔이나 마셨는지 세어보았다. 동네 술집에서 페일 라거를 몇 잔 마신 뒤 집에 돌아와 큼직한 잔에 얼음을 넣은 도수 높은 보드카를 두 잔—석 잔이었나?—더 마셨다. 그런 다음 섹스할 수 있는 사람, 기왕이면 조져놓을 수 있는 상대를 찾아 크레이그리스트의 구인란을 뒤졌다. 심지어 한동안은 진짜 매춘부와 메시지를 주고받으며 화대를 흥정했다. 하지만 그가 뒤에서 박다가 아랫배를 주먹으로 갈기려면 얼마를 줘야 하냐고 묻자 여자에게서 연락이 끊겼다. 그 메시지를 받은 여자의 얼굴을 떠올리는 것이 그날 저녁에 가장 즐거운 일이었다. 하지만 그 순간에도 제이는 브렌트우드 컨트리 마트에서 처음 보고 코리아타운의 집까지 미행했던 여자를 생각했다. 어쩌면 정말로 그녀를 찾아가야 할지도 몰랐다. 어젯밤에도 그 생각을 했는데 오늘 아침에 또 그 생각을 하고 있었다. 제이는 그녀의 인스타그램에 들어가 사진을 훑어보며 다른 섹시한 여자들의 인스타그램에 올라온 사진들과 똑같다고 생각했다. 자신이 얼마나 똑똑한 사람인지 보여주기 위해 편안한 자세로 책을 읽는 사진이 있었다. 또 여자 친구들과 브런치를 먹으며 프로세코 와인을 마시는 사진도 있었다. 물론 비키니를 입은 삼백여 장의 사진도 빼놓을 수 없었다. 그것이야말로 그녀가 세상에 보여주고 싶은 사진이었으니까. 내 몸매를 봐. 나랑 하고 싶겠지만 꿈 깨. 이런 사진을 올리는 이유가 그거였고, 제이는 그녀를 살짝, 어쩌면 좀 세게 밟아주고 싶었다.

제이는 잠시 휴대전화를 내려놓았다. 어젯밤에 꿨던 꿈이 의식 속으로 잠깐 떠올랐다. 아주 어릴 때부터 반복해서 꾸던 꿈이었다. 꿈에서 그는 누군가를 죽여 시신을 숨겨야 했는데 잡힐까봐 겁에 질렸다. 혹은 이미 시신을 숨겼지만 곧 발견되리라는 걸 알았다. 제이는 어젯밤 꿨던 꿈의 실타래를 풀어보려 애썼다. 꿈에서 누굴 죽였을까? 브렌트우드에서 봤던 그 금발이었을까? 아닐 것이다. 아마도 고등학교 때 여자친구이자 그가 동정을 바친 올리비아 바워였으리라. 그가 올리비아를 때려 죽이고 시신을 일Eel 연못에 던진 꿈을 꾼 게 이번이 처음은 아니었다. 그 연못은 그의 고향 뉴햄프셔주의 거지같은 마을에 있었는데 호수인 척했지만 사실은 수심이 얕은 습지였다. 그렇다, 전에도 그 꿈을 꾼 적이 있었고 내용은 늘 똑같았다. 그는 올리비아의 시신에 돌을 매달아 녹색 수면 아래로 가라앉히려 했지만 시신은 계속 수면 위로 둥실 떠올랐다.

그 꿈을 너무 자주 꿔서 가끔은 현실 같기도 했다.

오전 열한시부터 정오까지 헬스장에서 사이클링 수업을 가르치는 것 말고는 한가한 하루가 그를 기다리고 있었다. 제이는 팔굽혀펴기를 몇 개 하고, 스무디를 만들어 마신 다음, 자위는 커녕 자신을 만지는 것조차 허락하지 않으면서 포르노를 봤다. 고통스러웠지만 동시에 어느 정도 활력을 되찾을 수 있었다. 포르노가 지겨워지자 휴대전화를 확인했는데 모르는 번호가 남긴 음성메시지가 있었다. 어제 온 메시지였고, 제이는 아마도 광고 전화일 거라고 생각했지만 혹시 일과 관련된 것일지도 모르니 한번 들어보기로 했다. 알고 보니 광고 전화가 아니라 연방수사국의 제시카 윈즐로라는 여자가 남긴 메시지로, 가능한 한 빨리 전화해달라고 했다. 제이는 분노와 두려움으로 속이 뒤틀렸다. 맙소사, 어젯밤에 구인 광고를 통해 매춘부한테 보낸 메시지 때문일까? 그럴 리는 없다. 아마 그 여자는 그런 말을 숱하게 들었을 테고, 게다가 그의 계정을 추적해서 신원을 알아내는 건 불가능했다. 그제야 이 FBI 요원이 메시지를 남긴 시간은 어제 오후고, 그가 매춘부에게 메시지를 보낸 시간은 어젯밤이라는 사실을 깨달았다. 그러자 긴장이 약간 풀렸지만, 그가 자신의 계정으로 그런 메시지를 보낸 게 어제가 처음은 아니었다. 혹시 모르니 메시지를 전부 삭제하고 노트북을 싹 갈아엎어야 할지도 몰랐다.

제이는 음성메시지를 다시 한번 들으며 여자의 어조를 읽어 보려 했지만 아무것도 알아낼 수 없었다. 아마 별일 아닐 것이다. 별일 아니길 바랐다. 어쨌든 제이는 FBI 요원에게 전화하고 싶지 않았다. 요원이 해야 하는 말이 무엇이든 간에 그가 듣고 싶은 말은 아닐 것이다. 제이는 메시지를 삭제했다.

5

9월 17일 토요일 오후 2시 5분

캐럴라인은 느지막이 일어나 학생들이 제출한 리포트를 아침 내내 채점하고, 조지 엘리엇에 관한 강의 내용을 약간 수정했다. 심지어 삼십 분 동안 웰던 키스의 시를 외우기도 했다. 그런 다음 늦은 점심으로 그릴드치즈샌드위치를 만들고, 주초에 직접 만든 토마토수프를 데워 현관 포치로 가져갔다. 와인도 한잔 마실까 하다가 그만두기로 했다.

따뜻하면서 살짝 흐린 날로 구름이 얇은 거즈처럼, 혹은 마취 상태로 수술대에 누운 환자처럼 하늘에 깔려 있었다. 에스트렐라가 그녀와 함께 포치에 앉아 방충망 너머로 홍관조를 지켜보았다. 페이블은 여전히 집밖을 돌아다녔다. 아까 옆집의 높이 자란 잡풀 사이로 어슬렁거리며 돌아다니는 걸 보았다.

캐럴라인은 가지고 나온 휴대전화로 텍사스에 사는 모르는 남자와 주고받았던 이메일을 다시 살펴봤다. 너무도 기이한 인연이라서 자꾸만 생각났다. 그녀의 학생들, 뿐만 아니라 아마 동년배들도 일상적으로 그렇게 온라인에서 장시간 시시덕거리겠지만 그녀는 처음이었다. 그리고 이제 캐럴라인은 만난 적도 없는 남자에 대한 생각에 사로잡혔다. 아니, 그건 사실이 아니다. 비록 직접 대면하지는 않았더라도 어젯밤에 그들은 분명히 만났다. 어떤 면에서는 지난 몇 년간 그녀가 나눴던 대화 중에서 가장 의미 있었고, 학회에서 가끔씩 자기만족에 빠진 학자들과 시시덕거리는 것보다 훨씬 더 재미있었다. 캐럴라인은 이메일을 뒤지다 말고 자신이 찾아낸 이선 다트의 사진 몇 장을 들여다보았다. 그러다 충동적으로 그의 동영상을 검색해 유튜브에서 하나 찾아냈다. 몇 년 전에 열린 '오스틴 쇼케이스'라는 행사였는데, 그가 홀로 무대에서 기타를 연주하며 〈저스트 비코즈〉라는 노래를 불렀다. 이선은 블랙진에 '드 라 소울'이라고 적힌 티셔츠를 입고 나무 스툴에 걸터앉아 있었다. 캐럴라인은 전반적으로 음악에 대한 지식이 짧았다. 자신이 어떤 음악을 좋아하는지는 알지만 굳이 새로 나온 앨범을 들어보거나 콘서트를 찾아다니지는 않았다. 주로 대학 시절 이후로 계속 소장하고 있는 CD를 들었다. 여자 가수가 부르는 포크송, 현악사중주, 헤어진 남자친구 앨릭에게 받은 아이슬란드풍 음악. 하지만 다행히 이선의 노래는 마음에 들었다. 특히 '내가 부츠로 바닥을 톡톡 친다고 해서 그 노래가 마음에 든다는 뜻은 아니야'라는 가사가 반복되는 후렴구가. 캐럴라인은 자기도 모르게 그 가사가 담고 있을 법한 온갖 의미를 해석해보았다.

그녀가 남은 샌드위치를 수프에 찍어 먹고 있는데 순찰차 한 대가 서서히 진입로로 들어섰다. 머릿속에 몇 가지 생각이 마구잡이로 스쳐갔다. 부모님이 돌아가셨나? 페이블이 도로변에서 죽은 채로 발견됐나? 이선 다트에 대해 물어보려고 왔나? 마지막 생각과 함께 저들이 그 이상한 명단에 적힌 사람들을 추적하려고 왔음을 깨달았다. 제복을 입은 경찰 두 명이 순찰차에서 내렸다. 한 명은 남자고 다른 한 명은 여자였는데, 한 명은 엉덩이가 크고 다른 한 명은 안짱다리였다. 두 경찰이 현관 포치를 향해 걸어왔다.

6

9월 17일 토요일 오후 1시 18분

앤아버 경찰이 캐럴라인의 집 포치에 들어선 바로 그 시간에 오스틴에서도 순찰 경관 한 명이 이선의 아파트에 찾아왔다. 레센데즈 경관은 이선이 잠든 사이에 그의 집 현관문을 두드렸다. 이선은 이미 일어나 커피 한 잔과 반숙 달걀프라이를 세 개나 먹었지만, 너무 피곤해서 다시 침대로 기어들어가 낮잠을 자는 중이었다. 레센데즈 경관의 날카로운 노크 소리가 이선의 꿈에 녹아들었다. 꿈에서 이선은 졸업하기 위해 마지막 시험을 치러 다시 러벅의 대학에 돌아갔다. 레센데즈 경관의 노크 소리는 시험을 보는 강의실 창문 밖에서 커다란 검은 독수리가 유리창을 쪼아대는 소리로 등장했다. 이선은 바닥에 깐 두툼한 요에서 몸을 일으켜 현관으로 걸어가 외시경을 내다볼 즈음에서야 꿈에서 완전히 깼다. 문 앞에는 말끔히 면도한 경관이 서 있었다.

"무슨 일이시죠?" 이선이 문을 15센티미터쯤 열고 경관에게 말했다.

"이선 다트 씨인가요?"

"그런데요." 이선은 그렇게 말하고 가래 낀 목을 가다듬기 위해 헛기침을 했다. 날 체포하려는 건가?

"서까지 동행해주시겠습니까? 당신은 일시적으로 보호 구금될 예정입니다. 상황을 설명해줄 연방 요원이 경찰서로 오는 중이에요."

"정말입니까? 무슨 일인데요?"

"솔직히 말해서 저도 전혀 모릅니다. 하지만 저라면 편하게 입을 옷을 챙기겠습니다. 구치소에 얼마나 오래 있을지 모르니까요."

7

9월 17일 토요일 오후 3시 10분

현관문의 우편물 투입구로 우편물이 유독 크게 쿵 떨어지는 소리가 나자 잭 래디보는 식탁 의자에서 일어나 살펴보러 갔다. 아내가 보낸 마닐라지 봉투에 든 소포였다. 발신인 주소는 없었지만, 잭은 아내의 필체를 자신의 필체보다 더 잘 알았다.

잭은 그 두툼한 소포를 들고 다시 식탁으로 돌아가 스테이크 칼로 봉투를 찢었다. 안에는 예전 주소로 배달된 그의 우편물 한 더미가 들어 있었다. 맨 위에 놓인 편지에 아내가 쓴 포스트잇이 붙어 있었다. 주소 좀 바꿔!

잭은 우편물을 훑어보았다. 절반은 개봉할 필요도 없이 그냥 버려도 될 우편물로 구독 만료 통지서, 정당 기부 요청서, 신용카드 신청서 등이었다. 출판사에서 보낸 인세 수표와 오랜 친구 어니스트가 보낸 크리스마스카드도 있었다. 아마 이 카드는 아주 일찍 왔거나 아니면 크리스마스를 한참 넘겨서 왔으리라. 그리고 그의 아내가 그랬듯이 발신인 주소 없이 보낸 얇은 흰 봉투가 하나 있었다. 봉투를 뜯어보니 그의 이름이 포함된 명단이 나왔다. 잭은 버릴 예정인 우편물더미 위에 봉투를 내려놓았다가 마음을 바꿔서 보관할 더미에 두었다.

사흘 전에 한 여자 FBI 요원에게서 그의 이름이 적힌 명단을 우편으로 받은 적이 있냐는 전화를 받았다. 그때 잭은 받지 않았다고 말했지만 이제는 받았으니 그 요원에게 다시 전화해줘야 할 듯했다. 전화번호를 보관해두었는지 모르겠지만.

잭은 자리에서 일어나 머그잔에 다시 커피를 따랐다. 서너 모금밖에 마시지 않을 테지만 뜨거운 잔이 손에 닿는 느낌이 좋았다. 가을이 찾아왔다. 어디에서든 잭이 가장 좋아하는 계절이었다. 그가 자란 고향이자 지금 다시 거주하는 웨스트하트퍼드의 가을은 특히 더 좋아했다. 그는 어릴 때 살았던 집을 구입해 다시 살고 있었다. 방이 세 개 있는 튜더식 저택이었는데 역시 튜더식으로 지은 벽돌집이 모여 있는 동네에 있었다. 저택들은 모두 가파른 지붕, 폭이 좁은 창문 등 동화에 등장할 법한 외관에 깔끔한 앞마당이 있었다.

잭이 최근에 다시 살게 된 이 저택은 뒤쪽에 정사각형 형태의 주방이 있었는데, 옆쪽 창문으로 이웃집 뒷마당이 보였다. 그가 어렸을 때는 옆집에 램버트 가족이 살았다. 1950년대 초의 일이었다. 램버트 가족은 아이가 셋이었고, 모두 잭과 그의 누이보다 약간 나이가 많았다. 십대 소녀도 있었는데, 램버트 가족이 미국으로 이민 오기 전에 사용하던 영국 억양을 그대로 구사했다. 이란성쌍둥이인 두 여자아이는 이상한 상상 놀이에 잭 남매를 끌어들이기를 좋아했다. 주로 두 집의 붙어 있는 뒷마당에 요정이 산다고 상상하는 놀이였다. 잭은 램버트 가족의 얼굴보다 그 놀이가 더 생생히 기억났다. 그들은 어떻게 되었을까? 당연히 부모님은 돌아가셨을 테고, 어린 소녀들은 모두 그보다 늙었을 것이다. 필시 자녀와 손주를 두었을 테고, 성공과 슬픔도 겪었으리라. 그들 중 적어도 한 명은 이미 죽었을 것이다.

잭이 램버트 가족이 살았던 집을 내다보고 있는데 긴 갈색 머리에 깡마른 여자가 커피가 담긴 머그잔을 든 채 뒷마당에 있는 선룸으로 들어갔다. 그가 어릴 때는 옆집에 저런 선룸이 없었으니 아마 1970년대나 1980년대에 증축했을 것이다. 전면이 유리로 된 공간이었다. 분명 저런 공간을 부르는 다른 명칭이 있었는데 잘 기억나지 않았다. 요즘은 단어를 자꾸 잊어버렸다. 입을 열면 단어가 담배 연기처럼 바람에 흩어지곤 했다. 흩어지는 형태는 볼 수 있지만 단어는 사라져버렸다.

잭은 몽상에서 깨어나 다시 옆집에 집중했다. 머그잔을 든 여자가 이제 고개를 돌려 그를 똑바로 바라보았다. 적개심이라기보다 호기심이 어린 표정이었다. 잭이 한 손을 들자 여자도 손을 흔들었다. 잭은 주방 창문에서 물러나 현관에 걸린 거울로 갔다. 거울에 비친 자신의 모습을 살피며 이에 음식이 끼지는 않았는지, 눈곱은 없는지 확인한 다음 숱이 많고 희끗희끗한 머리카락을 손가락으로 쓸어넘기고 뒤쪽 포치로 향했다. 만약 여자가 아직 일광욕실—맞다, 선룸이 아니라 일광욕실이었다!—에 있다면 인사를 할 생각이었다.

바깥은 생각보다 더 추워서 잭은 이웃집으로 가로질러가는 동안 카디건 단추를 채웠다. 여자는 아직 일광욕실에 있었다. 잭이 그녀의 집 마당에 들어서자 여자도 밖으로 나왔다.

"아무래도 내 소개를 해야 할 것 같아서요." 잭이 말했다.

"마거릿이에요." 여자가 말하며 손을 내밀더니 잭과 악수하려 재빠르고 어색하게 세 걸음을 내디뎠다.

"난 잭입니다. 이 집에……"

"안 그래도 찾아뵙고 인사를 드리려 했어요. 선물 바구니도 반이나 채웠는데, 결국 머핀을 다 먹어버렸지 뭐예요. 이런 얘기를 왜 하는지 모르겠네요. 더 일찍 찾아뵙지 못해서 죄송해요."

"죄송할 필요 없습니다. 이사한 지 한 달도 안 된걸요."

"알아요. 그냥 제가 이웃과 담을 쌓고 지내는 사람이라고 생각하지 않으셨으면 좋겠어요. 마침 커피를 내렸는데 한잔 드시겠어요?"

"좋죠." 잭이 대답했다.

선룸이자 일광욕실에 자리를 잡고 앉아, 잭에게 그가 별로 마시고 싶지 않은 커피까지 따라준 후에 마거릿이 말했다. "예전에 이 동네에 사셨다는 소문을 들었어요."

"아, 그래요? 누가 그러던가요?"

"사실 동료 사서에게 들었어요. 근처에 있는 도서관인데 제가 거기서 일하거든요. 그 사람 말로는 자기가 이사오기 전에 여기 사셨다더군요. 또 유명한 책도 쓰셨다고요."

"둘 중에 하나는 맞췄네요. 예전에 여기 산 적은 있지만 내 책은 유명하지 않아요. 출간되고 일 년 반 정도 유명했으려나."

"어떤 책이었는데요?"

"『큰 소리로 계획을 말하라, 그리고 눈에 띄게 실행하라』였어요. 계획을 실행하기 전에 항상 먼저 말로 해보라는 내용의 경제경영서죠. 당신이 무슨 생각을 하는지 압니다. 어떻게 그런 내용으로 책 한 권을 쓸 수 있는지 의아하죠? 나도 어떻게 썼는지 기억이 잘 안 납니다. 아마 글보다 여백이 많을 거예요. 하지만 덕분에 한때 큰돈을 벌고 전업 컨설턴트가 됐죠. 지금도 전 세계를 돌아다니며 가끔씩 세미나를 해요."

"기억나네요. 저희 아버지도 아마 그 책을 사셨을 거예요."

"아버님이 사업가셨나요?"

"네. 보험업을 하셨죠."

"그렇다면 내 책을 사셨겠네요."

마거릿이 커피와 함께 먹을 케이크 몇 조각이 담긴 접시를 내오자 잭은 한 조각을 들어 한입 먹었다. 맛이 아주 훌륭했다. 마거릿이 기대에 찬 눈으로 그를 바라보았고, 잭은 아주 맛있다고 칭찬해주었다. 직접 만들었냐는 그의 질문에 마거릿은 그렇다고 했다. 그녀가 베이킹을 얼마나 좋아하는지 말하는 동안 잭은 그녀를 뜯어보았다. 마거릿은 이목구비가 작고 턱은 살짝 뾰족했으며, 마치 학창 시절에 여드름이 심하게 나서 고생했던 사람처럼 양볼의 피부가 얼굴의 나머지 부분보다 살짝 더 거무스름했다. 마른 체형인 그녀는 약간 구부정한 자세로 앉아 있었는데, 요즘 젊은 사람들에게서 많이 보이는 나쁜 자세였다. 외모에서 가장 돋보이는 부분은 긴 갈색 머리카락이었다. 건강한 식습관에서 비롯한 윤기가 흘렀다. 어쩌면 그냥 유전일 수도 있고.

"그러면 어릴 때 이 동네에 사셨다는 말은 사실인가요?" 마거릿이 이마로 내려온 머리카락을 뒤로 쓸어넘기고 허리를 약간 더 꼿꼿하게 펴며 말했다.

"이곳에서 자랐죠. 바로 옆집, 내가 구입한 그 집에서. 우리 아버지도 당신 아버지처럼 보험 일을 하셨어요."

"와. 여기에서 얼마나 사셨어요?"

"대학에 진학할 때까지요. 그러고는 부모님이 이혼하셨고, 집이 팔렸습니다. 하지만 방학 때 별장에 갔던 걸 제외하면 이 동네에서 어린 시절을 보냈죠."

"틀림없이 행복한 어린 시절이었겠네요." 마거릿이 말했다.

"왜 그렇게 생각하죠?"

"집을 구입해서 다시 이사하셨으니까요. 집을 불태운다거나 뭐 그럴 계획이 아니라면 아무래도……"

"아, 맞는 말입니다. 대체로 행복한 어린 시절이었죠. 그리고 난 벽돌집이 즐비한 이 동네가 정말 마음에 들어요."

"분명 많이 변했을 거예요."

"아뇨, 전혀요. 도시는 변했지만 이 거리는 내 기억과 거의 똑같습니다. 내 인생이 시작된 곳이니 인생을 마무리하기에도 좋을 거라 생각했죠."

"어머, 그런 말씀 마세요." 마거릿이 몸을 앞으로 숙이고 어깨를 낮추며 말했다. "은퇴한 사람처럼도 안 보이는데요."

"반은 은퇴한 셈이죠. 하지만 뭐랄까…… 내겐 이번 귀향이 일시적인 일로 느껴지지 않습니다. 여기에 뼈를 묻을 것 같아요. 난 일을 완전히 그만두고 싶었어요. 결혼생활도 끝장났고요. 아뇨, 위로하지 않아도 됩니다. 확실히 모든 사람에게 최선인 그런 별거거든요. 한창 힘들 때 인터넷에서 이 집이 매물로 나온 걸 봤죠. 운명 같더군요. 이제 내 삶의 새로운 장을 시작할 준비가 됐어요. 당신은 어쩌다 여기로 오게 됐나요?"

마거릿은 하트퍼드에 있는 대학에 진학했고, 졸업 직후에 결혼했으며, 뉴욕시로 이사가고 싶었지만 남편 에릭이 이곳의 금융회사에서 입사 제의를 받았다고 했다. 그리고 문헌정보학과를 나온 그녀는 현재 가장 가까운 도서관에서 파트타임으로 일하고 있었다. 이 집은 불과 몇 달 전에 구입했다.

"그럼 이 동네는 처음이겠군요."

"그런 셈이죠. 몇 블록 떨어진 곳에서 월세로 살기는 했어요. 남편의 단짝 친구 집에 딸린 별채였죠. 그래서 동네를 잘 알긴 해요. 하지만 맞아요, 이 거리는 처음이에요. 그리고 이웃이 커피를 마시러 온 것도 거의 처음이고요."

"오, 영광이네요."

"시간 되실 때 저녁식사에도 초대하고 싶어요. 저녁 날씨가 너무 추워지기 전에 마당에서 고기를 구워 먹어도 좋고요."

"그거 좋죠." 잭은 예의상 하는 말이겠거니 여기며 대답했다. 또한 그녀가 두번째 만남을 언급하는 것은 이 만남을 그만 끝내자는 뜻일 거라고 생각했다. 그래서 자리에서 일어나며 말했다. "오늘 아침에는 할일이 있어서요."

"아, 그렇군요." 마거릿도 자리에서 일어났고, 잭은 그녀의 얼굴에 불안인지 두려움인지 모를 감정이 스치는 걸 보았다. "죄송해요. 바쁘신데 제가 붙잡고 있었나봐요."

"아, 아닙니다. 그런 걱정은 마세요. 만나서 정말 반가웠어요. 다만 오늘 아침에 해야 할 일이 몇 가지 있을 뿐입니다. 여기 더 있다가는 이 케이크를 다 먹어치울 거예요."

다시 집으로 돌아온 잭은 주방 창문에서 약간 떨어진 채 방금 그가 떠난 일광욕실을 정리하는 긴장한 이웃을 지켜보았다. 과연 마거릿이 아까 말한 대로 그를 저녁식사에 초대할지 의심스러웠다. 하지만 초대하지 않는 편이 오히려 나을 것이다. 아무래도 남편이 마음에 들지 않을 것 같았다.

잭은 다시 식탁에 앉아 자신이 쌓아둔 두 개의 우편물더미를 훑어보았다. 그러자 FBI 요원이 생각났고, 그녀의 전화번호를 찾아보기로 마음먹었다. 이따 오후 늦게 아니면 월요일에 전화할 작정이었다. 무슨 일이든 간에, 좀 늦는다고 큰일이 나지는 않을 테니까.

8

9월 17일 토요일 오후 4시 4분

샘 해밀턴 형사는 주 경찰서에 있는 메리 파킨슨 형사와 두 번 정도 함께 일한 적이 있었다. 하나는 몇 시간 만에 해결된 은행 강도 사건이었고, 다른 하나는 뺑소니 사건으로 아직 미해결이었다. 비록 파킨슨 형사는 속내를 읽기 어려운 성격이었지만 샘은 그녀와 잘 지냈다. 파킨슨은 늘 입을 꾹 다물고 다녔으며, 뉴잉글랜드 출신답게 풍상에 찌든 얼굴은 마치 태어날 때부터 주름이 진 듯했고, 꼭 필요할 때만 입을 열었다. 그래도 말할 때는 꽤 친절했고, 샘 같은 지역 형사와 일하는 걸 꺼리는 기색은 전혀 보이지 않았다.

샘은 그녀에게 전화해 프랭크 홉킨스 살인사건에 관한 새로운 소식이 있는지 확인하고 싶어서 종일 좀이 쑤셨다. 하지만 한창 수사중인 사건을 두고 벌써부터 그녀를 귀찮게 하고 싶지 않아 꾹 참고 기다렸다. 하지만 명단에 있는 아홉 명의 이름 사이에 잠재적 연결고리가 있는지 알아보려 종일 인터넷을 뒤져도 나오는 게 거의 없자, 샘은 파킨슨에게 전화하기로 했다.

"파킨슨 형사입니다."

"메리, 샘이에요. 케너윅 경찰서요."

"안녕하세요, 샘. 나한테 알려줄 정보가 있나보네요."

"그랬으면 좋겠지만 아무것도 없어요. 오히려 당신이 새로운 소식을 줬으면 해서 전화했어요."

"프랭크 홉킨스 사건에 대해서요?"

"네."

"난 이제 그 사건에서 손뗐어요. 음, 자문 역할을 계속하라고는 했지만 방금 FBI에서 가져갔으니 끝난 거죠."

"정말입니까?"

"정말이에요. 한 시간쯤 전에 가져갔어요."

"왜죠? 이유를 알아요?"

"살인사건이 또 일어났대요. 매사추세츠주에서요."

"그게 무슨 말입니까?" 샘이 말했다.

"매사추세츠주 다트퍼드에서 오늘 아침에 매슈 보몬트가 살해됐어요. 아침 조깅을 하던 중에 총에 맞았죠. 그 명단에 있는 사람 중 하나라는 걸 당신도 분명 기억할 거예요. 그 사람도 프랭크와 같은 편지를 받았으니, 이제 그 사건은 주 경계를 넘어가는 일종의 연쇄살인이 됐어요. 적어도 겉으로 보기에는요."

"와. 놀라지는 않았지만 그래도 놀랍네요. 무슨 말인지 알죠?" 샘이 말했다.

"나도 놀랐어요. 형사 일을 오래해왔는데 복잡해 보이는 살인사건일수록 대부분 알고 보면 단순했거든요."

"나도 그렇게 생각했어요."

"그렇게 밝혀질 가능성도 아직 있죠. 프랭크 홉킨스는 아마 약에 찌든 마약중독자가 죽였을 거예요. 케너윅에 여전히 그런 사람들이 있죠?" 파킨슨 형사가 말했다.

"마약중독자요?"

"네."

"몇 명 있죠." 샘이 말했다.

"저기 샘, 사람들이 내 책상 옆을 계속 지나가면서 내가 전화를 끊었는지 확인하네요. 알려줄 게 더 없어서 미안해요."

"많이 알려줬어요, 메리. 고마워요."

전화를 끊은 후 샘은 몇 분 동안 우두커니 앉아 2층 사무실 창밖을 바라보며 생각에 잠겼다. 메리는 프랭크가 그저 돈이 궁한 마약중독자 손에 죽었을 수도 있다고 했지만 샘은 두번째 살인으로 인해 그럴 가능성은 사라졌다고 확신했다. 프랭크는 손에 명단을 쥔 채 죽었다. 아홉 명의 이름. 그리고 이제 그 명단에 있던 또 한 사람이 살해되었다. 이 모든 걸 그저 우연의 일치로 보기는 힘들었다.

샘은 자리에서 일어나 사무실 반대편에 있는 붙박이 책장으로 걸어갔다. 거기에는 다른 책들과 함께 할머니에게 물려받은 애거사 크리스티 전집이 있었다. 할머니가 유언장에 그 책을 샘에게 남긴다고 명시하지는 않았지만, 가족들은 모두 할머니의 책을 물려받을 사람은 샘이라는 걸 알았다. 특히 애거사 크리스티 전집은. 아마 그중 일부는 아주 귀한 초판본일 것이다.

샘은 어린 시절에 주로 노스요크셔에 있는 할머니 댁에서 여름을 보냈다. 외할머니 퍼트리샤 바너드는 성인이 된 후에 한때 자메이카에서 살았는데, 1946년에 처음 잉글랜드에서 자메이카로 건너갔다. 한 수출회사에 비서로 취직했기 때문이었다. 거기서 인기 있는 킹스턴 레스토랑 소유주이자 흑인 자메이카인인 로버트 해밀턴과 사랑에 빠졌다. 할머니는 만난 지 일 년도 안 되어 그와 결혼하고 임신해서 샘의 어머니 로즈메리를 낳았다. 샘은 할머니에게 1940년대와 1950년대에 다른 인종과 결혼하는 건 어땠는지 몇 차례 물어본 적이 있었다. 할머니는 늘 다른 사람들이 무례하게 구는 게 제일 힘들었다고 말했다. "네 할아버지와 함께 버스를 타면 이따금 이상한 표정으로 우릴 보곤 했지."

외할아버지는 외동딸이 겨우 열여덟 살일 때 돌아가셨고, 할머니는 다시 잉글랜드로 돌아와 요크셔데일스에 있는 가족 소유의 작은 시골집에 정착했다. 그 돌집에서 보낸 몇 달이 샘의 어린 시절에서 가장 행복한 시기였다. 샘은 영국 시골을 자유롭게 쏘다닐 수 있었고 무엇보다 할머니의 책을 접할 수 있었다. 열 살 때 애거사 크리스티의 『잠자는 살인』을 읽은 샘은 그 책과 사랑에 빠졌고, 나중에는 추리소설이라는 장르에 꽂혀버렸다. 뿐만 아니라 캐드버리 초콜릿, 아스널 축구팀, 심지어 할머니와 함께 거실에 있는 큼직한 텔레비전으로 본 우스꽝스러운 영국 시트콤에도 열광하는 진정한 영국 예찬론자가 되었다. 하지만 무엇보다도 그를 사로잡은 것은 책이었다. 샘은 애거사 크리스티와 딕 프랜시스, 루스 렌들의 열렬한 팬이었는데 모두 할머니가 좋아하는 작가였다. 그들의 책은 루이지애나주 호마에 사는 그의 세상과 완전히 다른 세계관을 선사했다. 그의 세상에서 부모님은 늘 화를 내며 싸웠고 결국 샘이 고등학교 3학년 때 이혼했다.

샘이 메인주 케너윅 경찰서에 지원했을 때 친구와 동료 대부분이 놀라움을 금치 못했고, 이로써 뉴잉글랜드에 거주하는 자메이카인의 수가 무려 두 배로 늘어날 거라고 농담을 했다. 하지만 그의 진짜 동기를 파악한 경찰서장 진 랜드리는 샘의 송별회에서 짧은 연설을 하며 이렇게 말했다. "샘이 늘 마음 깊은 곳에서는 메인주 캐벗코브에 사는 제시카 플레처*가 되고 싶어 한다는 걸 알고 있었습니다. 그리고 이제 기회가 생겼네요." 아주 틀린 말은 아니었다. 샘은 할머니가 돌아가신 뒤에도 잉글랜드에 자주 갔지만 거기서는 일자리를 구할 수 없다는 걸 알고 있었다. 하지만 뉴잉글랜드에서는 일할 수 있었고, 메인주의 한 마을에서 새 삶을 시작할 수 있었다. 적어도 이 삶이 자신의 숙명인 척하면서.

* 드라마 〈제시카의 추리극장〉의 주인공. 캐벗코브라는 가상의 마을에 사는 추리소설 작가로 마을에서 벌어지는 살인사건을 해결한다.

연대순으로 정리된 할머니의 애거사 크리스티 전집을 빤히 들여다보던 샘은 양장본 하나를 꺼내들었다. 이 책은 훗날 제목이 '그리고 아무도 없었다' 또는 '열 개의 인디언 인형'으로 바뀌지만, 샘 해밀턴이 소장한 이 양장본에는 원래 제목이 적혀 있었다. '열 명의 깜둥이 소년'.

샘은 『잠자는 살인』을 다 읽은 뒤 할머니에게 다음에는 무슨 책을 읽으면 좋을지 물어본 기억이 났다.

"네가 정말 좋아할 만한 책이 있기는 하지만, 아무래도 새로 주문해야 할 것 같구나." 할머니가 말했다.

"할머니한테 그 책이 없어요?"

"있지. 하지만 제목이 별로야. 사실 너무 별로라 출판사에서 제목을 두 번이나 바꿨단다."

할머니는 책을 보여주며 오래전에 유행했던 동요에서 따온 제목이라고 설명했다. 샘은 그 책에 강하게 끌렸는데, 특히 표지가 마음에 들었다. 유령 같은 하얀 손이 열 개의 작은 흑인 인형—몇은 그냥 서 있고, 몇은 창을 휘두르고, 몇은 바닥에 누워 있는—가운데 하나를 집어드는 그림이었다. 할머니가 동네 서점에서 더 적절한 제목이 달린 책을 주문할 때까지 기다리고 싶지 않았던 샘은 어느 오후에 그 책을 읽으며 등골이 오싹해졌다.

다 읽은 뒤에는 청소하는 할머니를 졸졸 따라다니며 소설에서 일어났던 일과 가장 무서웠던 살인, 피해자들의 죄를 각각 하나씩 읊어주던 축음기의 목소리, 피해자들이 다 죽은 뒤에 시신이 섬에 얼마나 오래 남아 있었을지 조잘거렸다.

"왜 그런 제목이 달렸는지 궁금하지 않니?" 할머니가 물었다.

"처음에는 섬에 초대받은 사람이 전부 흑인이라 그런 줄 알았어요. 근데 아닌 것 같더라고요."

"맞아. 피해자는 전부 백인이야. 하지만 엄마 아빠한테 제목에 그런 단어가 들어간 책을 내가 읽게 했다는 말은 하지 마라. 『그리고 아무도 없었다』를 읽었다고 해."

"아빠는 그 단어를 늘 사용해요."

"무슨 단어?"

"깜둥이요."

"그래?"

"늘 쓰는 건 아니고 가끔요."

"네 아빠는 써도 괜찮을 거야. 하지만 애거사 크리스티는 쓰면 안 되지. 당시에는 써도 됐을지 모르지만 지금은 안 돼."

"목을 매달아 죽는 데 얼마나 걸려요?" 샘이 물었다.

아니면 그와 비슷한 질문을 했을 것이다. 샘은 잘 보존된 양장본을 들고 평소 책을 읽을 때 즐겨 앉는 가죽 안락의자로 갔다. 충동적으로 이 양장본의 가치가 얼마나 되는지 찾아보았다. 인종차별적인 제목이 달렸는데도, 아니면 오히려 그런 제목 때문인지 약 1만 달러나 됐다. 그렇다고 그가 이 책이나 아끼는 다른 책을 팔 생각이 있는 건 아니었다. 샘은 이 책을 다시 읽기로 했는데, 이번이 처음은 아니었다. 프랭크 홉킨스와 그 명단의 불운한 다른 여덟 명에게 무슨 일이 일어나고 있는지는 몰라도 이 소설과 어느 정도 유사했다. 샘은 1장을 펼치고 첫 문장을 읽었다. "최근에 은퇴한 워그레이브 판사는 일등석 흡연 객차 구석에서 시가를 피우며 〈타임스〉의 정치면 기사를 흥미롭게 훑어보았다."

9

9월 17일 토요일 오후 4시 39분

예상했던 대로 화창한 토요일 오후에 미드미술관으로 중세시대 성물 전시회를 보러 온 관람객은 아서뿐이었다. 독일의 한 박물관에서 빌려온 쉰여 점의 작품이 전시되어 있었는데, 아서는 하나씩 살펴보며 설명도 빠짐없이 읽었다. 흥미롭기는 했지만 이상하게 아무런 감흥이 없었다. 아름다운 성녀 목각상, 십자가 몇 개, 그리고 성모마리아를 주제로 한 작품이 여러 점 있었다. 아서는 이런 성물이 원래 속한 시대와 장소에 있는 모습을 상상하기를 좋아했다. 중세에 태어날 만큼 불운했던 가여운 사람들인 중세 교회의 교구민들에게 이 성물들은 마법 같은 효과를 발휘했으리라. 하지만 그에게는 감정적으로 아무런 영향도 미치지 못했다. 한 작품만 제외하고. 엄밀히 말하자면 두 작품이었는데, 묵주의 일부인 한 쌍의 구슬에 각각 얼굴이 새겨져 있었다. 하나는 남자, 하나는 여자로 얼굴 반쪽은 건강하고 볼이 통통한 반면 나머지 반쪽은 해골에 너덜너덜한 살점이 붙어 있었다. 그중 하나는 마치 턱으로 도마뱀이 파고드는 듯한 모습이었다. 설명에 따르면 이것은 메멘토 모리 구슬로, 우리의 삶은 순식간에 끝나고 언젠가는 모두 썩어 사라질 운명이라는 사실을 일깨워준다고 했다.

아서는 이 구슬에 너무 심취한 나머지 약 오 분 동안 구슬 중 하나를 훔쳐갈까 진지하게 고민했다. 심지어 천장을 훑어보며 감시 카메라가 있는지 확인하기도 했다. 하지만 그때 큰 키에 어깨가 구부정하고 두꺼운 안경을 쓴 여자 경비원이 지나가자 그냥 포기했다.

하지만 아서는 종일 그 구슬을 생각했다. 사실 교회에 다니기는 해도 리처드가 죽은 뒤로 신앙의 위기를 겪는 중이었다. 실은 그전부터, 신앙심이 강한 아버지가 그의 성적 지향을 알고 의절한 무렵부터 아서는 신앙심이 흔들렸다. 하지만 교통사고 이후로, 그러니까 병원에 실려와 리처드와 반려견 미스티가 절름발이가 된 자신만 홀로 남겨둔 채 순식간에 떠나버렸다는 사실을 알게 된 뒤로는 자신이 어쨌든 질서정연하고 평화로운 우주에 살고 있다는 생각이 모두 사라져버렸다. 그래도 교회는 계속 다녔고 주기적으로 제단의 꽃 장식도 맡아서 했지만, 그저 의무감에서 그리고 몇 시간을 때우기 위해서였다. 또한 교인, 특히 나이든 여자 교인이 좋아서이기도 했다. 그들은 아주 사소한 즐거움만 있어도 삶에 감사하는 듯했다. 그리고 그들이 자신을 예뻐하는 것이 좋기도 했을 것이었다.

메멘토 모리 구슬의 아름다운 점은 신앙심이 있든 없든 모든 사람에게 의미가 있는 물건이라는 것이었다. 지금은 아서도 자신을 불가지론자라고 생각했다. 저 구슬이 말하듯이 우리가 세상에 머무는 시간이 짧다는 사실은 다들 안다. 비록 그 사실은 늘 체감하지는 못할지라도 머리로는 알고 있다. 육신의 아름다움은 찰나고, 뼈는 우리보다 오래 살아남는다. 하지만 아서는 메멘토 모리 구슬을 보며 우울해지지 않았다. 오히려 기분이 좋아졌다. 몇 년 동안 리처드와 함께할 수 있어서 행운이었다는 생각이 들었다. 아직 살아서 이렇게 얼굴에 햇살을 받고, 잘 손질된 캠퍼스 잔디를 밟고 있다니 얼마나 행운인가. 그리 멀리 떨어지지 않은 곳에서 대학생 두 명이 프리스비를 주거니 받거니 하고 있었는데, 그 모습이 형언할 수 없이 아름다웠다. 인생은 눈 깜짝할 사이에 지나갈지 몰라도 어쨌든 그는 그 안에 있었다.

집에 돌아온 아서는 진입로에 주차된 낯선 차 두 대를 보고 놀랐다. 하나는 순찰차고 하나는 검은색 세단이었는데 잠시 영구차가 떠올랐다. 아마 아까 봤던 전시회 후유증이리라.

그들은 아서에게 이제부터 경찰의 임시 보호를 받을 거라고 했다. 경관이 잠시 집을 수색하는 동안 아서는 주방 식탁에 앉아 FBI 요원에게 신문을 받았다. 그가 받은 편지, 아홉 명의 이름이 적힌 명단 때문이었다. 요원은 많은 얘기를 하지 않았지만 그 명단에 있던 사람 중에서 적어도 한 명에게 나쁜 일이 일어난 게 틀림없었다. 요원은 다른 이름에 대해 아는 게 없는지 물었고, 이전에도 그랬듯이 아서는 다 모르는 이름이라고 했다.

"그럼 혹시 아는 성이라도 있나요?" 톰 어비노라는 요원이 물었다. 연갈색 피부에 눈이 움푹 들어간 젊은 남자로, 아서는 아마 서른 살 정도일 거라고 생각했다.

아서는 에나멜로 마감한 식탁에 놓인 명단 사본을 다시 한번 살펴보았다. "없네요." 그는 대답하며 다른 FBI 요원 제시카 윈즐로와 전화로 나눴던 대화를 떠올렸다. 그녀는 그의 아버지와 자기 아버지가 친구일지도 모른다고 생각했다. 아버지에게 윈즐로라는 친구가 있었던가? 설사 있었다고 해도 아서는 전혀 기억나지 않았다.

그는 경관이 밤새 집 앞에 잠복하는 데 동의했고, 요원은 떠났다. 역시나 젊고 아주 밝은 금발에 턱에는 뾰루지가 난 경관이 아서에게 자기가 첫번째로 순찰차 안에서 보초를 설 거라고 말했다. "문을 다 잠그고 아무도 들이지 마세요. 필요한 게 있으면 저한테 전화하시고요."

"무슨 일인지 좀더 자세히 말해줄 수 있나요?" 아서가 물었다. 너무 궁금하기도 했고, 대화 상대가 있다는 사실만으로도 불안이 해소되었기 때문이다.

"솔직히 저도 이 일에 대해서는 잘 모릅니다. 저는 일개 순경이거든요."

"하지만 이런 일이 자주 있나요? 당신 경험상……?"

"음, 아닐 거예요. 하지만 저도 여기 온 지 얼마 안 돼서요."

더 알아낼 게 없다는 사실을 깨달은 아서는 경관에게—벌써 그의 이름은 잊어버렸지만 성은 영화배우 몽고메리 클리프트와 같은 클리프트였다—집안에서 잠복하고 싶으면 그래도 된다고 말했다. 하지만 경관은 집 바깥의 차에서 대기해야 한다고 말했다.

그날 밤 침대에 누운 아서는 비현실적으로 느껴지는 하루를 돌아보았다. 구슬에 새겨진 두 얼굴이 죽음과 시간에 의해 씩 웃는 해골로 변해가던 모습. 대학 캠퍼스에서 프리스비를 날리던 두 젊은이. 자신이 절름발이라는 사실, 그리고 불현듯 자신이 잃은 것과 화해한 기분이 들었던 일. 공허감을 느끼면서도 어떻게 해야 그 감정을 떨쳐낼 수 있는지 모르는 것과 공허감을 느끼지만 정확히 무엇이 부족한지 아는 것, 이 둘 중에 어느 쪽이 더 나쁜지 아서는 늘 궁금했다. 오늘밤은 이유가 뭐든 간에 그 답을 찾은 듯했다. 아서는 복음주의의 관점에서 볼 때 우리의 삶이 얼마나 덧없는지, 너무 일찍 떠난 사람들을 애도하는 것이 얼마나 어리석은 일인지 명확히 깨달았다.

오늘밤은 어제보다 더 추워서 아서는 일어나 창문을 닫았다. 다시 침대에 누운 그는 몸 주위로 이불을 꼭꼭 밀어넣고 가슴에 양손을 올린 채 잠에 빠져들었다. 요즘에는 많이 나아졌지만, 아서는 성인이 된 후로 거의 늘 불규칙하게 불면증에 시달렸다. 심지어 수면 전문가를 찾아간 적도 있는데 자신이 똑바로 누운 채 가슴에 양손을 포갠 자세로 잔다고 했더니 전문가는 그게 관에 누운 시신의 자세라고 말했다. 그후로 잠이 들 때마다 아서는 그 이상한 표현을 생각했다.

두 시간 뒤, 아서의 옷장 바닥에 놓인 빈 캐리어에 숨겨두었던 스테인리스스틸 용기에서 조용히 일산화탄소가 배출되기 시작했다. 그 용기에는 맞춰둔 시간이 되면 열리도록 특수 개조한 밸브가 달려 있었다. 한 시간도 안 되어 침실의 일산화탄소 농도가 3200ppm까지 치솟았고, 여전히 이불을 꼭 덮은 채 관에 누운 자세로 자던 아서는 그대로 세상을 떠났다.

여섯

~~Matthew Beaumont~~

Jay Coates

Ethan Dart

Caroline Geddes

~~Frank Hopkins~~

Alison Horne

~~Arthur Kruse~~

Jack Radebaugh

Jessica Winslow

1

9월 18일 일요일 오후 2시 1분

"어디 갈 데가 있어? 아니면 가고 싶은 곳이라도 있어?"

"나도 그걸 생각해봤어요." 제시카가 말했다. 그녀는 집에서 가장 편한 의자인 가죽 리클라이너에 앉아 있었다. 에런 벌린은 거실을 왔다갔다하며 서성였는데 그런 모습이 제시카를 불안하게 했다. "좀 앉지 그래요. 맥주 마실래요?"

"넌 왜 그렇게 태평한 거야? 명단에 있던 세 사람이 죽었고, 그중 한 명은 사망 당시 경찰의 보호까지 받고 있었어."

"전혀 태평하지 않으니까 믿어줘요. 하지만 선배 때문에 우리집 카펫이 닳는다고 도움될 건 없잖아요."

"냉장고에 맥주가 있나?"

"네."

"좋아. 너도 마실 거지?"

"안 마실 이유가 없죠."

에런은 포트 오렌지 양조장에서 만든 IPA 두 캔을 들고 거실로 돌아왔다. 그러고는 길쭉한 캔을 제시카에게 건네며 물었다. "내가 여기 두고 간 건가?"

"아마 그럴걸요. 전 맥주를 딱히 즐기지 않으니까."

에런은 그제야 진정하고 의자에 앉았다. 비록 거실 입구에 놓인 의자 가장자리에 엉덩이만 걸친 채 쪼그리고 앉은 쪽에 가까웠지만. 제시카가 주로 우편물을 던져두는 의자였다.

"그래서, 어디 갈 데가 있어? 너와 아무런 연고도 없는 곳 말이야."

"어제 오후에 아서 크루즈가 신문을 받았죠?" 에런의 질문을 무시한 채 제시카가 물었다. "받았다고 했잖아요, 그렇죠? 혹시 자기 아버지에 대해 말했는지 아세요?"

"솔직히 말해서 난 몰라. 이제 그건 내 사건이 아니야. 네 사건이 아니듯이."

"그래도 선배는 마음만 먹으면 그 사람 아버지 연락처를 알아낼 수 있잖아요, 그렇죠?"

에런은 맥주를 꿀꺽꿀꺽 들이켰고, 면도하지 않은 인중에 거품이 묻었다. 제시카도 맥주를 한 모금 마셨다. 입안에 솔방울이 달라붙은 듯한 맛이었다.

"네가 네 아버지와 아서 크루즈의 아버지에 대해 한 말과 두 사람이 아는 사이일지도 모른다는 말까지 수사팀에 전했어. 그 사람 아버지의 연락처를 구할 수는 있지만 전화하려면 그의 신문이 끝날 때까지 기다려야 해. 너도 알잖아."

"알아요. 그냥 두 사람 사이에 뭔가 있다는 생각을 떨칠 수가 없어요. 그 명단에 오른 사람들 간에 연결고리가 있는 게 틀림없다고요."

"계속 그렇게 말하는군. 나도 동의해. 하지만 그 사람들이 무작위로 선택되었을 가능성도 있지 않겠어?"

"아뇨. 그렇게 생각하지 않아요." 제시카는 맥주를 좀더 홀짝였다. 마시다보니 꽤 괜찮았다. "만약 미국인 중에서 무작위로 아홉 명을 골랐다면 결과가 좀더 다양하게 분포되었을 거예요. 인종이나 연령, 소득계층에 있어서요."

"연령은 다양하잖아. 삼십대와 사십대도 있고, 프랭크 홉킨스는 칠십대였어. 넌 유색인종 여성이고. 소득 수준은 정확히 모르지만 이선 다트는 딱히 부자 같지는 않던데."

"네, 하지만 가난하지도 않죠, 안 그래요? 소득이 낮기는 해도 하층민은 아니에요. 그리고 난 유색인종 여성이지만 입양됐어요. 그게 중요해요. 분명히. 명단에 있는 아홉 명은 부모가 전부 백인이에요."

"그건 아직 몰라."

"모르죠. 하지만 그럴 거예요. 만약 정말 무작위로 뽑았다면 왜 열 명이 아니라 아홉일까요? 난 아직도 그 점이 이상해요. 이 모든 게 다 가정이라는 건 알지만 내가 지금 이 사건을 담당한 것도 아니니까 그냥 계속 가정해볼게요. 만약 내가 이 사건을 맡았다면, 명단에 오른 사람들의 부모를 전부 찾아내서 프로

필을 작성하고 유사점을 찾아볼 거예요. 거기서 유사점이 나올 거예요. 부모들의 과거에 이상한 사건이 없었는지 찾아볼 거고요. 미제 사건 같은 거요."

제시카가 속사포처럼 떠들어대자 에런이 말했다. "좀 천천히 말해."

"미안해요. 생각나는 대로 말하는 거예요. 하지만 아홉 명이 무작위로 뽑힌 게 아니라 그들 사이에 연결고리가 있다고 확신해요. 또 범인이 누군지 몰라도 우리가 전부 죽을 때까지 멈추지 않으리라는 것도요. 맙소사, 꼭 영화 대사 같네요. 영화 주인공이 된 듯한 기분이에요."

"날이 갈수록 범인은 힘들어질 거야. 경찰이 그 사람들을 보호할 테니까."

"아서 크루즈도 경찰의 보호를 받았죠. 아니, 알아요. 하지만 지금 제이 코츠나 앨리슨 혼, 잭 래디보는 보호를 받지 못하고 있어요."

"곧 받게 될 거야. 우리가 찾아낼 테니까." 에런은 맥주 캔을 앞쪽 바닥에 내려놓았다. 다 마신 모양이었다. "저기, 네가 이 질문을 피하고 있다는 건 알지만 사건을 수사하는 동안 다른 곳에 가 있는 게 더 나을 거야. 계속 여기 머물면서 동네 식료품점에 들락거리고 술집에 가는 건 좋지 않아. 좋은 생각이 아니야. 알다시피 우리가 널 다른 곳으로 보내줄 수도 있어. 하지만 혹시 가고 싶은 곳이 있다면……"

"한 군데 있기는 해요. 아마도."

"그래, 좋아. 어딘지 나한테 말하지는 마. 맥주 한 캔만 더 마시고 갈 거니까 그후에 거기에 연락해."

에런은 일단 화장실에 갔다가 주방으로 향했다. 제시카는 염두에 둔 장소를 생각했다. 그곳이 메인주 중부 해안 어딘가라는 사실만 알았다. 이 년 전 대학 친구 달린의 결혼식에 갔다가 예식 내내 궨 머피라는 여자와 어울리게 되었다. 대학 때도 궨과 알고 지내기는 했지만 친한 사이는 아니었다. 그러다 결혼식에서 친해졌고, 심지어 파티가 끝난 뒤에는 키스하며 서로의 몸을 더듬기까지 했다. 자신이 진정한 양성애자라고 생각했던 대학 시절 이후로 여자와 그런 적은 처음이었다. 그 결혼식에서 기억에 남는 한 가지는, 궨이 할머니에게 메인주 반도에 있는 별장을 물려받았다면서 제시카에게 다음 휴가를 꼭 거기서 보내라고 말한 일이었다. 제시카는 그 제안을 받아들이지 않았다. 아마도 그녀 혼자 거기서 보내라는 제안인지, 자기와 같이 보내자는 제안인지 알 수 없어서였을 것이다. 하지만 지금은 연락할 수 있을 것 같았다. 그 별장에 머물 수만 있다면 완벽한 은신처가 될 것이다. 또한 그녀와 궨을 연결 지을 요소는 거의 없다고 해도 과언이 아니었다. 결혼식 이후로 문자나 메일을 주고받은 적도 없었다.

에런은 두번째 맥주를 든 채 다시 서성였다. 그는 제시카에게 하나 더 마시겠냐고 묻지 않았다. 무례해서가 아니라 아마도 그녀가 그만 마시리라는 걸 잘 알기 때문일 터였다.

"그만 일하러 가야죠." 제시카가 말했다.

"그래야지. 참, 너한테 줄 게 있어." 에런은 주머니에서 폴더폰을 꺼냈다. "대포폰이야. 나라면 휴대전화나 집전화는 믿지 않겠어."

"알아요." 제시카는 그에게서 전화기를 받아들었다.

현관문 앞에서 제시카는 에런의 입술에 키스했다. 하지만 에런이 함께 있어주길 원하냐고 물으려는 낌새가 보이자 그를 현관 계단 쪽으로 밀었다. 문을 닫으려는데 50미터쯤 떨어진 곳에 주차된 암행 순찰차가 눈에 띄었다.

집에 혼자 남은 제시카는 책상으로 가서 별로 필요하지 않지만 버리고 싶지는 않은 쓰레기로 가득차 어수선한 서랍을 열었다. 서랍을 빼내 침실로 가져가 침대에 내용물을 쏟았다. 참석했던 장례식에서 받은 식순지, 테이크아웃 메뉴, 오래된 영수증, 크리스마스카드, 기한이 만료된 여권. 명함도 몇 장 있었고, 시간이 좀 걸리기는 했지만 결국 켄 머피의 명함을 찾아냈다. 켄은 보스턴 외곽인 자메이카플레인에서 부동산 중개인으로 일했다. 제시카는 대포폰을 열고 명함에 적힌 번호로 전화했다.

"켄 머피입니다."

"안녕, 켄. 나 제시카 윈즐로야." 짧은 침묵이 흐르자 제시카가 덧붙였다. "대학 동창."

"아, 당연히 알지. 미안해, 지금 운전중이라서."

"혼자 있어?"

"응. 스피커로 듣고 있으니까 말해."

"어려운 부탁이 하나 있어. 사실 두 개야. 달린의 결혼식 때

네가 메인주에 별장이 있다고 말했던 거 기억해?"

"물론 기억하지. 아직도 내 소유야."

"지금 거기 누가 살아?"

"아니. 빈집이야. 왜? 거기서 지내고 싶어?"

"사실 그랬으면 좋겠어. 무리한 부탁인 건 알지만 지금 당장 메인주로 갈까 생각중이야."

"그렇게 해. 근데 무슨 일 있어?"

"자세히 말할 수는 없는데, 여기를 벗어나야 해. 그리고 익명으로 지내야 하고."

"아, 알았어." 켄이 대답했고, 제시카는 그녀의 말투가 변한 걸 알 수 있었다. 아마 그녀가 누군가에게 학대당해서 도망친다고 생각했을 것이다.

"그러니까 부탁할게. 내가 네 별장에 간다는 사실은 아무에게도 말하지 마. 지금 이 대화도 절대 비밀로 해줘."

"당연히 비밀로 하지."

"나 진심이야, 켄. 내가 그 별장에 간다는 사실을 너도 완전히 잊어야 해."

"나도 진심이야, 제시카. 그렇게 할게." 켄이 나직이 말했다. 마치 자신이 이 일을 얼마나 진지하게 받아들이는지 증명이라도 하려는 듯이. 그런 다음 제시카에게 세인트조지반도에 있는 별장 주소와 여분의 열쇠를 놓아두는 곳을 알려주었다. 아울러 그 별장을 찾아가는 사람은 아무도 없을 거라고 약속했다.

전화를 끊은 후 제시카는 오 분 동안 생각하며 메인주에 은신하는 것이 최선의 선택이라고 자신을 설득했다. 비록 도망치는 것처럼 느껴지기는 했지만. 그녀는 맥주 캔을 헹구고 짐을 싸기 시작했다.

2

9월 18일 일요일 오후 4시 7분

늦은 오후였고 앨리슨은 어제 아침에 페디큐어를 받고 돌아온 이후로 주말 내내 집밖에 나가지 않았다.

처음에는 주말을 오롯이 혼자서 보내는 것은 흔치 않은 호사라고 생각했지만 이제는 좀이 쑤시고 지루했다. 십 년 전만 해도 아직 뉴욕에 사는 친구들을 얼마든지 불러낼 수 있었지만 지금은 더그와 내털리만 남고 다 떠났다. 현재 더그는 맨해튼에 없었고, 내털리는 지난번에 확인했을 때 아직 다운타운에 살았지만 점점 줄어드는 신탁자금으로 간신히 버티는 심각한 알코올중독자였다. 내털리와 마지막으로 만난 게 언제였더라? 적어도 육 개월, 아니면 아마 일 년 전일 것이다. 앨리슨은 휴대전화를 들여다보다가—아직 연락처에 내털리의 번호가 있었다—충동적으로 그녀에게 전화해보기로 했다. 어쩌면 이스트빌리지에 있는 스완에 가서 함께 저녁으로 블러디메리를 마시고 밤새워 놀면서 손님들을 구경할 수 있을지도 모른다. 옛날로 돌아간 것 같으리라.

앨리슨은 전화를 걸었지만 그 번호는 없는 번호라는 자동응답 메시지가 나왔다. 내털리의 이메일주소가 있는지 확인해보니 있기에 메일을 보냈다. '안녕, 내털리. 앨리슨이야. 옛날처럼 일요일 저녁에 같이 한잔하면 어떨까 싶어서. 스완은 아직 영업하지?' 메일을 보낸 뒤에 느낌이 이상해서 내털리를 검색해보기로 했다. 아직 뉴욕에 살고 있는지도 알아보고 싶었다. 내털리의 성이 곧장 떠오르지 않았지만—연락처에는 '냇 G'라고만 적혀 있었다—결국에는 기억났다. 김블이었다, 옛날 백화점 이름처럼. 앨리슨이 '내털리 김블'을 입력했더니 두 달 전의 부고기사가 제일 먼저 나왔다. 기사를 클릭하자 카메라를 향해 미소 짓는 옛친구의 사진이 눈에 들어왔다. 자외선으로 인해 주름진 얼굴과 희끗희끗한 머리카락. 내털리는 뉴욕을 떠나 애리조나주 세도나에 살고 있었다. 기사에 사인은 나와 있지 않았지만 조화 대신 허니서클 치료센터에 기부금을 보내달라는 걸 보니 대충 짐작이 갔다. 어떻게 이 사실을 몰랐을까? 예전 친구 중에 내털리가 죽었다는 걸 아는 사람이 하나도 없었던 걸까? 만약 있었다면 왜 그녀에게 알려주지 않았을까?

앨리슨은 심호흡을 했지만 기도가 수축되어 산소가 충분히 공급되지 않는 느낌이었다. 가슴이 아팠고, 티끌 하나 없는 거실과 거기 놓인 물건들이 갑자기 낯설고 비현실적으로 보였다.

마치 이 집에 처음 온 것처럼. 팔다리에 힘이 쭉 빠졌고, 머릿속에서 목소리가 들렸다. 넌 죽어가고 있어, 이걸로 끝이야. 하지만 이내 다른 목소리가 들렸다. 이건 공황발작이야. 대학 때 한번 겪었잖아. 그때도 이런 느낌이었어. 그리고 두번째 목소리가 이겼다. 앨리슨은 911에 전화하지 않고 이 느낌이 지나가기를 기다렸으며, 결국에는 지나갔다.

저녁식사 시간이 되었을 때는 다시 사람으로 돌아온 기분이었고, 기진맥진한데다 배가 고파서 요거트까지 먹었다. 요거트를 먹는 동안 텔레비전 채널을 돌려봤으나 볼만한 게 없어서 아마존 프라임에 로그인해 〈플리백〉 시즌 2를 거의 정주행했다. 이미 두어 번 본 드라마였다. 두번째와 세번째 에피소드 사이에 베르멘티노 와인 한 병을 따고 생아몬드 한 봉지를 집어들었다. 마지막 에피소드를 보는데 조너선에게서 전화가 왔다. 일요일 저녁 늦은 시간에 그에게 전화가 온다는 건 매우 놀라운 일이었다. 앨리슨은 화면을 정지하고 전화를 받았다. "여보세요."

"앨." 그가 말했다. 평소 조너선은 전화를 거의 하지 않았고, 어쩌다 할 때면 앨리슨은 늘 그의 목소리가 실제 모습보다 훨씬 더 나이든 사람처럼 들린다고 생각했다. 고전영화의 남자 배우처럼 남성적이고 딱딱한 목소리였다.

앨리슨은 어쩐 일로 일요일에 전화를 했냐고 농담하려다가 그냥 용건을 물었다. "무슨 일 있어요?"

"그렇기도 하고 아니기도 해. 제인이 집을 나갔어." 제인은 조너선의 부인이었고, 지금까지 그에게 들은 바에 따르면 절대 가정을 버리지 않을 여자 같았다.

“무슨 말이에요? 영영 떠났다고요?”

조너선이 목을 가다듬었다. “너무 충격이야. 만나는 남자가 있다면서 어제 오후에 느닷없이 떠났어. 둘이 함께 살 아파트까지 이미 얻었더군.”

“맙소사, 조너선. 당신 괜찮아요?”

“솔직히 말해서 어안이 벙벙해. 하지만 동시에…… 동시에 이젠 자유의 몸이 된 것 같아.”

“그렇겠죠.”

“제일 먼저 당신이 생각났어.”

“어머, 자기야.” 앨리슨이 그를 부르는 애칭이었는데 자주 사용하지는 않았다.

“며칠 여행이라도 갈까? 당신을 버뮤다에 있는 내 별장에 데려갈까 생각중이야. 날씨가……”

“좋아요. 좋아.” 앨리슨이 대답하며 몸을 너무 벌떡 일으키는 바람에 바닥에 놓인 와인병을 발로 찼고, 얼마 남지 않은 와인이 바닥에 쏟아졌다.

“할일이 있긴 하지만 마무리짓고 이번주 후반에 떠나면 거기서 주말을 보낼 수 있을 거야.”

“좋아요.”

“잘됐군. 예약하고 다시 연락할게. 티터버러공항에서 출발하는 전세기를 예약할 수 있어. 그쪽으로 차를 보낼게. 정말 이 늙은이랑 그렇게 오래 있어도 되겠어?”

"그럼요. 너무 신나요. 빈말 아니에요, 조너선."

통화를 끝낸 뒤 앨리슨은 스포티파이에 있는 '나들이' 플레이리스트를 최대한 크게 틀었다. 옆집에서 소리가 너무 크다고 항의하지 않을 정도로. 그런 다음 버뮤다 날씨를 검색하고, 거기 가서 입을 옷을 침대에 늘어놓았다. 아직 가려면 며칠이나 남았는데도.

그 주에 사야 할 물건 목록을 작성한 뒤 그녀는 전화에 녹음된 음성메시지를 확인했다. 연방수사국 벌린 요원이라고 밝힌 남자가 남긴 아주 이상한 음성메시지였는데 그는 최근에 그녀의 이름이 포함된 명단을 우편으로 받은 적이 있냐고 물었다. 벌린 요원은 자기 번호뿐 아니라 맨해튼에 있는 FBI 사무실 전화번호까지 남겼다. 거기로 전화해서 개릿 요원을 찾으라고 했다. 앨리슨은 그 명단이 불길하다는 걸 이미 알고 있었던 터라 어떤 번호도 받아 적지 않고 메시지를 삭제해버렸다. 이미 그 일은 모르는 편이 더 낫다고 결정한 터였다. 게다가 일주일 후면 그녀는 버뮤다에 있을 것이었다.

3

9월 18일 일요일 오후 5시 31분

잭은 구글에 올라온 뉴스 기사를 클릭하고, 자신이 고용한 여러 사람들에게 전화하며 하루 대부분을 실내에서만 보낸 터라, 너무 어두워지기 전에 술을 한잔 만들어서 밖에 나가 마시기로 마음먹었다.

다이닝룸에 붙박이장이 있는데 잭은 거기에 바를 설치했다.

마티니를 만들 생각으로 플리머스 진을 한 병 땄지만 집에 올리브가 하나도 없다는 사실이 기억났다. 상관없었다. 대신 자신이 '트래비스 맥기'라고 이름 붙인 칵테일을 만들기로 했다. 예전에 수많은 스릴러소설을 탐독하던 시절에 그가 좋아했던 주인공이 즐겨 마시던 술이었다. 그 시리즈는 각 책마다 제목에 색깔이 들어갔는데, 지금 생각나는 제목은 '죽음을 위한 호박색 공간'인가 그랬다.* 작가의 이름은 기억나지 않았지만 성은 맥도널드였다. 아마 존 혹은 그레고리 맥도널드일 것이다. 하지만 주인공은 트래비스 맥기였고, 이유는 몰라도 잭은 트래비스 맥기가 가장 좋아하는 칵테일 만드는 법을 기억했다. 아마 맛이 엄청 좋았기 때문이리라.

잭은 잔에 얼음을 한줌 넣은 다음 드라이셰리주를 약간 부었다가 다시 따라 버리고 플리머스 진을 가득 채웠다. 냉장고에서 레몬을 찾아내 레몬즙을 약간 넣었다. 레몬 껍질도 넣었는지 기억나지 않았지만 그냥 넣기로 했다. 근사해 보였다. 잭은 늘 세상에서 음주가 가장 심미적 활동이라고 생각했다. 원래는 뒤쪽 파티오에서 마시려고 했지만 마음을 바꿔서 현관으로 나가 문 오른쪽에 놓아둔 벤치에 앉았다. 편한 의자는 아니었지만 지나가는 차와 개를 산책시키는 사람들을 보는 것도 나쁘지 않을 듯했다.

잭은 철제 벤치에 균형을 맞춰서 술잔을 내려놓고 카디건 단추를 채웠다. 맛있는 진을 한 모금 길게 들이켜고는 트래비스 맥기를 만들어낸 작가를 위해 말없이 건배했다.

생각보다 지나가는 차가 적었고, 그제야 오늘이 일요일이라는 사실을 깨달았다. 하지만 행인은 많았는데, 대다수가 목적을 가지고 걷고 있었다. 적어도 겉으로는 그렇게 보였다. 조깅하는 사람도 몇 명 있었는데 대부분이 남자였다. 하지만 걸어가는 사

---

* 미국의 작가 존 D. 맥도널드의 범죄소설 시리즈. 원제는 '죽음을 위한 자주색 공간'이며, 호박색이 들어간 제목은 '호박색보다 더 어두운'이다.

람들도 넓은 보폭으로 걷는 듯했다, 특히 여자들이. 다들 검은색 레깅스에 밝은색 운동복 상의를 입었다. 그들은 심각한 모습으로 걸을 뿐만 아니라 동시에 말하고 있었다. 잭은 잠시 후에야 그들이 통화중이며 헤드폰에 달린 스피커에 대고 말하고 있음을 깨달았다.

그가 술을 다 마시고 이제 그만 집으로 들어가려는 찰나, 보도를 따라 걷던 이웃집 여자—잭은 이미 그녀의 이름을 잊어버렸다—가 눈에 들어왔다. 설사 모르는 사람이었다 해도 잭의 눈에 띄었을 것이다. 우선 그녀는 운동복을 입지 않았다. 청바지에 터틀넥스웨터 차림으로 아직 떨어지지 않은 나뭇잎을 올려다보며 천천히 걷고 있었다. 심지어 헤드폰도 쓰지 않았다.

"안녕하세요." 잭이 외쳤지만 그녀는 못 들은 듯했다. 잭이 다시 더 큰 소리로 외쳤다.

그녀는 약간 움찔하더니 고개를 돌렸다. "깜짝 놀랐어요. 생각에 잠겨 있었거든요."

"저런, 하던 일 마저 하세요. 방해해서 미안합니다."

"아뇨. 제가 무슨 생각을 했는지 안다면 그렇게 말하지 않으셨을 거예요. 거기 계신 걸 못 봤어요. 집 옆면에 자연스럽게 녹아들어서요."

잭은 자신을 내려다보았다. 갈색 바지에 녹처럼 붉은 카디건을 입어서 벽돌 벽에 묻혔던 모양이었다.

"그렇군요. 지금 막 집에 들어가서 한잔 더 하려던 참이었어요. 나랑 함께 벤치에서 한잔할래요?" 잭이 물었다.

그의 집 잔디밭에 서 있던 이웃집 여자는 어깨를 으쓱이더니 좋다고 했다.

"뭐 마실래요?" 여전히 그녀의 이름을 기억해내려 애쓰며 잭이 물었다.

"뭘 마시고 계셨어요?"

"얼음을 넣은 진이요. 이제 보니 일요일 저녁에 마시기에는 너무 센 술 같네요."

"그렇죠. 혹시 토닉이 있다면 전 진토닉을 마시고 싶네요."

"있을 겁니다."

잭이 진토닉 두 잔을 들고 돌아왔을 때 그녀는 벤치에 앉아 그를 기다리고 있었다. 잭이 한 잔을 건네자 그녀가 말했다. "제가 갑자기 가야 할 수도 있어요. 오늘 남편이 출근했는데 곧 돌아올 거거든요. 그러니까 혹시 제가……"

"당신이 간다 해도 모욕감을 느끼지 않겠다고 약속하죠. 자리를 잘 잡았네요. 여기 있으면 남편이 오는 게 보일 겁니다."

"그렇겠네요." 그녀가 말하고는 진토닉을 한 모금 마셨다.

"이런 말 하기 부끄럽지만, 벌써 당신 이름을 잊어버렸어요. 나이 탓이죠." 잭이 말했다.

"마거릿이에요. 그리고 전혀 나이들어 보이지 않으세요."

"마거릿. 맞아요. 사람들이 당신을 그 이름으로 부르나요? 아니면 다른 애칭이 있어요?"

"세상에서 마거릿이라는 이름 그대로 불리는 사람은 저뿐일 거예요. 전 매기나 메건, 메그라는 애칭을 쓰지 않아요."

"페그도 있죠." 잭이 말했다.

"맞아요. 페그도 있죠, 요즘에는 그 애칭을 쓰지 않는 것 같지만. 아뇨, 전 그냥 마거릿이에요. 대학 때 남자친구가 절 매기라고 불렀는데 그땐 그게 정말 좋았어요. 하지만 그 친구랑 헤어지고……"

"더는 매기라 불리지 않았군요."

"네."

둘은 잠시 말없이 각자 술을 홀짝였다. 잭이 물었다. "남편이 늘 일요일에 출근하나요?"

"그이는 야심가예요. 일요일에 출근하면 그 여덟 시간 동안 일주일 내내 하는 것보다 더 많은 일을 처리할 수 있다더군요. 전 괜찮아요. 오늘도 하루종일 책을 읽다가 운동을 좀 해야 할 것 같아서 나왔어요. 저희 남편을 만나보셔야 해요. 제가 남편에게 당신 얘기를 했는데, 당신 책을 찾아보더니 분명히 기억이 난다고 하더라고요. 우리집에 저녁 먹으러 오세요."

"아." 마거릿의 너무 빠른 제안에 잭은 약간 놀랐다. "나도 기꺼이 당신 부부와 식사하고 싶군요."

"좋아요. 어디 보자. 이번주 목요일 저녁은 어떠세요? 시간 되세요?"

"이럴 때는 살짝 망설이면서 앞으로 예정된 모든 일정을 머릿속으로 훑어보는 척해야 하겠지만, 목요일은 아무 일정도 없다는 확신이 드네요. 꼭 가겠습니다."

"잘됐네요. 여섯시에 오세요. 조금 이른 건 알지만 저희가 저녁을 일찍 먹는 편이거든요. 혹시 안 드시는 음식이 있으세요?"

"문어만 빼고 다 먹습니다. 하지만 왠지 당신이 문어 요리를 할 것 같지는 않군요."

"문어는 왜 안 드세요?"

"문어가 맛있긴 하죠. 하지만 문어에 대한 다큐멘터리를 보고 문어와 사랑에 빠졌다고나 할까요. 문어는 아주 똑똑하고 신비로운 존재더군요. 그래서 도저히 먹을 수가 없어요. 돼지도 영리하다는 거 압니다. 닭은 사람과 유대감을 형성할 수도 있고요. 하지만 문어는 왠지 모르게 다르더군요. 아니면 그냥 내가 위선자일 수도 있죠."

"알겠어요. 문어는 뺄게요. 그리고 아무것도 가져올 필요 없어요. 몸만 오세요. 어머, 마침 저기 그이가 왔네요."

마거릿이 바라보는 쪽으로 시선을 돌리니 검은색 SUV 한 대가 그녀의 집 진입로로 들어서고 있었다. 차에서 깔끔한 차림새의 남자가 내렸는데, 통이 좁은 치노 바지에 폴로셔츠를 바지 안에 넣어 입었다. 잭이 보기에 골프복 같았다. 마거릿은 얼른 남은 진토닉을 마저 마시고 빈 잔을 잭에게 건넨 뒤 자리에서 일어났다. 잔디밭을 몇 발짝 걸어가더니 남편에게 이쪽으로 오라고 손짓했다. 남편이 그들을 향해 걸어왔고, 잭은 마거릿이 긴장한 것 같다고 생각했다.

"잭, 이쪽은 남편 에릭이에요. 에릭, 이분은 내가 말했던 이웃이야. 그 책을 쓰신 분."

잭은 자리에서 일어나 에릭과 악수했다. 금융업에 종사하는 젊은 남자이니 손을 엄청 세게 잡을 거라고 마음의 준비를 하기는 했지만 손이 얼얼할 정도라서 깜짝 놀랐다.

"네, 아내에게 책 이야기는 들었습니다. 물론 책에 대한 설명은 전혀 못 들었지만요. 그래서 제가 직접 찾아봤죠. 육 개월 동안 〈뉴욕 타임스〉 베스트셀러 목록에 있었더군요. 그 정도면 훌륭하죠."

"오래전 일입니다." 잭이 말했다.

"목요일 저녁에 잭이 우리집에 저녁 먹으러 올 거야." 마거릿이 에릭의 옆얼굴을 올려다보며 말했다. "계획을 다 세워뒀어. 메뉴에 문어 요리는 없을 거야."

"그-으렇군." 에릭이 미간을 찡그린 채 잭을 보며 말했다. 마치 그와 잭이 오랜 친구고 마거릿이 이상한 소리를 하는 낯선 사람이라는 듯이.

"마거릿이 안 먹는 음식이 있는지 묻길래 문어만 빼고 다 먹는다고 했어요."

"아, 이런. 다운타운에 있는 스페인 식당 가보셨어요? 무슨 타파스 바인데 거기 문어 요리가 아주 죽입니다. 장담하건대 생각이 바뀌실 겁니다."

마거릿이 에릭의 팔짱을 끼며 말했다. "우린 이제 그만 가자. 어쨌든 저녁 준비도 해야 하고."

에릭이 그녀를 돌아보았고, 잭은 자기도 모르게 에릭의 목에 솟은 힘줄을 바라보았다. "술 마셨어?" 에릭이 말했다.

“잭이 친절하게도 한잔 만들어줬어.”

“당신한테 진냄새가 진동해. 저녁은 뭐야?”

“그만 가자, 가서 말해줄게. 잭, 술 잘 마셨어요. 목요일이 기다려지네요.”

두 사람은 돌아서서 집으로 향했고, 잭은 잠시 과도한 슬픔에 잠겨 우두커니 서 있었다.

집으로 들어간 그는 방마다 돌아다니며 불을 켰다. 이제 해가 완전히 졌다. 잭이 하루 중에 가장 싫어하는 시간대였고, 어둠으로 우울해지지 않는 유일한 방법은 집안을 환히 밝히는 것뿐이었다. 그는 주방으로 가서 냉장고를 열고 저녁으로 뭘 먹을지 생각했다. 비록 저녁보다는 진을 한잔 더 마시고 싶었지만.

4

9월 19일 월요일 오전 10시 6분

제시카는 커피테이블에 놓인 여행가방을 바라보았다. 옷은 트레이닝 바지에 후드티 차림이었다. 메인주에 있는 궨의 별장까지 가려면 적어도 여덟 시간은 운전해야 하기에 편한 옷으로 입었다.

그러다 갑자기 마음이 바뀌어 서재로 갔다. 벽장을 열고 큼직한 마분지상자를 꺼냈다. 상자에는 약 육 개월간 파쇄하려고 모아둔 오래된 서류가 가득 들어 있었다. 제시카는 서류를 벽장 바닥에 쏟아버리고 상자를 거실로 가져간 다음, 챙겨둔 옷과 세면도구를 모두 상자로 옮겼다. 이편이 훨씬 나았다.

아이폰은 이미 전원을 끄고 책상 서랍에 넣어두었다. 휴대전화 없이 지내려면 이상할 테지만 지금은 어찌됐든 그녀의 삶 자체가 이상했다.

제시카는 두 손으로 마분지상자를 들고 어색한 자세로 현관 문을 밀어 연 다음 현관 계단으로 나가서 문을 닫았다. 차로 걸어가 뒷좌석에 상자를 실었다. 공용 수영장 옆에 주차된 푸른색 세단이 자신을 지켜보고 있다는 걸 알고 있었다. 제시카는 세단 운전자에게 손을 흔들며 그쪽으로 걸어갔다. 그녀가 말을 걸 수 있을 정도로 가까이 다가가자 차창이 내려갔다.

"사무실에 가져다둬야 할 물건이 있어서 지금 그쪽으로 갈 거라고 알려주려고요. 그런 다음 곧장 집으로 돌아올 거예요."

운전석에 앉은 남자는 제시카도 아는 얼굴로, 사무실에 새로 온 신입 요원이었다. 어깨가 떡 벌어지고 전직 군인답게 공허한 눈빛이었다. "잘됐네요. 마침 저도 교대근무가 끝난 참이었습니다."

"어젯밤에 수상한 사람이라도 있었나요?"

"야밤에 알몸으로 수영하는 사람만 봤어요."

제시카는 웃음을 터뜨렸다. "밥 말이군요. 10월까지는 매일 밤 자정마다 그럴 거예요. 그걸 봐야 했다니 유감이에요."

"저도요."

"이제 사무실로 갈 건가요?"

"요원님을 따라서 사무실까지 간 다음에 차를 반납할 겁니다. 벌린 요원님을 만날 거죠?"

"그럴 거예요."

제시카는 뒤에서 따라오는 신입 요원을 주시하며 사무실로 차를 몰았다. 그녀가 방문객용 주차 공간에 차를 세우자 신입 요원은 회사 차량을 세워두는 곳에 주차하려고 방향을 틀었다. 제시카는 유턴해서 주차장을 빠져나와 787번 도로를 타고 북쪽으로 향했다. 유료도로를 피해 버몬트주를 가로질러 뉴햄프셔주로 간 다음 메인주로 들어갈 생각이었다. 예전에 쓰던 도로 지도책을 가져왔는데, 내비게이션이 아닌 실제 지도를 이용해 목적지를 찾아가는 일이 기대되기도 했다.

제시카는 뉴햄프셔주 콩코드 부근에서 약간 길을 헤맸고, 점심을 먹으려고 간이식당에 들렀다. 칸막이 자리에 앉아 펩시를 마시며 주문한 햄버거를 기다리는 동안, 휴대전화가 없으니 솔직히 뭘 해야 할지 알 수 없었다. 평소였다면 휴대전화로 뉴스를 훑어보거나 숫자 퍼즐 게임을 하거나 날씨를 확인했을 것이다. 제시카는 좀처럼 마음이 안정되지 않아 주변으로 시선을 돌렸다. 낡은 비닐 테이블, 눈에 띄게 다리를 절룩거리는 웨이트리스, 둘 다 조용히 각자의 수프를 먹는 노부부. 켄의 별장은 어떤 모습일지 궁금했다. 그곳에 와이파이가 있다는 걸 아는 터라 제시카는 명단에 있는 사람들이 언론에 보도될 경우 공개 정보를 계속 추적하려고 노트북을 가져왔다. 한 가지 확실한 계획은 아서 크루즈의 아버지에게 전화해 그녀의 아버지를 아는지 알아내는 것이었다. 그 외에는 아무 계획도 없었다. 범인이 잡힐 때까지 눈에 띄지 말아야 한다는 것 말고는. 제시카는 별장에 좋은 책이 몇 권 있기를 바랐다. 바보같이 책을 한 권도 챙기지 않았기 때문이었다.

햄버거를 먹은 후에 다시 밖으로 나와 차에 오른 제시카는 지도를 보며 최적의 경로를 찾았다. 비가 내리기 시작했는데, 공기 중에 옅은 안개가 소용돌이쳐 모든 사물이 약간 흐릿해 보였다. 밸러리 준의 노래가 나오는 대학 라디오방송을 찾아낸 다음, 와이퍼를 가장 낮은 단계로 작동시키고 메인주를 향해 출발했다.

해가 진 직후에야 세인트조지반도에 있는 별장에 도착했다. 가랑비는 어느새 장대비로 바뀌었고 강풍까지 불었다. 빗줄기가 어찌나 촘촘한지 마치 비의 장막이 드리워 바람에 펄럭이는 듯했다. 제시카는 지붕널을 덮은 별장 현관에 최대한 가까이 주차했지만, 앞뜰의 하트 모양 바위 아래 숨겨뒀다는 열쇠를 찾는 데 오 분이나 걸렸다. 옷상자를 들고 집안으로 들어갔을 때는 온몸이 흠뻑 젖어 오들오들 떨렸다. 집을 둘러보기 전에 먼저 옷을 벗고 1층 욕실에서 한참 동안 뜨거운 물로 샤워를 했다. 그러고 나서 플란넬 파자마로 갈아입고 상자에서 짐을 꺼낸 다음, 주방으로 가서 먹을 만한 음식이 있는지 찾아보았다. 냉장고에는 거의 소스밖에 없었지만, 맥주도 한 병 있기에 한 모금 마셔보았더니 충격적일 정도로 불쾌한 맛이었다. 맥주가 아니라 알코올 도수가 낮은 사과주였다. 한 수납장에 이탈리안 웨딩 수프* 통조림이 있어서 프라이팬에 데워 먹었다. 이 수프와 사과주를 저녁으로 먹는 수밖에 없었다.

침실 두 개짜리 별장은 아담했고, 흰색으로 칠한 천장 서까래

* 닭고기 육수에 주로 녹색 채소와 고기를 넣어 끓인 수프.

가 그대로 드러나 있었다. 벽에는 추상화가 많이 걸려 있었는데, 가까이서 보면 모두 바다를 그린 풍경화 같았다. 제시카는 둘 중 더 큰 침실에 짐을 풀고, 2층 복도에 있는 서가로 가서 읽을 만한 책이 있는지 살펴봤다. 그녀는 주로 스릴러를 좋아했지만, 켄이 소장한 책은 대부분 현대문학 소설이었다. 그중에서 『개를 데리고 일찌감치 집을 나섰다』라는 흥미로운 제목의 책을 뽑아들고 읽어보기로 했다. 낯선 침대에 들어가 책을 사분의 일 정도 읽다가 머리맡 스탠드를 끄고 누웠다. 한 시간 동안 바람소리를 듣다가 긴장한 상태로 얕은 잠에 빠져들었다.

5

9월 19일 월요일 오후 3시 33분

"안녕하세요, 형사님." 클래라가 말했다.

샘 해밀턴은 윈드워드 리조트의 프런트에 있는 클래라를 보고 깜짝 놀랐다. 마지막으로 우연히 클래라를 만났을 때는 케너윅 하버 인 호텔 레스토랑에서 웨이트리스로 일하고 있었기 때문이었다.

"다시 여기 취직한 건가, 클래라?"

"아뇨. 캐런이 휴가를 가서 대신 근무하는 거예요. 아직 호텔에서 일해요."

"거긴 여전히 북적거리고?"

"호텔이요? 미친듯이 북적거리죠. 여긴 한가하고요."

조금 전 샘은 낡은 리놀륨 바닥을 가로질러 프런트로 걸어오는 동안 살짝 퀴퀴한 냄새를 맡았다. 이 오래된 리조트가 계속 운영될 수 있었던 유일한 동력은 소유주의 집념이었으리라. 이제 소유주가 죽었으니 이 리조트가 일 년이나 갈 수 있을지 의문이었다.

샘은 케너윅 주민들을 대부분 알았다. 이름은 몰라도 얼굴은 거의 다 알았는데, 특히 클래라는 아주 잘 알았다. 팔 년쯤 전, 클래라가 케너윅 고등학교 3학년일 때 학보사 기자로 활동하면서 며칠 동안 그를 따라다녔기 때문이다. 클래라는 저널리즘을 공부하려고 보스턴대학교에 진학했지만, 몇 년 전 마을로 돌아와 처음에는 윈드워드 리조트에서 일하다가 나중에는 케너윅 하버 인 호텔에서 웨이트리스로 일했다. 소문에 의하면 클래라가 케너윅으로 돌아온 이유는 브래드 로머 때문이라고 했다. 브래드 역시 케너윅 출신으로, 클래라에게 한참 못 미치는 남자였다.

"클래라, 프랭크의 사무실을 좀 둘러봐도 될까? 주 경찰이 이미 다 뒤졌겠지만 내가 직접 보고 싶어서."

그녀는 어깨를 으쓱였다. "그러세요. 사무실이 어딘지는 아시죠? 아마 문을 잠가두지 않았을 거예요."

"응, 알아."

샘은 프랭크의 안쪽 사무실로 이어지는 복도를 향해 걸어가다가 걸음을 멈추고 말했다. "혹시 소문 들은 거 없어? 프랭크의 죽음에 관해서 말이야."

클래라는 미간을 찡그린 채 그 질문을 생각했고, 샘은 그런 표정이 그녀의 엄마 준을 쏙 빼닮았다고 생각했다. 이 마을에는 번갈아가며 문제를 일으키는 주정뱅이들이 있었는데 준도 그중 하나였다. "그러니까 프랭크를 죽이고 싶어했을 만한 사람 같은 거요?"

"거기서부터 시작하면 좋지."

"아무도 없었던 거 같아요. 다들 프랭크를 좋아했어요."

"그렇군."

클래라가 계속 생각하는 듯한 표정이기에 샘이 다시 물었다. "연애 쪽으로는 어때?"

"프랭크가요?" 클래라는 약간 인상을 썼다. "아닐걸요. 셸리를 좋아하긴 했지만 일방적인 호감이었어요. 확실해요. 미안해요, 형사님, 전 도움이 못 될 거 같네요."

"뭐라도 들으면 알려줘."

"그럴게요. 이 리조트에 떠도는 소문이 있긴 한데 형사님이 관심을 가질 만한 이야기는 아니에요."

"무슨 소문인데?" 샘이 물었다.

"아, 가장 유명한 소문은 이 리조트에 유령이 나온다는 거예요. 모르셨어요?"

"몰랐어."

"음, 직원들이 그러더라고요. 별관 2층에서 유령냄새가 난다는데, 어딘지 아시죠? 청소하는 아주머니 두 분 말로는 오래된 연회장에 유령이 있대요."

"흠."

"네, 형사님은 별로 관심 없을 줄 알았어요." 클래라가 말했다. 이제 그녀는 등받이가 높은 회전의자에 등을 기대고 있었다. 클래라의 얼굴이 약간 부어 보인다고 샘은 생각했다.

"그 유령 소문이 프랭크가 해변에서 살해된 일과 무슨 상관이지?"

"밀래나라고 아세요? 이 리조트 청소부인데, 밀래나가 말하길 프랭크가 유령에게 시달렸고 유령이 프랭크를 해변으로 데려가 익사시켰대요." 클래라는 동유럽 억양으로 밀래나의 말투를 비슷하게 흉내냈다.

"유령이 프랭크를 뒤에서 붙잡고 물속에 머리를 처박을 수 있다면 그랬겠지."

클래라가 다시 얼굴을 찡그리자, 샘은 부적절한 농담을 사과한 다음 프랭크의 사무실로 갔다.

사무실은 매우 비좁았는데 벽마다 쌓아둔 상자 때문에 한층 더 좁아졌다. 책상 하나와 의자 하나가 전부였고, 책상은 서류들로 짓눌려 있었다. 어디서부터 시작해야 할지 몰라 샘은 프랭크가 오랫동안 사용했던 사무용 가죽 의자에 앉았다. 가운데 서랍을 열었더니 오래된 송장과 브랜디 미니어처가 가득 들어 있었는데, 대부분 비었지만 아직 따지 않은 새것도 있었다. 다른 서랍 역시 서류로 가득했다. 대부분 호텔 운영과 관련된 서류인 듯했다. 이번 사건의 공식 수사관이 아닌 샘은 이 서류를 모두 살펴볼 여력이 없었다. 그는 가장 큰 서랍 옆쪽에 끼어 있던 종이 더미를 끄집어냈다. 빳빳한 크림색 종이 뭉치를 고무줄로 묶어두었는데, 고무줄이 말라비틀어져서 잡아당긴 순간 부서져 버렸다. 누렇게 변색된 종이 뭉치는 1986년 크리스마스이브 저녁식사의 메뉴판이었다. 새우칵테일, 그다음에 비프웰링턴. 샘은 인생무상을 실감하며 슬픔에 휩싸였다. 이날의 저녁식사를 기억하는 사람이 있기나 할까? 이날 무슨 중요한 일이 있었을까? 연애중이었을까? 아니면 헤어지는 자리? 이날의 손님 중에서 아직 살아 있는 사람은 몇이나 될까?

샘은 메뉴판을 원래 있던 자리에 다시 넣고 정면을 응시했다. 책상 위에 벽에 기대둔 게시판이 있었다. 이 사무실의 다른 모든 물건과 마찬가지로 게시판 역시 리조트 운영과 관련된 종이들이 빼곡히 붙어 있었다. 오래된 영수증, 메모가 적힌 포스트잇, 입사지원서. 대부분 겹쳐져 있었지만 그중에 핀으로 꽂아둔 사진 한 장이 있었다. 비록 가장자리가 일부 가려지기는 했어도 프랭크는 이 사진을 잘 보이게 두고 싶었던 게 분명했다. 샘은 사진을 게시판에서 떼어냈다. 약간 빛바랜 흑백 가족사진이었다. 젊은 부부가 두 자녀를 사이에 둔 채 서 있었는데, 남자는 정장에 모자를 썼고 여자는 물방울무늬 여름 원피스를 입었다. 여자아이는 여섯 살쯤, 남자아이는 여덟 살쯤 되어 보였다. 남자아이는 이 사진을 찍으려고 너무 오래 포즈를 취했다는 듯이 얼굴을 찡그리고 있었다. 틀림없이 프랭크였다. 그 오랜 세월이 흘렀는데도 그의 얼굴은 별로 변하지 않았다. 젊은 부부는 이 리조트의 원래 소유주인 그의 부모일 것이다. 네 가족은 윈드워드 리조트 정문 앞에 서 있었고, 목판에 글자를 새긴 간판은 지금과 똑같았다.

샘은 무릎에 사진을 올려놓은 채 한동안 가만히 앉아 생각에 잠겼다.

이번 사건에는 나름의 체계가 있어. 명단에 있는 사람들은 결코 우연히 선택된 게 아니야. 그리고 프랭크가 제일 먼저 살해됐어. 실제로 범인은 프랭크에게 명단을 직접 전달했고, 그가 명단을 열어보게 한 뒤에 살해했다. 샘은 프랭크가 저지른 일 혹은 그에게 일어난 어떤 일이 이번 사건의 진상을 알아내는 데 결정적 단서가 되리라는 생각이 들었다.

그리고 이 사진은 프랭크가 요즘 사람들과 달리 평생 한곳에서 살아왔음을 말해주었다. 바로 여기 메인주 케너윅, 윈드워드 리조트에서. 그러자 사건의 답은 바로 여기, 프랭크가 평생을 보낸 이 쇠락해가는 리조트에 있으리라는 생각이 들었다. 샘은 외국인 청소부만 볼 수 있다는 유령을 떠올렸다. 지난 오랜 세월 동안 이 리조트에 머물렀던 사람들을 생각했다. 틀림없이 수천 명일 것이다. 수십만일 수도 있고.

샘은 사진을 다시 게시판에 대고 사진 맨 위쪽 가장자리에 이미 뚫린 구멍에 맞춰 압정을 밀어넣었다.

프랭크의 여동생이 아직 살아 있을지 궁금했다.

6

9월 19일 월요일 오후 4시 35분

토드 피셔가 린다라고만 알고 있는 여자에게서 몇 달 만에 전화가 왔다. 아마 린다도 누군가에게서 전화를 받고 연락하는 것이리라. 아마도 프레드에게서. 프레드 역시 이름과 목소리만 아는 사이였다. 그 프레드가 린다에게 전화하라고 했을 것이다. 서로 모르는 사람들의 등록되지 않은 휴대전화를 통해 정보가 전달되는 것이다.

재미있게도 린다는 늘 그와 통화하게 돼서 반갑다는 듯이 말한다. 마치 그들이 오랜 친구거나 친한 동료라는 듯이. 어떤 면에서 동료이기는 했다.

"여보세요. 린다예요." 그녀는 한 번도 그의 이름을 부른 적이 없었다. 아마 그의 이름을 모르기 때문일 터였다. 린다에게 그는 그저 전화번호와 목소리였다.

"오랜만이네요." 피셔가 말했다.

"그러게요." 린다가 말했다. 막내아들이 그들이 사는 곳에서 두 동네 떨어진 안개 낀 운동장에서 어린이 미식축구를 하는 모습을 지켜보던 피셔는 아무 말도 하지 않았다. 그러자 린다가 다시 입을 열었다. "지금 메모할 수 있어요?"

린다는 늘 그렇게 물었고, 피셔는 기억력이 매우 뛰어났음에도 늘 "네"라고 대답했다.

"좋아요. 그럼 말할게요. 이름은 제시카 앨버스 윈즐로. 혹시 모르니까 철자를 불러줄게요." 린다가 철자를 말하는 동안 피셔는 칠판에 글자가 적히는 장면을 상상했다. 일단 칠판에 이름이 적히면 피셔는 절대 잊어버리지 않았다. "생년월일은 1975년 12월 3일, 현재 주소는 뉴욕 손턴 태머랙메도 웨이 17번지예요. 올버니 외곽이죠."

"알겠습니다." 피셔가 말했다. 그는 미식축구 경기장에서 15미터 정도 떨어져 있어, 검은색과 빨간색이 섞인 유니폼을 입은 자그마한 선수 중에서 누가 자기 아들 제롬인지 알아볼 수 없었다. 하지만 아들이 속한 팀 트로전스가 방금 터치다운을 포기했다는 건 알 수 있었다.

"올버니 지부에서 근무하는 FBI 요원이에요." 린다가 약간 확신 없는 목소리로 말했지만 피셔는 무시했다.

"네."

"하지만 문제는 지금 그 여자가 뉴욕에 없다는 거예요. 메인주에 있을 거라는데, 의뢰인도 정확히 메인주 어디인지는 몰라요. 미행하고 있었는데 토머스턴과 록랜드 북쪽 1번 국도에서 놓쳐버렸대요. 2012년형 흰색 도요타 캠리를 몰고 차량번호는……"

"잠깐만요, 린다." 피셔가 말했다. 그의 기억력이 아주 뛰어난 건 사실이었지만 이 모든 정보와 함께 차량번호까지 정확히 외울 자신은 없었다. 피셔는 재빨리 수지 메리스에게로 다가갔다. 그녀는 아들의 경기를 한 번도 빠지지 않고 보러 오는 학부모였는데, 추수감사절 칠면조만한 가방을 들고 다녔다. 그 가방 안에 분명히 펜과 종이가 있을 터였다.

피셔는 수지 메리스에게 펜과 종이를 받아들고 아까 서 있던 자리로 돌아와 번호를 받아적었다.

"이제 가장 신나는 얘기를 할 차례네요. 준비됐나요?" 린다가 말했다.

"나야 늘 준비되어 있죠."

"착수금 1만 5천 달러가 당신 계좌로 곧장 송금될 거예요. 일을 마치면 3만 5천 달러가 송금될 거고요. 이 정도면 나쁘지 않죠."

"나쁘지 않네요. 특별한 지시 사항은 없나요?"

"사실 있어요. 딱 하나. 고통 없이 죽여달래요." 린다는 재미있다는 듯 리듬을 살짝 실어 말했다.

"알겠어요." 피셔가 말했다. 그건 문제없었다. '고통 없는 죽음'은 그의 전공이었다.

"바로 수락할래요? 아니면 생각해볼래요?"

"기한이 언제까지죠?"

"아, 미안해요. 내가 그걸 깜빡했네요. 최대한 빨리 해달라고만 적혀 있어요. 그 외에는 확정된 기한이 없어요."

"그렇군요."

"네, 수락할래요?"

"그러죠." 피셔가 말했다.

"좋아요." 린다가 진심으로 기뻐하며 말했다. 지금까지 피셔가 의뢰를 수락하지 않은 적은 한 번도 없었는데도. "세부 사항은 다 적었나요?"

"다 적었어요, 린다. 고마워요."

그날 저녁 아내 밸러리가 집 인테리어를 소개하는 프로그램을 보다가 소파에서 잠들자, 피셔는 지하실을 개조한 작업실로 내려갔다. 업무용으로 사용하는 컴퓨터를 켜고 제시카 윈즐로에 관한 정보를 조금 더 검색했다. 링크드인 페이지에 그녀의 사진이 있었다. 사진을 이렇게 빨리 찾아낼 수 있다니 재미있었다. 그는 아는 수사관이 많았는데, 그들의 공통점은 자신이 천하무적이라고 생각한다는 것이었다. 사진을 들여다보던 피셔는 객관적으로 볼 때 제시카가 꽤 미인이며 외견상으로는 자신의 아내와 상당히 비슷하다는 걸 깨달았다. 피부색이 같고, 광대뼈가 도드라졌으며, 눈은 연갈색이었다. 그렇다고 해서 딱히 어떤 감정이 드는 건 아니었다. 그저 약간 흥미가 생겼을 뿐이었다. 이 여자도 자신과 아내처럼 군인 출신인지 궁금했다. 그녀에게는 군인의 표정이 있었다. 결혼은 했는지, 아이는 있는지도 궁금했다. 피셔의 이런 궁금증은 누군가의 부고 기사를 읽을 때와 똑같았다. 지금 그는 죽은 여자를 보는 셈이었다. 그가 이 일을 수락한 순간, 제시카는 죽은 목숨이었다. 그리고 그로 인해 경제적으로든 다른 면으로든 그의 가족의 삶은 더 안정되었다. 그게 세상의 이치였고 늘 그래왔다.

피셔는 제시카의 또다른 사진을 찾아냈다. 소도시의 신문에 실린 사진으로, 고등학교 축구선수였던 제시카는 올해의 고교 선수로 이름을 올렸다. 그녀는 적갈색 유니폼을 입고 축구공에 발을 올린 채 운동장에 홀로 서 있었다. 사진 속 그녀의 이목구비를 머릿속에 새기며 피셔는 그녀의 죽음과 자기 가족이 누릴 안전 사이의 방정식을 좀더 생각했다. 그가 의뢰를 수락할 때마다 거치는 의식의 일부였다. 이 방정식은 이해하기 어렵지 않았다. 비록 인간은 간혹 잊기도 하지만 지구의 자원은 한정되어 있다. 그리고 세상은 잔인하고 냉혹하다. 이 사실 역시 미국인들은 간혹 잊는다. 모두에게 돌아갈 몫이 충분하지 않으므로 내가 갖든가 아니면 남들이 갖든가 둘 중 하나다. 이는 내 가족을 보호해야 한다는 뜻이다. 유사 이래 늘 그런 뜻이었다. 이 세상에 가족을 보호할 수단이 돈만 있는 건 아니지만 가장 중요한 수단이기는 하다. 피셔는 그렇다고 확신했다.

그는 자신의 일이 도덕적이지 않다는 걸 알았다. 하지만 그가 아프가니스탄에서 수행한 임무도 도덕적이지 않기는 마찬가지였다. 원래 세상사가 그렇다.

피셔는 스티브에게 앞으로 며칠간 정비소 일을 도와주지 못하겠다고 문자를 보냈다. 그러자 곧바로 괜찮다는 답 문자가 왔다. 피셔는 두꺼비집 뒤쪽에 숨겨둔 열쇠를 꺼내 총기 보관함을 열었다.

7

9월 19일 월요일 오후 10시 46분

친구 메건과 영화 〈보이후드〉를 본 뒤 이선은 메건이 좋아하는 노스오스틴의 술집으로 가서 영화에 대한 이야기를 나눴다. 메건은 그 영화를 마음에 쏙 들어한 반면 이선은 그냥 참고 봐줄 만한 정도였다. 아니, 그보다 더 나빴다. 영화 전체가 어린 시절을 생각나게 하는 바람에 우울하고 짜증이 났다. 메건은 테킬라를 마시고 이선은 3달러짜리 생맥주를 마셨는데, 그걸 마시니 졸음이 쏟아졌다. 마침 메건이 아는 친구들을 우연히 마주치자 이선은 아직 초저녁이었는데도 그만 가야겠다고 말하고는 집으로 갔다.

그날 오후에 캐럴라인에게서 동료들과 저녁을 먹을 거라는 문자를 받았을 때 이선은 이상하게 질투가 났다. 그는 내일까지 그녀에게 문자를 보내지 말자고 다짐했지만 도저히 참을 수가 없었다. 그래서 자신이 주석을 잔뜩 달아둔 존 베리먼의 시집 『꿈의 노래』를 들고 침대에 누운 후 캐럴라인에게 집에 들어왔냐는 짧은 문자를 보냈다. 오 분 뒤 그녀에게서 답장이 왔다. 방금 왔어요. 당신은요?

나도요. 이선은 그렇게 보내고는 용기를 잃기 전에 재빨리 썼다. 전화해도 될까요? 그들은 지금까지 통화를 한 적이 없었다.

삼십 분처럼 느껴지는 삼십 초가 지난 뒤 답장이 왔다. 우리가 정말 그 단계로 나아가도 될까요? 이어서 깔깔 웃는 얼굴 이모티콘이 왔다. 캐럴라인이 이모티콘을 보낸 건 처음이었다.

이모티콘을 쓴 걸 보니 정말 당황했나봐요.

하하. 캐럴라인에게서 그렇게 답장이 오더니 좋아요, 전화해요, 라는 문자가 이어졌다.

이선은 등뒤에 베개를 받치고 침대에 앉아 전화를 걸었다. "여보세요?" 캐럴라인의 목소리는 이선이 상상했던 것보다 조금 더 저음이었다.

"여보세요. 전화하게 해줘서 고마워요." 이선은 자신의 목소리를 그녀가 어떻게 생각할지 궁금했다. 지금 그의 귀에는 다소 멍청하게 들렸다.

"심각한 이야기를 할 건가요? 갑자기 걱정되네요."

"아뇨, 아뇨. 우린 문자를 많이 주고받았잖아요. 이젠 당신 목소리가 듣고 싶어서요. 그게 이상한가요?"

"지금은 모든 게 이상하죠. 안 그래요?" 캐럴라인이 말했다.

"경찰의 보호를 받는 거 말이에요? 난 이제 아무 느낌도 없어요. 가끔은 보이지도 않는다니까요."

"내 눈엔 늘 보여요. 내가 새로운 장소를 전혀 가지 않으니까요. 경찰은 늘 우리집 건너편의 같은 자리에 주차해요."

"오늘밤엔 새로운 곳에 갔잖아요."

"맞아요, 그랬네요. 저녁식사 자리에서 모두에게 이 일을 말하고 싶었지만 안 했어요. 당신은 사람들에게 말했어요?"

"아뇨. 아, 말한 사람이 있긴 해요. 친구 해나에게 말했어요. 하지만 늦은 밤이었고, 아마 해나는 내 말을 믿지도 않았을 거예요. 그래도 찰리는 비밀로 하라더군요."

"찰리가 누구죠?"

"아, 미안해요. 날 보호하는 경찰관이에요."

"서로 이름을 부르는 사이예요?"

"네. 우린 친구가 됐어요. 당신은 경찰관을 어떻게 불러요?"

"핸리 경관님이요. 그분은 친절하지만 아주 진지한 성격이라 이름을 부르는 건 상상도 할 수 없어요."

"아마 그편이 나을 겁니다. 핸리 경관님이라고 하면 당신을 살려줄 사람처럼 들리잖아요. 하지만 찰리라고 하면 나와 똑같이 총을 맞고 내 옆에서 피를 흘릴 사람으로 들리죠."

"하지만 새로 사귄 절친 옆에서 죽어가는 거잖아요. 낭만적일 거예요." 캐럴라인이 말했다.

"네, 맞아요. 죽어야 한다면 찰리 옆에서 죽고 싶어요." 이선은 침대에 비스듬히 누워 긴장을 풀었다. 캐럴라인과의 대화는 순조로웠다.

"무서워요?" 그녀가 물었다.

"죽는 거요?"

"음, 그냥 죽는 게 아니라 곧 죽을지 모른다는 거요. 우리가 명단에 올랐기 때문에 죽는다는 거."

"무서운 것 같아요. 처음에 경찰 보호를 받게 될 거라는 말을 들었을 때는 아주 무서웠어요. 하지만 이제는 거의 익숙해졌죠. 또 매일 구글에서 그 명단에 있는 이름을 검색해 사망 기사가 있는지 찾아보는데, 매슈 보몬트 이후로는 없더라고요."

"아서 크루즈 기사를 못 봤어요?"

"뭐라고요?" 이선은 베개 더미 위로 몸을 약간 밀어올렸다.

"오늘 신문에서 봤어요. 매사추세츠주에서 아서 크루즈를 위한 추모식이 열리더라고요. 사인은 전혀 나와 있지 않았지만요."

"어떻게 그걸 못 봤지?"

"최신 기사여서 그럴 거예요. 오늘 오후에 봤거든요."

"그러니까 이제 세 명이네요."

"네, 세 명이에요. 우리가 아는 사람만 세 명. 난 그래서 당신이 나랑 통화하고 싶어하는 줄 알았어요."

"아니에요. 난 그냥…… 문자 말고 당신과 통화해보고 싶었어요, 한 번이라도."

"통화하길 잘했어요. 당신 목소리를 들으니 좋네요."

"맙소사. 기사에 아서 크루즈가 언제 죽었는지 나왔나요?"

"아뇨. 없었어요. 그저 그의 추모식이 열리고, 생전에 종양전문 간호사였다는 내용만 짤막하게 적혀 있었죠. 찰리에게 물어보세요. 뭔가 알지도 모르니까."

"찰리와 난 일 얘기는 하지 않아요. 음악 이야기를 나누는 친구에 가깝죠. 맥주도 함께 마시고요. 찰리는 크래프트 맥주 양조장 얘기를 많이 해요. 난 정말로 찰리 곁에서 죽겠네요, 그렇죠?"

"그럴 것 같네요."

두 사람은 설핏 웃었고, 잠시 정적이 흘렀다.

"어색한 침묵이네요." 이선이 말했다.

"어색하지 않아요. 우리 둘 다 생각에 잠긴 거죠. 대화에는 이런 정적이 더 많아야지, 덜해서는 안 된다고 생각해요."

"거참 심오한 말이네요, 교수님."

"고마워요."

"당신은 어때요, 죽는 게 두려워요?" 이선이 물었다.

"확실히 긴장은 돼요. 하지만 사실 난 매사에 긴장하며 살았어요. 수업할 때마다 긴장하고, 카페에서 주문할 차례가 됐을 때도 긴장하고, 일주일에 한 번 엄마에게 전화할 때도 긴장해요. 우리가 하는 이야기라곤 텔레비전에서 봤던 프로그램과 전날 저녁에 했던 요리가 전부인데도. 하지만 이제 정말로 긴장해야 할 일이 생겼어요. 죽어가는 사람들 명단에 내 이름이 올랐으니, 이번에는 긴장해도 괜찮을 것 같아요. 내 감정이 현실과 일치하는 듯해서 갑자기 기분이 나아졌어요. 이게 말이 되나요?"

"되는 것 같아요." 이선이 말했다. "근데 살해될 걱정을 하는 마당에 왜 카페에서 주문하는 걸 걱정하죠?"

"그러게 말이에요."

"미안해요. 당신이 한 말을 비하할 의도는 아니었어요."

"알아요. 그런 의도가 아니었다는 거." 캐럴라인은 그렇게 말했지만, 이선은 자신의 말투 때문에 왠지 분위기가 가라앉았다는 걸 알 수 있었다. "죽음을 앞두고 있으니 매사를 객관적으로 보게 되는 것 같아요."

"비록 인간은 누구나 죽음을 앞두고 있지만요."

"맞아요."

다시 짧은 정적이 흘렀고, 이선은 그걸 언급하지 않으려고 꾹 참았다. 대신 이렇게 말했다. "예전에도 물어보긴 했는데, 우리 사이에 무슨 연관이 있는지 혹시 새롭게 알아낸 게 있어요? 왜 우리가 그 명단에 함께 있는지 말이에요."

"새롭게 알아낸 건 없어요. 그냥 무작위가 아닐까요? 무작위로 선택된 것 같아요."

"내가 생각한 새로운 가설은 이 명단이 연막에 불과하다는 겁니다. 어쩌면 누군가가 프랭크 홉킨스를 죽이고 싶었을지도 몰라요. 맨 처음에 죽은 남자요. 그래서 무작위로 여덟 명을 뽑아 명단을 만들고, 거기에 프랭크를 집어넣은 다음 명단을 보내고, 그후에 프랭크를 죽인 거죠. 그런데 경찰은 명단만 너무 신겅쓰다 눈앞에 있는 명백한 용의자를 놓친 겁니다."

"두 사람이 더 죽었다는 사실을 빼면요." 캐럴라인이 말했다.

"어쩌면 그것도 우연일지 몰라요. 생각해봐요, 누구든 아홉 명을 뽑아서 명단을 만들면 그게 곧 죽을 아홉 명의 명단이잖아요."

"하지만 살해당할 사람 명단은 아니죠."

"맞아요."

"당신이 말한 그 가정은 애거사 크리스티 소설의 줄거리예요. 근데 제목이 생각나지 않네요." 캐럴라인이 말했다.

"『ABC 살인사건』이에요. 푸아로가 나오는 소설이죠."

"맞아요. 추리소설 좋아해요?"

"어릴 때는 좋아했죠. 애거사 크리스티 소설은 다 읽었어요. 플레치 시리즈랑 브라운 신부가 나오는 책도 읽었고요. 그러다 찰스 부코스키와 잭 케루악을 알게 되면서 더는 추리소설을 읽지 않았죠."

"나도 어릴 때 애거사 크리스티 소설을 다 읽었어요. 하지만 그러다 제인 오스틴을 알게 됐죠."

"음, 적어도 우리는 애거사 크리스티라는 공통점이 있네요."

"우린 공통점이 많아요. 둘 다 시를 좋아하고, 유머 코드가 비슷해요. 또 뭐가 있을까요?"

"살해 명단에 있다는 점?"

"맞아요. 우린 살해 명단에 있어요." 캐럴라인이 말했다.

다시 짧은 침묵이 흘렀고, 이선은 그 침묵을 채우지 않으려 애썼다. 그러자 캐럴라인이 말했다. "난 이제 그만 자야 할 것 같아요."

"그래요. 통화해서 기뻤어요. 역시 통화하니까 좋네요."

"그러게요. 정말 좋네요. 이제 우리에겐 또다른 공통점이 생겼어요."

"우리 둘 다 전화 통화를 좋아하는군요."

"우리 참 구식이네요."

"네, 요즘 아이들은 전화로 이야기하지 않는다던데."

"안 하죠."

"다시 전화해도 될까요?" 이선이 물었다.

"언제든지요."

8

9월 20일 화요일 오후 1시 3분

1번 국도를 따라 북쪽으로 운전하던 피셔는 메인주 록랜드 외곽에 도착했을 때 간이식당 주차장으로 들어가 차를 돌렸다. 바로 남쪽으로 내려가려다가 딱히 배가 고프지는 않았지만 일단 뭘 좀 먹기로 했다. 그런 뒤 다시 브랜던에게 전화해 제시카 윈즐로가 숨어 있을 만한 장소와 관련된 정보를 좀더 알아낸 게 있는지 물어보기로 했다. 브랜던도 그의 동료였는데, 통화 목소리와 가명이 틀림없는 이름만 아는 사이였다. 하지만 살인 청부업자라는 일을 시작한 후로 피셔는 늘 브랜던에게 사냥감에 대한 정보를 요청했다. 그에게 브랜던은 자신과 같은 특정 직업 종사자에게 정보를 제공하는 사서나 다름없었다.

메인주에 처음 와본 피셔는 기념으로 20달러나 하는 랍스터 롤을 주문했다. 마요네즈와 버터 중에 뭘로 하겠냐는 질문에 그가 머뭇거리자, 예쁘고 어린 웨이트리스가 "둘 다 드실래요?" 라고 물었다. 피셔는 그렇게 하겠다고 답했다.

바깥은 서늘했고 하늘에서는 비가 쏟아질 듯했지만 피셔는 야외 테이블에 앉았다. 휴대전화 안테나가 하나밖에 뜨지 않는 걸 보니 수신감도가 낮은 모양이었다. 그는 브랜던에게 전화했다.

"만약 그 여자가 도주중이라면 메인주의 그쪽 지역에는 전혀 연고가 없어." 브랜던이 말했다.

"메인주 전체는?"

"한 친구가 메인주 포틀랜드에 살기는 해."

"어떤 친구지?"

"정확히는 모르겠어. 지금은 삭제된 페이스북 계정에 친구로 등록됐던 사람이야. 제이 앤더슨이라고 바리스타야. 내가 아는 정보는 그것뿐이야."

"알았어, 고마워."

랍스터롤을 다 먹은 후—그의 아마추어적인 견해로는 녹인 버터를 곁들이는 게 더 나았다—피셔는 지도 앱을 살펴봤다. 제시카 윈즐로는 자신을 노리는 사람이 있다는 사실을 알고 도망친 것이 분명했다. 이번 임무의 의뢰인은 이미 제시카에게 미행을 붙였는데, 1번 국도에서 어느 순간 그녀를 놓쳤다. 아마 미행하는 사람은 한 명이었을 테니 제시카가 앞서가도록 내버려두었을 것이다. 특히 주요 도로에서는. 나중에 속도를 높여 따라잡으려 했지만 제시카를 발견하지 못했다는 것은 그녀가 1번 국도에서 나갔다는 뜻이리라. 물론 내륙으로 들어갔을 수도 있지만 세인트조지반도로 갔다고 보는 편이 더 타당했다. 피셔는 거기부터 뒤질 생각이었다. 세 개의 마을로 이뤄진 그 반도는 딱히 작지는 않았지만 주요 도로가 하나뿐이었다. 피셔는 해변과 가까운 별장과 주택 위주로 살펴보며 제시카의 차를 찾아보기로 했다. 제시카 윈즐로는 중상류층에 속했다. 만약 은신처를 찾는다면 친구의 여름 별장을 빌릴 것이다. 그게 가장 타당했다.

피셔는 세인트조지반도로 차를 몰았다. 양쪽으로 숲이 우거진 농지가 펼쳐졌고, 일부 나뭇잎은 이미 알록달록 물들어 있었다. 반도에 가까워질수록 안개가 점점 짙어졌다. 처음으로 모습을 드러낸 바다는 그저 해변의 검은 바위와 하얀 거품만 보일 뿐 다른 모든 것은 안개에 덮여 있었다. 그래도 몇몇 지점은 안개가 걷히고 있어 해안에서 멀지 않은 곳에 있는 섬이 보였는데 나무가 뾰족뾰족 솟아 있었다. 피셔는 잠시 제시카 윈즐로가 섬에 들어간 건 아닐까 생각했다. 아까 섬을 왕복하는 페리 광고 표지판을 봤기 때문이다. 만약 그랬다면 그녀를 찾아내기가 아주 힘들 것이다. 피셔는 그 생각을 밀어내고 흰색 차량을 찾아 각 주택의 진입로를 훑어보는 데 집중했다. 흰색 차량을 발견할 때마다 캠리인지 확인했다. 테넌츠 항구에서 잡화점 앞에 주차된 흰색 캠리를 보았을 때는 순간적으로 찾았다고 생각했으나 차량번호가 달랐다.

골목길도 몇 군데 살펴보았지만 대부분이 막다른 길이었다. 그는 여름 별장처럼 보이는 집을 집중해서 살폈다. 몇몇은 집 앞에 주차된 차가 없었고—확실히 휴가철이 끝났다—몇몇은 진입로가 길거나 소나무숲에 둘러싸여 있었다. 그런 집들은 무시하기로 했다. 필요하다면 나중에 확인하겠지만 지금은 그냥 운좋게 제시카의 차가 눈에 띄기를 바랐다. 피셔는 이 반도의 맨 끝에 있는 마을인 포트클라이드까지 차를 몰았고, 관광안내소가 있는 예쁜 등대로 향했다. 주차장에 흰색 세단 한 대가 있었지만 코롤라였다. 왔던 길을 되돌아가 이번에는 마을 중심지로 이어지는 길로 가보았다. 부두에 정박한 페리에서 승객들이 내리고 있었다. 피셔는 주차하고 토론토 랩터스 농구팀 모자를 쓴 다음 차에서 내려 마을을 돌아다녔다. 차들을 살펴보는 동시에 항구도 살펴보았다. 하늘은 여전히 먹구름으로 뒤덮였지만 구름 사이로 흘러나온 늦은 오후의 햇살이 잔잔한 수면 일부를 비추었다. 갈매기가 머리 위로 날아다니고 공기 중에는 비릿한 바다 내음이 가득했다. 피셔는 플로리다주 걸프코스트에서 자랐는데, 그 마을과 가족에게서 하루빨리 벗어나고 싶었던 터라 자격이 되자마자 군에 입대했다. 바다에 특별한 감정은 없다고 생각했는데, 같은 바다임에도 불구하고 플로리다주와 다른 메인주의 바다 냄새를 맡으니 왠지 모르게 길고 불안했던 어린 시절이 떠올랐다. 아버지는 가끔 일을 하기는 했지만 안 할 때가 더 많았고, 어머니는 종종 집에 없었으며 술에 취해 있는 경우가 많았다. 피셔는 사남매 중 장남으로 거의 매일 저녁식사를 준비했다.

피셔는 빨리 제시카 윈즐로를 찾아내 일을 끝내고 가족이 있는 버지니아주로 돌아가고 싶었다.

그때 자신을 바라보는 젊은 여성을 발견했다. 페리에서 내리는 중이었는데, 배낭을 메고 핏불 혼종인 듯한 개의 목줄을 끌고 있었다. 피셔와 마찬가지로 주근깨 있는 하얀 피부에 머리카락은 연붉은색이었다. 피셔가 눈썹을 치켜세우며 알은체하자 여자가 고개를 돌렸다. 여기 메인주에서 제시카 윈즐로를 찾는 게 흰색 캠리를 찾는 것보다 더 쉬울지도 모르겠다는 생각이 들었다. 지금까지 그가 봤던 사람들은 전부 백인이었다. 제시카 같은 유색인 여성은 꽤 찾기 쉬우리라. 흑인 아내와 세 자녀를 둔 백인 남자로서 피셔는 인종에 대해 꽤 자주 생각했다. 미국에서는 모든 사람이 평등한 척하지만 사실 그건 피부색이 어떻든 권력자들이 당신을 기꺼이 엿 먹일 수 있다는 뜻에 불과했다.

다시 차로 돌아온 피셔는 마을에서 빠져나가 반도를 벗어나기 시작했다. 가능한 한 샛길로 빠지며 진입로마다 주차된 차를 살펴보았다. 다시 1번 국도로 나온 피셔는 록랜드에 가보기로 했다. 내비게이션으로 보건대 그다지 크지 않은 마을이었다. 제시카를 미행하던 사람은 록랜드 남쪽에서 그녀를 놓쳤고, 그녀가 계속 북쪽으로 간다고 생각해 록랜드를 그냥 통과했을 것이다. 따라서 록랜드가 그녀의 목적지였을 가능성이 있었다. 피셔는 마을로 들어가 양쪽에 벽돌로 지은 상점이 늘어선 대로에 주차했다.

날이 어두워지기 시작했다. 오늘은 그녀를 찾아내지 못할 터였다. 솔직히 말해서 찾아낸다면 기적이었다. 그래도 상점 쇼윈도를 들여다보며 마을을 돌아다녔다. 사실 피셔는 쇼윈도에 비친 차를 보며 흰색 캠리를 찾고 있었다. 한 레스토랑을 지나는데 밖에 내놓은 메뉴판에 오늘 저녁 스페셜 메뉴가 대구 볼살 소테라고 적혀 있었다. 피셔의 아내는 요리를 잘했지만 창의적이지는 않았다. 그녀는 프라이드치킨과 스테이크와 햄버거를 좋아했다. 생선은 별로 좋아하지 않았고, 특히나 자신이 동물을 먹고 있다는 사실을 지나치게 연상시키는 음식은 무엇이든 질색했다. 풀드포크*는 좋아했지만 등갈비는 손도 대지 않았다. 심지어 남편이 뼈가 붙은 고기를 먹는 것만 봐도 난리를 쳤다. 그래서 피셔는 의뢰를 수행하러 나갈 때마다 평소 못 먹는 음식을 먹어보는 기회로 삼았다. 그가 들여다보고 있는 메뉴판에는 굴 요리도 있었다. 굴을 먹어본 지도 꽤 오래된데다 기왕이면 맞은편에서 겁에 질린 얼굴로 그를 쳐다보는 아내가 없을 때 먹는 편이 훨씬 나았다.

하지만 먼저 잘 곳이 필요했다. 아까 1번 국도에서 여인숙과 모텔 몇 군데를 지나치기는 했지만, 꼭 필요한 경우가 아닌 한 피셔는 신용카드를 사용해야 하는 숙박업소에서 묵는 것을 선호하지 않았다. 그도 자신이 지나치게 조심한다는 건 알지만 지금까지는 그게 도움이 되었다. 피셔는 다시 차에 올라타 좀더 북쪽으로 갔다가 샛길로 빠져 계속 달렸다. 마침내 주차장에 차가 한 대도 없는 산책로 입구가 나왔다. 그곳에 주차하고 소나

* 장시간 약한 불에서 구워 부드럽게 찢은 돼지고기 요리.

무가 우거진 어두컴컴한 오솔길을 따라 100미터 정도 걸어갔더니 일인용 텐트를 치기에 적당한 공터가 있었다. 그곳에 텐트를 치고 다시 차로 걸어갔다.

그는 마을로 돌아가 굴과 대구 볼살 요리를 파는 근사한 식당에서 저녁을 먹을 계획이었다. 지나다니는 차와 사람을 지켜볼 수 있는 창가 자리에 앉을 수 있는지 물어볼 것이다. 그런 다음 다시 산책로 입구로 돌아와 주차하고 텐트에서 잔 다음, 새벽에 일어나 길을 떠날 것이다. 그러면 내일 온종일 흰색 캠리와 제시카 윈즐로를 찾아다닐 수 있다. 그녀는 여기 어딘가에 있고, 그는 반드시 그녀를 찾아낼 것이다.

9

9월 21일 수요일 오전 11시 14분

이 별장에 온 지 이틀째가 되어서야 처음으로 제시카는 주방 벽에 고정된 전화기를 집어들고 신호음이 울리는지 확인했다. 놀랍게도 신호음이 울렸다. 너무 오래된 전화기라서 정말로 신호가 울릴 줄은 몰랐다. 예전에 한때 주방 인테리어에서 유행했던 길고 꼬불꼬불한 연녹색 전화선이 달려 있었다.

어젯밤 제시카는 휴대전화 메시지를 확인했는데 에런이 남긴 메시지가 하나 있었다. 에런은 감시 요원을 따돌린 것을 축하했고, 아서 크루즈의 아버지 아서 스턴스 크루즈의 전화번호를 알려주었다. 그러면서 수사 담당 요원이 그를 신문할 예정이므로 아무리 빨라도 내일은 지나고 연락하라고 했다.

제시카는 아트 크루즈에게 전화해 자신의 아버지를 아는지 물어보고 싶은 마음이 간절했지만 기다리기로 했다. 메인주에서 맞이한 첫날은 거의 종일 별장에 틀어박혀 지냈다. 그래도 이른아침에 산책을 다녀오기는 했다. 먼저 바위투성이 반도 끝에 있는 흰 등대에 갔다. 한 치 앞도 안 보이는 서늘한 안개 때문에 등대 너머로 펼쳐져 있을 바다조차 보이지 않았다. 등대에서는 램프가 돌아가고 주기적으로 경적이 울렸다. 마치 해안선을 따라 회색 커튼이 드리워진 듯했다. 아니, 꼭 그렇지는 않았다. 마치 세상이 어떤 지점 너머로 더는 존재하지 않게 된 것처럼 텅 빈 공간을 바라보는 듯했다.

제시카는 등대에서 포트클라이드로 걸어갔다. 그곳은 번화한 항구를 따라 부두와 건물이 모여 있는 작은 마을이었다. 식당 하나, 아이스크림 가게 하나, 잡화점 하나가 있었다. 제시카는 잡화점에 들어가 며칠 동안 버틸 수 있는 음식과 와인을 산 뒤 묵직한 봉투를 들고 다시 언덕을 올라 별장으로 돌아갔다.

남은 시간 동안은 이 새롭고 일시적인 생활에 익숙해지려 노력했다. 첫날 읽기 시작한 책은 재미있었지만—끔찍한 전염병 이후의 삶에 관한 내용이었다—책을 읽지 않을 때면 긴장하고 안절부절못하며 집안을 서성였다. 저녁식사로는 봉골레 파스타를 만들어 먹고 샤르도네 와인 반병을 마셨다. 그런 다음 텔레비전을 켜고 삼십 분 동안 리모컨 세 개를 만지작거리며 사용법을 알아낸 끝에 TCM 채널에서 영화 〈리오 브라보〉를 보았다. 아빠가 좋아해서 친숙한 영화였지만 이렇게 재미있는 줄은 미처 몰랐다. 이 영화를 보니 아빠에게 전화하고 싶어졌다. 불가능한 일이었지만. 아빠는 요양원의 치매 환자 병동에 있었는데, 최근에는 전화 통화는커녕 가족이 직접 찾아가도 잘 알아보지 못했다.

엄마에게 전화해야 하는데. 제시카는 생각했다. 적어도 엄마에게는 지금 수사중이고 당분간 연락이 어려울 수도 있다고 알려야 했다. 또 아트 크루즈에 대해서도 물어볼 수 있었다. 엄마가 뭔가 알고 있을 거라고 기대하지는 않았지만 그래도 아빠에게 아트 크루즈에 대해 물어봐달라고 부탁할 수는 있었다. 아빠의 상태가 점점 더 나빠지긴 했지만 가끔씩 정신이 맑아지는 순간이 있었다. 특히 오래전 일일 때 더욱 그랬다.

그래서 이튿날 아침 열한시 삼십분에 제일 먼저 엄마의 휴대전화로 전화했다. 엄마가 쾌활한 목소리로 전화를 받았다. "여보세요?"

"엄마, 제시카예요."

"어머, 전화에 네 이름이 안 뜨네. 왜 그러지?"

"다른 전화로 걸어서 그래요. 그래서 전화한 거예요. 일이 너무 많아서 며칠간 전화를 꺼둘 거예요."

"무슨 일이니? 아니, 말하지 마라. 들어봤자 걱정만 하겠지. 지금 집이니? 집전화로는 연락해도 돼?"

"우리집에 전화기를 없앤 지 삼 년이나 됐어요. 급한 일이 있으면 이메일로 연락하세요, 알았죠?"

"알았다, 얘야. 지금 내가 어디에 있는지 아니?"

"모르겠는데요. 어디예요?"

"마지 라우리네 집에서 점심 먹는 중이야. 마지 아줌마 기억하니?"

"기억나는 것 같아요."

"대니 라우리도 기억하지?" 극도로 수줍음이 많고 알이 두꺼운 안경을 쓰며 머리카락이 다홍색이던 소년이 떠올랐다. 대니는 유치원부터 고등학교 3학년 때까지 제시카와 같은 반이었지만 둘은 한 번도 이야기를 나눈 적이 없었다.

"기억나요. 대니 엄마네 집에 간 거예요?"

"마지가 예전에 '브라우니 맘'에서 함께 활동했던 엄마들을 모두 초대해 조촐한 오찬 모임을 열었어."

"와, 재미있겠네요. 얼른 끊을게요. 근데 부탁 하나만 해도 될까요?"

"물론이지." 엄마가 말했고, 그제야 제시카의 귀에도 나이 지긋한 여자들이 떠들어대는 소리가 들렸다.

"다음에 언제 아빠를 만나러 가실 거예요?"

"점심 먹고 오늘 오후에 갈 생각이다. 마지네 집이 웨스트퍼드라서 우리집이랑 요양원 중간에 있거든."

"아빠 만나면 아트 크루즈라는 옛친구분에 대해 물어봐줄래요?"

"아트 크루즈? 아빠의 옛친구라고?"

"그럴 거예요. 엄마는 처음 듣는 이름이에요?"

"그런 것 같은데. 어쩌면 들었을 수도 있고. 하지만 너도 알다시피 아빠는……"

"알아요. 그래도 물어보세요. 큰 기대는 안 해요. 이름 기억할 수 있겠어요?"

"문자로 보내줄래?"

"못 보낸다니까요."

"아, 맞다. 휴대전화가 없다고 했지. 아트 크루즈라고? 철자를 불러줄래?"

제시카는 철자를 알려주었고, 엄마는 아빠에게 물어보겠다고 약속했다. 별 소득은 없을 것 같았지만 밑져야 본전이었다.

엄마와 통화를 끝낸 후에 에런이 알려준, 플로리다주에 사는 아트 크루즈의 전화번호를 눌렀다. 신호음이 몇 번 울린 뒤에 한 남자가 쉰 목소리로 전화를 받았다. "여보세요?"

"아트 크루즈 씨인가요?" 제시카가 물었다.

"누가 전화했는지에 달렸죠."

"크루즈 씨, 전 연방수사국의 윈즐로 요원이에요. 제 동료와 이미 얘기를 나누셨겠지만……"

"아, 어제 만났죠. 이름이 백 명쯤 적힌 명단을 줬는데 다 처음 보는 이름이었어요. 하지만 정작 무슨 일인지는 말해주지 않더군요. 아마 내 아들의 죽음과 연관이 있겠죠."

"아드님 일은 정말 안타깝게 생각합니다, 크루즈 씨." 제시카가 말했다.

"아, 우린 그다지 친밀한 사이는 아니었어요. 그래도 아들은 아들이죠."

"여쭤볼 게 많지는 않아요. 그 이름 중에 하나를 추적하고 있는데 혹시 크루즈 씨와 아는 사이인지 확인하고 싶어요. 여쭤봐도 될까요?"

"물론이죠. 딱히 어제보다 더 많은 정보를 주지는 못할 것 같지만, 어쨌든 물어보세요."

"게리 윈즐로라는 사람인데, 지금 크루즈 씨와 비슷한 나이예요. 잠깐 생각해보실래요?" 제시카는 자신을 윈즐로 요원이라고 소개했던 것을 그가 기억하고 게리 윈즐로와 연관성을 알아차릴지 궁금했으나 왠지 그럴 것 같지 않았다.

크루즈는 목을 가다듬었다. "살면서 게리라는 사람을 몇 명 알고 지냈는데 그중 한 명이 윈즐로였던 것 같기도 하네요. 하지만 확실하진 않아요."

"그 사람을 어떻게 알게 되셨죠?"

"글쎄요, 어디 보자. 아주 오래전 일인데, 뉴햄프셔주에 있는 호숫가 별장에 놀러왔던 게리라는 친구가 있었던 것 같아요. 그때 난 대학생이었죠."

"누구의 별장이었나요?"

"내가 고등학교를 졸업한 뒤에 부모님이 스쾀호수에 별장을 샀어요. 지금은 그 별장이 없습니다. 아니면 있는데 더는 우리 집안 소유가 아니거나. 그때 히피 같은 장발에 수염을 기른 게리라는 친구가 있었던 기억이 나네요. 게리의 부모님이 우리 부모님과 친구였죠. 그분들 성이 윈즐로였던 것 같군요. 확실하진 않지만 어렴풋이 기억나요."

"장발 외에 게리에 대해 기억나는 게 또 있나요?"

한참 동안 침묵이 흘렀고, 제시카는 지금 이 순간 아트 크루즈의 얼굴을 보고 싶은 마음이 간절했다. 통화만으로도 그가 뭔가를 숨기고 있다는 확신이 들었기 때문이다. "아뇨." 마침내 그가 대답했다. "약간 약쟁이라고 생각했던 기억은 나네요."

"게리의 부모님은요? 그분들에 대해 기억나는 게 있을까요?"

"그분들의 얼굴을 알아볼 수나 있을지 모르겠네요. 우리 부모님과 비슷하게 생겼고, 네 분이 다 함께 카드놀이를 하곤 했어요. 그분들이 너무 오래 머문다고 어머니가 불평하셨죠."

"얼마나 머물렀는데요?"

"모르겠습니다. 아마 이삼 주쯤 머물렀을 거예요. 게리는 여름 내내 있었고."

"게리가 여름 내내 있었다고요?"

"네, 호숫가 주유소에 취직해서 우리와 함께 지냈죠."

"그러면 게리를 잘 아시겠네요."

"아까 말했듯이 그렇게 잘 알지는 못해요."

제시카는 몇 가지 질문을 더 던져 뭔가를 알아내려 했지만, 아트 크루즈는 그녀의 아빠에 대한 기억이 별로 없거나 아니면 말하려고 하지 않았다. 전화를 끊기 전에 제시카는 다시 한번 아드님 일은 정말 유감이라고 말했다.

"그렇죠." 그가 말했다.

"저도 아드님과 통화한 적이 있어요. 일주일도 안 됐네요. 아주 좋은 분 같았어요."

"네. 다 인과응보겠죠." 제시카는 아트 크루즈의 목소리가 감정에 복받쳐 약간 갈라졌다고 생각했지만, 어쩌면 그냥 목이 쉰 것일 수도 있었다. 그녀의 아빠처럼 아트 크루즈도 아마 담배를 많이 피웠을 것이다.

10

9월 21일 수요일 오후 3시 3분

피셔는 하루 중 대부분의 시간을 운전하며 록랜드에서 체계적으로 남진했다. 가는 길에 작은 해안 마을과 샛길, 막다른 길이 보일 때마다 제시카 윈즐로나 그녀의 차가 있는지 확인했다.

슬슬 걱정되기 시작했다. 제시카 윈즐로가 메인주로 도피했을 때 미행을 하다 록랜드 남쪽에서 놓친 사람은 그녀를 영영 놓친 것일지 모른다. 만약 제시카가 계속 북쪽으로 향했고 그녀를 미행하던 사람이 1번 국도에서 놓쳤다면 그녀가 어디로 갔는지 알 수 없었다. 의외로 캐나다에 있을 수도 있었다. 만약 그렇다면 기적이 일어나거나 외부 도움을 받지 않고서는 그녀를 찾아낼 수 없을 터였다.

하지만 지금 피셔는 그녀가 대머리스코타와 록랜드 사이 어딘가에서 1번 국도를 벗어났다는 가정하에 수색하는 중이었다.

피셔가 대머리스코타에 도착해 차를 세워놓고 레니스 잡화점에서 구입한 지도를 골똘히 들여다보고 있는데 휴대전화가 울렸다. 브랜던이었다.

"여보세요." 피셔가 말했다.

"뭐 좀 찾았어?"

"아니, 전혀."

"내가 뭘 좀 찾은 것 같아." 브랜던이 말했다.

"제발 알려줘."

"별거 아닐 수도 있는데, 지금은 삭제된 제시카 윈즐로의 페이스북과 더는 사용하지 않는 링크드인 페이지에 있는 연락처를 전부 모아서 명단을 만들었거든. 심지어 오래된 프렌드스터 계정까지 알아내 몇 명 더 찾아냈어. 그 명단에 있는 사람들의 소셜미디어 계정을 뒤져봤는데, 대학 동기인 켄 머피라는 여자의 인스타그램 계정이 있더라고. 머피는 현재 보스턴에 살지만 피드에 메인주 사진이 많아. 아무래도 거기 별장이 있는 것 같아. 대부분이 포트클라이드라는 마을에서 찍은 건데……"

"세인트조지반도에 있는 마을이지." 피셔가 그의 말을 잘랐다.

"맞아. 이미 가본 모양이네." 브랜던이 말했다.

"응. 하지만 돌아가서 다시 살펴봐야겠어."

"별거 아니지만 알려줘야 할 것 같아서."

피셔는 설사 나중에 헛다리를 짚은 것으로 밝혀질지라도 단서가 생겼다는 사실에 매우 기뻐하며 시동을 걸었다. 처음부터 제시카 윈즐로가 친구 소유의 별장을 빌렸을 거라고 생각하던 차였다. 그게 가장 일리가 있었다. 어쩌면 켄 머피가 그 친구일 지 모른다. 피셔는 주요 도로에서 벗어나 다시 세인트조지반도로 들어갔고, 이제는 눈에 익은 풍경을 가로질렀다. 완만하게 경사진 초원과 초가을 단풍, 저무는 오후 햇살. 메인주는 아름다웠고, 피셔는 이미 내년에 가족과 여기로 여름휴가를 와야겠다고 생각하고 있었다. 보통은 스모키산맥에 있는 산장을 빌렸지만, 메인주는 색다른 변화가 될 것이다. 바다와 가까운 탓에 플로리다에서 보낸 거지같은 어린 시절이 떠오르긴 했지만 극복할 수 있었다. 게다가 막내딸은 그와 마찬가지로 해산물이라면 환장했다.

포트클라이드 외곽에 도착한 피셔는 속도를 늦추고 진입로에 주차된 차를 하나하나 살펴보다가 다시 등대로 차를 몰았다. 안개가 걷혔을 때 등대를 보고 싶었다. 차를 세우고 내리자 놀랍게도 무수히 많은 섬이 보였고, 몇몇은 해안에서 그리 멀지 않았다. 수면은 랍스터 통발 부표로 얼룩덜룩했는데, 아직 남아 있는 햇살을 받아 반짝거렸다. 피셔는 한동안 여기 서서 풍경을 음미하고 싶었지만, 다시 차를 타고 마을 중심부로 들어가 놓친 샛길이 있는지 살폈다. 잡화점에서 좌회전해 북서쪽으로 향하니 호스포인트 로드가 나왔고, 피셔는 그 길로 들어갔다. 길이 약간 높아서 항구가 훤히 다 보였다. 그리고 지붕널을 덮은 예스러운 집도 몇 채 보였는데, 정면에 임대 문의 푯말이 세워져 있었다.

길을 따라 1킬로미터쯤 갔을 때 가장자리를 푸른색으로 칠한 회색 2층집이 나왔는데, 그 앞에 흰색 캠리가 주차되어 있었다. 피셔는 속도를 늦추고 차량번호가 맞는지, 제시카 윈즐로의 차가 맞는지 확인했다.

드디어 찾았다.

짜릿한 쾌감이 피셔를 덮쳤고 목덜미가 따끔거렸다. 하지만 그가 집을 훑어보며 길을 돌아나가기 전에 1층 창문 너머로 얼핏 형체가 보였다. 피셔가 있는 쪽을 내다보고 있었다.

그도 상대에게 발각된 것이다.

호스포인트 로드는 막다른 길이어서 피셔는 천천히 유턴했다. 잠깐 제시카 윈즐로가 숨어 있는 집의 진입로로 들어가 현관문을 부수고 집안에서 그녀를 처리할까 생각했지만, 그건 여러 면에서 어리석은 짓이었다. 제시카 윈즐로는 FBI 요원이니 틀림없이 총을 가지고 있을 것이다. 설사 그가 먼저 총을 쏜다 해도 그녀를 고통 없이 죽이는 건 불가능했다. 고통 없는 죽음이 의뢰인의 요구 사항이었다.

피셔는 다시 그 길에서 나왔고, 도중에 그녀의 차나 별장을 돌아보지 않았다. 어쩌면 제시카는 그가 우연히 막다른 길로 들어온 운전자라고 생각할 수도 있었다.

11

9월 21일 수요일 오후 4시 22분

아빠와 통화중이던 제시카 윈즐로는 집 앞으로 천천히 다가오는 회색 쉐보레 이쿼녹스를 발견했다. 차 안에 있는 남자가—여자일 수도 있었다—고개를 돌려 그녀의 차를 보았다. 야구모자를 쓰고 있어서 얼굴은 보이지 않고 오로지 모자만 보였다.

여긴 막다른 길이기 때문에 이 집의 방문객이 아니고서는 올 사람이 없었다. 제시카는 아빠에게 다시 전화하겠다고 말하고는 전화를 끊었다. 그리고 재빨리 2층 손님방으로 올라가 아까 책꽂이 맨 위 칸에서 봤던 고급 쌍안경을 집어들었다. 큰 침실로 가서 전면창 앞에 책상 의자를 놓고 앉아 쌍안경의 초점을 조정했다. 삼십 초쯤 지나자 차가 속도를 높이더니 다시 유턴해서 나갔다. 제시카는 번호판을 똑똑히 보았지만 진흙이 묻어서

숫자 3과 L자인 듯한 글자만 알아볼 수 있었다.

번호판을 의도적으로 읽기 힘들게 해놓았다는 사실은 범인에게 그녀의 위치가 발각되었다는 뜻이었다. 공포와 승리감이 그녀를 뒤덮었다. 그가 코앞까지 왔다. 어떻게 찾아냈을까? 올버니부터 그녀를 미행했을 것이다. 아니면 켄과의 통화를 도청했을 수도 있고, 그게 어떻게 가능한지는 알 수 없지만. 만약 여기까지 따라왔다면 그녀를 미행한 차는 여러 대였을 것이다. 그녀는 전혀 알아차리지 못했다.

차에 있던 사람은 그 명단을 작성한 사람일까, 아니면 그저 고용된 사람일까? 그녀를 죽이러 온 사람일 수도 있고, 그냥 그녀의 위치를 알아내려고 온 사람일 수도 있었다. 온몸이 전기라도 흐르는 것처럼 저릿저릿해 제시카는 자리에서 일어나 글록 27 권총을 가져왔다. 그저 곁에 놓아두기 위해서였다.

이제 뭘 해야 하나 고민하다 아빠에게 다시 전화해야 한다는 사실이 기억났다. 다시 전화하겠다는 약속을 지키기 위해서였다. 아까 그녀가 아트 크루즈에 대해 물었을 때 아빠는 한참 동안 침묵하더니, 자신이 알아야 하는 사람이냐고 물었다.

"아뇨, 아빠. 그냥 혹시나 아는 분인지 궁금해서요. 오래전에 알고 지내셨을 거예요."

다시 정적이 흐르다가 아빠가 말했다. "내 차를 어디에 뒀는지 모르겠구나."

그게 제시카가 다시 전화하겠다며 얼른 전화를 끊기 전에 아빠가 마지막으로 한 말이었다. 사실 아빠는 둘이 나눈 대화도 기억하지 못할 테니 다시 전화할 필요는 없었다. 그래도 전화한다고 했으니 약속을 지키고 싶었다.

"아빠, 저예요. 아빠 딸 제시카가 다시 전화했어요."

"네가 내 딸인 거 안다."

"아까 갑자기 전화를 끊어서 제대로 마무리 인사하려고요."

"잘 생각했다." 아빠의 목소리가 약간 차갑게 들렸다.

"뭘요?"

"제대로 통화를 마무리하는 거! 요즘에는 다들 안 그러잖니."

제시카는 웃음을 터뜨렸다. "맞아요. 요즘 사람들이 그렇죠? 알았어요, 아빠. 그만 끊을게요. 사랑해요."

"리틀 아티 크루즈에 대해 물어본 사람이 너였니?"

여전히 침실 창문 앞 의자에 앉아 있던 제시카는 벌떡 일어났다. "네, 저였어요."

"아티는 약간 파시스트였어. 그건 확실하다."

"그분을 언제 알게 되셨어요, 아빠?"

"글쎄다. 내가 그 친구와 정말로 잘 알고 지낸 때가 있었는지 모르겠다만, 어느 해 여름에 스쾀호숫가에 있는 그의 부모님 별장에서 지낸 적이 있어."

"아, 네, 그렇다고 들었어요."

"난 아티가 그 일에 대해 이야기하기를 바랐다, 우리가 한 짓에 대해서 말이야. 하지만 아티는 말하지 않았어. 마치 그런 일이 없었던 척했지."

"무슨 일이 없었던 척했는데요?"

"우리가 한 짓. 우리가 어렸을 때."

"아, 네." 제시카가 부드러운 목소리를 유지하며 말했다. 아빠는 불안해하기 시작했는데, 어떤 일이 기억나지 않을 때면 그랬다. "왜 아티가 그 일에 대해 이야기하고 싶어하지 않았을까요?"

"생각하기 싫어서였겠지. 그 때문 아니겠니? 사람들이 어떤 일에 대해 이야기하지 않으려 하는 이유가 보통 그거잖아."

"맞는 말이에요. 하지만 아빠는 잊고 싶지 않았잖아요. 아티와 그 일에 대해 이야기하고 싶어했던 걸 보면 아빠는 틀림없이 기억하고 싶었던 거예요."

"우리가 무슨 이야기를 하는 중이었지, 로즈?"

로즈는 엄마 이름이었지만 제시카는 그냥 무시했다. 아빠가 또 엉뚱한 소리를 하려 한다는 걸 알고 이렇게 말했다. "우린 아트 크루즈에 대해 이야기하는 중이었어요. 아빠는 그분을 리틀 아티 크루즈라고 불렀고, 아티가 어떤 일에 대해 이야기하고 싶어하지 않는다고 했어요."

한동안 침묵이 흘렀다. 아빠의 정신이 흐려진 것이다. 다시 입을 열었을 때 아빠는 이렇게 말했다. "내가 알아야 하는 사람이니?"

"아뇨, 아니에요, 아빠. 거기 저녁식사 시간이 다 됐겠네요."

"아마 또 마카로니앤드치즈일 거다."

"그게 싫으세요?"

"아니. 괜찮다."

"알았어요, 아빠. 사랑해요. 이제 그만 끊을게요."

"나도 사랑해, 로즈."

제시카는 서성이기 시작했다. 총은 허리 뒤쪽으로 돌린 권총집에 꽂혀 있었다. 머릿속이 너무 복잡해서 생각을 정리하려 애썼다. 우선 그녀의 아버지와 아서 크루즈의 아버지 사이에는 분명한 연결고리가 있었다. 그리고 둘이서 뭔가 나쁜 짓을 저질렀다. 그 나쁜 짓이 무엇이든 간에 그게 이번 사건의 핵심이라고 제시카는 확신했다. 하지만 지금 더 시급한 문제는 아까 집 앞으로 천천히 다가왔던 회색 이쿼녹스였다. 그녀의 위치가 노출되었지만 그녀도 상대를 보았다. 그자가 오늘밤에 그녀를 덮칠까? 왠지 그럴 것 같지 않았다. 총을 가지고 문이 단단히 잠긴 집안에 있으니 비교적 안전한 기분이 들었다. 한편으로는 그자가 덤벼들기를 바라는 마음도 있었다.

그자가 처음 이 집을 지나갈 때 창가에 있는 제시카를 봤을까? 그녀에게 들켰다는 걸 그자도 알까? 만약 그렇다면 그자는 그녀가 경찰에 지원을 요청할 거라 생각하고 달아났을 수도 있다. 하지만 제시카는 지원을 요청할 생각이 없었다. 적어도 아직은. 혼자서 그자를 잡을 수 있을 것 같았다. 그자가 무슨 차를 모는지도 알고, 이 지역에 있다는 것도 알았다. 이제 점점 어두워지고 있으니 위기에 대비할 것이다. 내일이 되면 그자를 찾아 나설 것이다.

12

9월 21일 수요일 오후 11시 41분

마지막 게임에서 진 피셔는 다시 게임을 시작하려고 동전 투입구에 25센트짜리 동전 여덟 개를 집어넣은 다음, 굴러나온 당구공들을 당구대에 삼각형 모양으로 배열했다. 그동안 술에 잔뜩 취한 도널드 베넷은 큐대에 약간 기댄 채 가까스로 집중력을 발휘해 피셔를 지켜보았다.

"이번엔 제대로 배열해봐." 도널드가 말했다.

"물론이죠, 보스. 하지만 달라질 건 없어. 넌 나한테 깨져서 질질 짤 거야."

도널드는 무슨 말인가를 웅얼거리다가 입술을 푸르르 털었다. 그러고는 활짝 웃으며 피셔를 향해 비틀비틀 다가와 장난스럽게 주먹을 날렸다. 그의 오른손가락이 피셔의 가발을 스쳤다. 옆머리는 짧고 뒷머리가 살짝 긴 진갈색 가발이었는데, 술집에서 제일 취한 남자와 당구를 치고도 질 법한 머저리로 보였다.

피셔는 두 시간 전에 도널드를 처음 보았다. 피곤한 기색이 역력한 바텐더에게 도널드가 뭐라고 말하자, 그녀는 주문받은 밀러 라이트를 냉장고에서 꺼내려 돌아서며 어이없다는 듯 눈을 굴렸다. 이곳은 랍스터 포트라는 술집으로 단층 콘크리트 건물이었는데, 주요 도로를 벗어나 포트클라이드에서 세인트조지반도로 거슬러올라가는 길 중간쯤에 자리했다. 여덟시에 도착한 이후로 피셔는 맥주 세 병을 천천히 마시고 빽빽한 햄버거 하나를 먹으며 쓸 만한 사람이 있는지 물색했다. 하지만 놀랍게도—9월의 수요일이라는 점을 감안하면 당연한 일인지도 모르지만—혼자서 술을 마시는 사람이 거의 없었다. 한 여자가 스틸레토힐을 신고 비틀거리며 혼자 들어왔지만 바텐더와 수다를 떨며 아마레토 사워를 한 잔 마시고 가버렸다. 혼자 온 육십대 남자도 있었는데 그는 피셔만큼이나 생맥주를 천천히 마셨다. 머리카락은 떡 지고 나달나달한 코트를 입기는 했어도 똑똑해 보였고, 무엇보다 경계심이 많은 듯했다.

피셔가 포기하려는 찰나에 도널드 베넷이 들어왔다. 그는 이미 술에 취한 상태였다. 도널드가 인조가죽을 씌운 스툴에 앉자 바텐더는 그에게 손가락을 약간 오므린 채로 손바닥을 내밀었다. 도널드는 그녀의 손을 탁 치며 귀에 거슬리는 목소리로 크게 "잘 지냈어?"라고 묻더니 껄껄 웃다가 청바지 주머니를 뒤져 열쇠를 건넸다. 그러고는 그녀에게 또 뭐라고 말했는데 피셔는 알아듣지 못했다.

"맨날 똑같지 뭐." 바텐더는 바 뒤쪽에 있는 빈 어항에 열쇠를 넣고 대답했다.

맥주를 마시던 피셔는 바텐더가 눈을 굴리는 걸 알아차렸다. 푸석푸석한 얼굴에 청재킷을 입고 스틸러스 미식축구팀 모자를 쓴 도널드는 이 술집의 단골이지만 반가운 손님은 아닌 듯했다.

피셔가 할일은 바텐더에게서 지폐를 25센트짜리 동전으로 바꾼 다음 당구대로 가는 것뿐이었다. 혼자서 몇 번 공을 쳤더니 도널드 베넷이 다가와 자신을 소개하며 피셔에게 큐대를 어떻게 잡아야 하는지 알려주고는 자신과 한 판 치자고 제안했다. 일곱 판을 치는 동안 피셔는 도널드에게 맥주 세 병과 위스키 두 잔을 사주었고, 둘은 세상에서 둘도 없는 단짝이 되었다. 피셔는 자신이 뉴햄프셔주에 살고, 이 동네에 페인트건 가게를 열 생각이라 매물로 나온 부동산을 보러 왔다고 말했다. 도널드는 그쪽으로는 아는 게 별로 없다고 했다. 랍스터 통발의 그물을 수리하는 일을 했기 때문이다. 하지만 피셔가 하룻밤 상대를 구하고 있다면 술집을 잘못 찾아왔다는 사실만큼은 확실히 안다고 말했다. 그러더니 썩은 그루터기 같은 이를 드러내고 하이에나처럼 웃었다. 만약 도널드 베넷이 영화에 나온다면 피셔의 아내는 한숨을 쉬며 이렇게 식상한 캐릭터가 어디 있냐고 투덜댈 터였다.

"너 이 근처에 살지, 응?" 피셔가 물었다.

도널드는 자기 집이 여기서 채 2킬로미터도 안 되는데 바텐더 테리가 자기만 보면 늘 자동차 열쇠를 뺏어간다고 했다.

"아무렴 맥주 몇 병 마셨다고 2킬로미터를 운전 못할까." 피셔가 말했다.

"내 말이 그 말이야. 재수없는 년." 도널드는 혹시라도 바텐더가 그 말을 들었을까봐 바 쪽을 힐끔거렸다.

그날 밤 피셔는 도널드를 집까지 태워다주었다. 부모님이 모두 돌아가신 뒤에 물려받은 작은 농가였다. 집안으로 들어가니 벽지가 군데군데 벗겨졌고, 담배 연기와 썩은 고기 냄새가 났다. 도널드와 함께 파이어볼을 마시며 피셔가 말했다. "아까는 내가 거짓말했어, 친구. 내가 메인주에 온 진짜 이유는 그게 아니야."

"아, 그래?" 도널드는 담배에 불을 붙이더니 사용한 성냥을 그냥 바닥에 휙 버렸다. 피셔가 앉은 의자는 체크무늬 합성 소재였는데, 군데군데 거뭇하게 그을고 쪼글쪼글한 자국이 있었다. 성냥이 떨어져 타들어간 자국이었다. 도널드 베넷이 지금까지 자기 집에서 불에 타죽지 않았다는 사실이 놀라웠다.

"내가 사실대로 말하는 이유는 네가 좋은 사람이고, 또 날 도와줄 수 있을 것 같아서야. 수고비를 줄 수도 있어. 난 지금 돈이 두둑하거든. 내 여자친구가 여기 포트클라이드에 사는데, 삼 개월 전에 날 차버리고 내 돈 약 5만 달러를 가져갔어."

"아니, 그런 나쁜 년이 있나." 도널드가 담배를 흔들면서 말했다.

"그러게 말이야. 엿같지. 문제는 여자친구가 날 봤을지도 모른다는 거야. 내 차를 알거든. 그래서 혹시……"

"그 여자한테서 돈을 되찾도록 도와달라는 거지? 왜냐하면 내가 널 도와줄 거니까."

원래는 하룻밤 잘 곳과 내일 운전할 다른 차만 구할 작정이었던 피셔는 도널드가 한 말을 생각했다. 어쩌면 이 인간쓰레기가 생각보다 더 도움이 될 수도 있었다.

"근데 그 여자가 왜 네 돈을 가져간 거야?" 도널드가 언성을 높이며 정말로 궁금해했다. 마치 새로 생긴 단짝에게 피해를 주려 하는 인간이 존재한다는 사실을 도저히 이해할 수 없다는 듯이.

피셔는 생각하느라 곧바로 대답하지 않았다. 스티로폼이 떨어지는 천장에서 다시 도널드 베넷에게로 시선을 내린 그는 타들어가는 담배를 손가락 사이에 끼운 채 앉은 자세 그대로 곯아떨어진 새 친구를 보고도 놀라지 않았다. 피셔는 담배를 끈 다음, 잠든 그의 몸에 낡은 사각형 손뜨개 담요를 덮어주고 집안을 둘러보러 나섰다.

집안 어디에도 지문이 남지 않도록 조심하며 이리저리 둘러보는 동안 피셔는 내일 어떻게 할 것인지 좀더 생각했다. 그리고 도널드 베넷을 유용하게 이용할 수 있는 방법도 고민했다. 이 집은 2층에 작은 침실 세 개가 있었다. 가장 큰 침실은 도널드의 부모님이 쓰던 방이 분명했는데, 예전 모습 그대로인 듯했다. 창문에는 묵직한 갈색 커튼이 걸려 있고, 침대에는 셔닐 침대보와 역시나 직접 뜬 손뜨개 담요가 깔려 있었다. 방안에 있는 모든 물건에 먼지가 뽀얗게 내려앉아 있었다.

도널드는 어릴 때부터 사용하던 방을 계속 쓰는 게 분명했는데, 그 방 역시 전혀 변하지 않은 듯했다. 벽에는 니켈백 포스터가 붙어 있고, 바닥에는 시트도 끼우지 않은 두툼한 요가 깔려 있었다. 요 옆에는 담배꽁초가 흘러넘치는 재떨이와 구겨진 휴지 몇 개가 널브러져 있었다. 세번째 침실이 이 집에서 나는 악취의 근원지였다. 방 전체가 쓰레기봉투로 가득차 있었는데, 일부는 찢어져서 내용물이 새어나왔다. 피셔가 방으로 들어가 전등을 켜자 쥐들이 숨을 곳을 찾아 허둥대는 소리가 들렸다. 누가 2층으로 쓰레기를 가져오기 시작했을까? 아마도 부모 중에서 더 오래 살았던 쪽일 것이다. 도널드는 쓰레기를 여기에 버리면 안 된다는 것 정도는 아는 듯했으나 그래도 이 방을 치우지는 않았다.

피셔는 아내에게 잘 자라는 문자와 함께 오하이오주에서 열린 공구 세미나는 잘 진행되고 있다고 알려준 뒤, 옷을 입은 채로 베넷 부부가 썼던 침실의 단정한 침대에 누워 여섯 시간 동안 단잠을 잤다.

13

9월 22일 목요일 오전 10시 43분

제시카는 명단을 작성한 사람, 지금까지 적어도 세 명을 죽인 사람에 대해 잘 알지는 못하지만, 그가 거리에서 마구잡이로 총을 쏴서 피해자들을 죽이지 않았다는 사실만은 확실했다. 적어도 아직은 그랬다. 지금까지 범인은 해변의 얕은 웅덩이에서 프랭크 홉킨스를 익사시켰고, 외딴곳에서 매슈 보몬트의 등을 쐈으며, 정교한 장치로 아서 크루즈를 독살했다. 세 사건 모두 목격자가 없었다. 그 때문에 포트클라이드의 잡화점 앞 벤치에서 모닝커피를 마시며 제시카는 이곳이 비교적 안전하다고 느꼈다.

쌀쌀하고 화창한 아침이었다. 그녀는 손을 녹이려고 양손으로 테이크아웃 컵을 감쌌다. 온몸이 부들부들 떨렸지만 그보다는 곱은 손이 더 걱정되었다. 옆구리에 찬 권총집에 글록이 들어 있었고, 그걸 꺼내려면 손놀림이 빨라야 했기 때문이다.

느린 차량 행렬이 끊임없이 포트클라이드를 가로질렀다. 몬히건섬으로 가는 페리를 타려고 승객들이 선착장에 모여들었고, 인근 섬에서 작은 배들이 들어왔으며, 몇몇 사람은 그저 커피를 마시거나 아침만 먹은 뒤 다시 돌아가려고 배를 탔다. 3층짜리 베드 앤드 브랙퍼스트 건물 뒤에서 해가 나오자 제시카는 벤치에서 빛이 들지 않는 쪽으로 이동했다. 바로 그때 그녀가 기다리던 차, 진회색 쉐보레 이쿼녹스가 나타났다. 그 차는 페리 주차장으로 들어갔다가 다시 나오더니 마을 밖으로 빠져나가는 경사로를 올라갔다.

제시카는 커피잔을 놓아둔 채 차로 달려가 시동을 걸고 속도를 높여 자갈을 튀기며 도로 경계석에서 벗어났다. 스스로에게 속도를 좀 줄이라고, 여기는 반도라서 갈 데가 뻔하다고 타일렀다. 작은 언덕을 넘으니 전방에 북동쪽으로 향하는 이쿼녹스가 보였다. 그녀와 이쿼녹스 사이에 페덱스 화물트럭이 있었다. 중간에 트럭을 두는 편이 미행에 유리했지만 트럭이 제한속도 이하로 천천히 달리는 바람에 이쿼녹스를 놓쳐버렸다. 그래서 코너를 돌 때 액셀을 밟아 트럭을 따라잡은 뒤 계속 속도를 높여 마침내 이쿼녹스를 다시 찾아냈다. 그때부터는 그녀가 생각하기에 적당한 간격을 두고 따라갔다. 어떤 면에서는 저쪽에서 그녀의 존재를 알아차린다 해도 딱히 상관없었다. 그녀에게는 총이 있었다. 만약 상대가 미행당하는 걸 알아차린다면 먼저 공격하도록 내버려둘 작정이었다.

그들은 테넌츠 항구 마을을 통과했고, 언덕을 내려가 간조 때

인 하구를 건넌 다음 다시 경사로를 올라갔다. 그때 이쿼녹스가 우회전해서 샛길로 들어갔다. 제시카는 이제 속도를 늦추고 따라갔다. 만에 하나 아직 상대에게 발각되지 않았다면 굳이 지금 위험을 무릅쓸 필요가 없었다. 그렇게 이쿼녹스를 놓친 상태로 2킬로미터 정도 갔더니 도로가 끝났다. 유턴해서 나무가 우거진 어두운 길을 돌아나오며 진입로를 확인하다가 아까 미처 못 봤던 비포장길을 발견했다. 제시카는 그 길로 들어섰다. 급격하게 굽은 길은 버려진 화강암 건물을 지나 끝나버렸다. 이쿼녹스는 이 길 끝에 있는 풍화된 단층집의 문 닫힌 차고로 들어갔거나 아니면 롱코브 채석장이라고 적힌 빛바랜 표지판 쪽으로 난 길, 잡초가 우거진 좁은 진입로로 들어섰을 것이다.

이건 함정이야. 제시카는 생각했다.

하지만 그녀에게는 총이 있었다. 안전장치를 풀어둔 총은 지금 조수석에 놓여 있었다. 함정이든 아니든 이건 기회였다. 온몸에 아드레날린이 솟구쳤고, 제시카는 채석장 진입로로 들어섰다. 양쪽에 나무가 빽빽하게 늘어선 길을 따라가자 버려진 화강암더미와 녹슨 기계가 여기저기 흩어진 공터가 나왔다. 사방이 절벽이었고, 수영할 수 있을 만큼 깊은 웅덩이가 있었다. 햇빛을 받아 반짝거리는 수면 위로 절벽 끝에 늘어선 나무들의 울긋불긋한 단풍이 그대로 비쳤다.

이쿼녹스는 20미터 떨어진 곳에 주차되어 있었다. 제시카는 차를 세우고 시동을 끈 다음 총을 잡았다. 한 남자가 차에서 내려 그녀를 똑바로 바라보았다. 어제 봤을 때처럼 야구모자를 쓰고 있었다. 스틸러스 미식축구팀 모자였는데 뭔가 잘못되었다는 느낌이 들었다. 남자는 그녀를 바라보며 무기가 없다는 뜻으로 양손을 천천히 들어올렸다.

제시카는 총을 내린 채 차에서 나왔다. 손가락 하나를 짧은 총신 옆에 나란히 대고서 남자에게 몇 걸음 다가갔다. "바닥에 엎드려"라고 외치며 총을 살짝 들어올렸지만 그를 겨누지는 않았다.

제시카는 아무 소리도 듣지 못했고 아무것도 느끼지 못했다. 하지만 순간적으로 자신이 어리석었으며 이 게임에서 졌음을 깨달았다. 눈앞에 있는 남자는 미끼였고, 그녀는 미끼를 물어버렸다.

레밍턴 M24에서 울려퍼진 총성보다 빠르게 날아온 총알이 제시카 윈즐로의 두개골 뒤쪽에 명중했고, 그녀의 몸이 앞으로 튀어나갔다가 얼룩덜룩한 화강암 판석 위로 쓰러졌다.

도널드 베넷은 총성을 들었는데도 어리둥절해서 잠시 얼어붙은 채 우두커니 서 있었다. 그 상태로 플리스 재킷을 입은 여자가 공중으로 살짝 떠올랐다가 머리에 총을 맞은 사슴처럼 바닥으로 털썩 떨어지는 모습을 지켜봤다. 도널드는 아침 내내 새로운 단짝의 여자친구에게 복수할 생각으로 들떠 있었지만, 지금은 어떻게 된 영문인지 알 수 없었다. 다만 끔찍한 일이 벌어졌다는 건 확실했다.

그는 다음 총성을 듣지 못했고, 총알은 그의 가슴 한복판을 관통했다.

피셔가 라이플을 트렁크에 넣고 이쿼녹스에 올라타자 멀리서 희미한 사이렌소리가 들렸다. 아마 그와는 상관없는 소리일 것이다. 그럼에도 햇빛 아래 시체 두 구가 쓰러져 있고 출구가 하나뿐인 채석장에 있으니 갑자기 자신의 존재가 노출된 기분이 들었다. 그는 시체를 쓰러진 자리에 그대로 두고 최대한 빠르게 채석장에서 벗어날 작정이었다. 처음 이 일을 시작했을 때는 범죄를 감추는 데 세심한 주의를 기울였지만 세월이 흐르며 점점 더 소홀해졌다. 현실에서는 경찰이 드라마나 영화에서만큼 유능하지 않았다.

피셔가 반도를 빠져나오는데 반대편에서 경찰차 한 대가 그를 지나쳐갔다. 어쩌면 총성을 들었다는 신고가 들어갔을지 모른다. 하지만 그는 이미 1번 국도에서 남쪽으로 방향을 틀었다. 시계를 보니 쉬지 않고 계속 달리면 자정쯤에는 아내와 함께 잠자리에 들 수 있을 것 같았다.

다섯

~~Matthew Beaumont~~

Jay Coates

Ethan Dart

Caroline Geddes

~~Frank Hopkins~~

Alison Horne

~~Arthur Kruse~~

Jack Radebaugh

~~Jessica Winslow~~

1

9월 22일 목요일 오후 6시

이슬비가 내렸지만 옆집까지는 채 50미터도 안 되는 거리였기에 잭 래디보는 겉옷을 입지 않은 채 초인종을 눌렀다. 다른 팔에는 와인 두 병을 안고 있었다.

마거릿이 문을 열어주었고, 순간적으로 잭은 자신이 날짜를 착각한 줄 알았다. 그녀가 깜짝 놀랐거나 혹은 겁에 질린 표정을 지었기 때문이다. 하지만 그때 마거릿이 말했다. "어머, 빈손으로 오시라고 말씀드렸는데 와인을 두 병이나 가져오셨네요." 마거릿이 손을 내밀자 잭은 와인을 건넸다.

"오늘 요리가 뭘지 몰라서 레드와인과 화이트와인을 한 병씩 가져왔어요."

"들어오세요. 조금 전에 에릭이 지금 사무실에서 출발한다고 전화했어요. 그이도 곧 올 거예요."

"맛있는 냄새가 진동하는군요." 잭이 말했다.

"소갈비찜이에요. 괜찮을지 모르겠네요."

"맛있겠는데요."

마거릿은 천장이 높은 거실로 그를 안내하더니 비싸 보이는 하얀 소파를 가리키며 앉으라고 했다. 소파 앞 커피테이블에는 애피타이저 접시가 놓여 있었다. 둥근 빵에 훈제 연어 약간과 사워크림으로 보이는 하얀 덩어리를 얹고 쪽파를 뿌린 카나페였다.

"마실 것 좀 드릴까요?" 마거릿이 말하며 코듀로이 스커트에 손을 닦았다. 잭은 그녀가 긴장한 것 같다고 생각했다. 긴장한 게 아니라면 어쩔 줄 모르는 듯했다. 그녀의 이마가 땀으로 번들거렸다.

"음, 뭐가 있나요?"

"원하시는 건 뭐든 만들 수 있어요. 말씀만 하세요."

잭은 진마티니를 마시겠다고 했고, 마거릿은 마티니를 만들려고 주방으로 사라졌다. 잭은 주위를 둘러보았다. 거실은 티끌 한 점 없이 깨끗했지만 약간 허전했다. 잡동사니도 없고 딱히 개인적인 물품도 없었다. 책꽂이나 책도 없었는데, 마거릿이 사서라는 점을 생각하면 이상한 일이었다.

마거릿이 마티니를 들고 다시 거실로 들어서자마자 현관문이 열렸다. 에릭이 큰 소리로 집안을 향해 "미안합니다, 미안해요"라고 외쳤다. 잭에게 큼직한 마티니잔을 건네던 마거릿은 진을 약간 흘렸다. 잭은 마티니를 얼른 한 모금 마신 다음 테이블에 내려놓았고, 에릭이 거실로 들어와 레인코트를 벗자 자리에서 일어났다.

"네, 제가 나쁜 놈이에요. 손님이 와 있는데 주인이 이제야 오다니." 에릭은 마치 존재하지 않는 객석의 맨 뒷줄에 앉은 관객을 의식해 일부러 과장되게 행동하는 배우처럼 말했다.

"나도 방금 왔어요." 잭은 그렇게 말하고는 에릭이 손을 꽉 잡을 것에 대비하며 소파 너머로 손을 뻗어 에릭과 악수했다.

"안녕하세요. 잭이 날 나쁜 놈이라고 생각하지 않는다는 건 알지만 이 사람은 그렇게 생각하거든요." 에릭이 말하며 마거릿을 보고 씩 웃었다. 마거릿은 당황한 듯했다.

"난 살면서 한 번도 당신을 나쁜 놈이라고 생각한 적 없어. 그리고 늦지 않았으니까 걱정 마, 에릭."

"그렇다네요. 저기, 일단 제가 맥주 한잔 마시고 샤워한 다음 다시 여기로 내려와 다 함께 식사해도 될까요? 아니면 그랬다간 분위기를 망치게 될까요?"

"난 괜찮아요." 잭이 말했고, 동시에 마거릿도 "그렇게 해"라고 말했다.

에릭이 맥주 한 캔을 마시고 샤워하러 2층에 올라간 후, 잭은 마거릿에게 마티니가 맛있다고 말했다.

"아, 고마워요. 재미있네요. 어릴 때 아빠에게 마티니를 만들어드리곤 했거든요. 제가 괜한 소리를 한 것 같네요."

"아뇨. 착한 딸이었군요."

"식사는 좀 이따 할 테니 저도 와인을 가져와서 함께 마셔야겠어요."

세련되어 보이지만 불편한 의자에 자리를 잡은 뒤 마거릿이 말했다. "에릭은 가끔씩 사람들을 과하게 대할 때가 있어요. 하지만 심성은 정말 좋은 사람이에요. 잭에게 잘 보이려고 애쓰다가 바보 같은 짓을 할까 걱정되네요."

"난 살면서 온갖 유형의 사람을 만났고, 벌써 에릭이 좋아졌습니다. 왜냐하면 당신이 에릭을 좋아하니까요. 그러니까 걱정 말아요."

"네, 고마워요. 적어도 음식은 맛있을 거예요, 아마도."

"둘이 어떻게 만났다고 했죠?"

마거릿이 대학에서 에릭과 만난 이야기를 좀더 자세하게 들려주는 동안 잭은 왜 착한 여자는 꼭 나쁜 남자와 엮이는지 다시 한번 궁금해졌다. 인생 최대의 미스터리는 아니더라도 미스터리임은 분명했다. 에릭은 당연히 그가 느낀 첫인상과 일치하는 인간일 것이다. 자신보다 열등하다고 느끼는 상대에게는 잘난 척하고, 자신보다 힘이 세다고 믿는 상대에게는 굽실거리는, 정서적으로 불안정한 깡패. 에릭은 이 가여운 여자가 그의 곁을 떠나거나 신경쇠약에 걸릴 때까지 들들 볶을 것이다. 함께 보낸 시간이 채 십 분도 안 되는 사람을 두고 억측이 지나치다는 건 잭도 알고 있었다. 하지만 자신이 옳다고 확신했다.

그 이후 저녁 시간은 그의 예상대로 흘러갔다. 샤워를 마치고 청바지에 초록색 옥스퍼드셔츠 차림으로 돌아온 에릭은 맥주를 마시고 진정이 됐는지 처음에는 괜찮았다. 실제로 잭과 그럭저럭 가벼운 잡담도 나눴다. 하지만 밤이 깊어지고 다들 술에 약간 취하자 에릭이 아내를 비난하기 시작했다. 처음에는 음식으로 트집을 잡았다. 에릭은 마거릿에게 소금과 후추를 가져다 달라고 했다. 자신이 주방에서 제일 가까운 자리에 앉았는데도. 마거릿이 소금과 후추를 가져오자 에릭은 자기 소갈비찜에 둘 다 듬뿍 뿌리더니 잭에게 건네며 말했다. "예의 차릴 거 없어요, 잭. 마거릿은 간을 맞출 줄 몰라요."

"내 입에는 딱 맞는데요." 잭이 말했다. 하지만 솔직히 약간 싱겁기는 했다.

"저건 예의상 하는 말이야, 여보. 기분 나쁘게 듣지는 마. 하지만 소금을 쳐야 간이 맞아."

"우린 미뢰가 다른가봐." 마거릿이 말했다.

에릭이 화를 참는 듯한 목소리로 대꾸했다. "사실상 그건 과학적으로 불가능하지만 지금은 그냥 넘어가지."

그렇게 대화가 끝난 뒤 잠시 침묵이 흘렀고, 각자 입에 음식을 밀어넣었다. 잭은 침묵을 깨려고 자신이 받은 명단에 대해 이야기했다. 사실 아무에게도 말하지 않을 작정이었지만, 분위기를 다시 띄울 수 있는 중립적인 이야기인 듯했다.

"그럼 경찰이 이 일을 심각하게 받아들인다는 건가요?" 경찰이 신변 보호를 제안했다는 잭의 말에 마거릿이 물었다.

"그런 것 같아요. 하지만 경찰은 내 질문에 대답하기보다 나한테 묻느라 바빠서 나도 이게 어떻게 된 영문인지 모르겠어요."

"거물급 작가님이시니까 틀림없이 원한을 산 사람이 있겠죠." 에릭이 말했다.

"그럴까요? 모르겠습니다. 하지만 그 명단에 아는 이름은 없었어요."

"그럼 지금 밖에서 경찰이 잠복중인가요?" 마거릿은 잭이 가져온 레드와인을 좀더 따르며 말했다.

"아뇨. 난 경찰 보호를 거절했어요. 경찰은 날 설득하려고 애썼지만, 내 생각엔 시간 낭비 같았거든요. 게다가 난 내일 여행을 떠납니다. 그 일은 별로 걱정이 안 돼요."

"명단에 있는 다른 사람들은 죽었나요?" 마거릿이 물었다.

"그 역시도 경찰에게 별로 들은 게 없어요. 그런데 인터넷으로 검색해보니까 최근 몇 명이 의심스러운 죽음을 맞이했더군요. 그러니 살해된 것일 수도 있죠. 난 별로 신경쓰지 않습니다. 끔찍한 소리라는 건 알지만, 난 노인이고 살 만큼 살았어요. 만약 누군가 날 쏘고 싶어한다면 그러라고 하죠, 뭐."

디저트는 버터스카치 푸딩이었다. 호랑이 담배 피우던 시절에 잭의 어머니가 만들어주곤 했던 음식이었다. 푸딩을 처음 입에 넣은 순간, 너무도 강렬하게 과거로 돌아간 듯해서 견디기 힘들 지경이었다.

"어릴 때 이후로 버터스카치 푸딩은 처음 먹어보네요." 잭은 말하고는 모욕적으로 들렸을까 싶어 걱정되었다.

"너무 달아." 에릭이 입술을 오므리며 말했다.

"맛있는데요." 잭이 말했다.

"고맙습니다." 마거릿이 말했다. 잭은 그녀가 지쳐 보인다고 생각했다. 오늘밤 이 자리가 그녀를 녹초로 만든 듯했다. 잭은 디저트를 다 먹는 대로 그만 가야겠다고 말하기로 마음먹었다. 하지만 안타깝게도 잭이 그렇게 말하려는 찰나 에릭이 그의 책에 대해 물었다. 마치 그 질문을 하려고 식사가 끝날 때까지 기다렸다는 듯이.

"아마존에서 주문했는데 아직 읽지는 못했습니다. 하지만 댓글은 읽었어요. 그쪽으로 아주 거물이시더군요."

잭은 사업이나 자신의 책에 흥미를 잃은 지 오래였지만, 예의상 에릭과 함께 앉아 컨설턴트로 변신해서 자신의 접근방식에 담긴 철학이 무엇인지 거시적 관점에서 말해주었다. 심지어 책이 〈뉴욕 타임스〉 베스트셀러에 오른 뒤 육 개월간 북 투어를 떠났을 때 있었던 재미있는 사연도 몇 가지 들려주었다. 마거릿이 식탁을 치우는 동안 에릭은 맥주를, 잭은 차를 마셨다. 잭은 에릭이 식탁을 치우고 그동안 마거릿과 자신이 사업과 전혀 관련 없는 이야기를 나누는 보다 완벽한 장면을 상상했다. 차를 다 마신 뒤 잭은 자리에서 일어나 잘 시간이 지났다고 말했다. 설거지를 하느라 땀을 흘려 얼굴이 번들거리는 마거릿이 현관에서 잭에게 와줘서 고맙다고 말했다. 잭은 수년간 먹어본 식사 중에서 최고였다고 화답했다.

마거릿 뒤에 두 발짝 떨어져 서 있던 에릭이 말했다. "시내에 콰르토라는 식당이 있는데 만약 안 가보셨다면 꼭 가보세요. 하트퍼드에서 제일 맛있는 식당입니다. 오늘밤에 먹은 음식보다 훨씬 맛있으니까 절 믿으세요." 에릭은 큼직한 손으로 맥주병을 든 채 몸을 좌우로 약간 흔들었다. 잭은 이 남자의 코에 주먹을 한 방 날리면 얼마나 통쾌할지 잠시 상상했다.

밖은 추웠지만 비는 그쳤고, 잭은 자신의 집 현관 앞에 서서 신선한 공기를 깊이 들이마셨다. 차 한 대가 천천히 지나가면서 도로의 잔잔한 물웅덩이에 파문을 일으켰다. 잭은 죽는다는 두려움이 어떤 느낌일지 궁금하기는 해도 죽음이 두렵지는 않았다. 그 느낌을 상상해보려 했지만, 문득 지금 이 순간 옆집에서 어떤 대화가 오갈지 궁금해졌다. 에릭은 오늘밤에 마거릿이 한 말, 행동, 요리한 음식을 트집잡으며 그녀에게 수치심을 안겨줄 것이다. 언젠가 마거릿이 에릭을 떠날지도 모른다고 잭은 생각했다. 과연 그런 날이 올지 의심스럽기는 했지만. 잭은 어린 시절에 살았던 집의 문을 열고 현관으로 들어섰다가 잠시 어리둥절해졌다. 집안에서 버터스카치 푸딩 냄새가 났기 때문이다. 절대 그럴 리가 없는데도.

2

9월 23일 금요일 오전 10시 9분

“범인은 피해자가 고통스럽게 죽는 걸 원치 않아요.” 에런 벌린이 말했다. 그는 문을 닫은 채 루스 잭슨의 사무실에 있었다. 루스가 의자에 앉으라고 권했지만 에런은 계속 서 있었다.

“프랭크 홉킨스는 고통스럽게 죽이지 않았나?”

“프랭크는 열외예요. 제시카도 그렇게 생각했고요. 프랭크는 익사했으니까 자기가 죽으리라는 걸 알았어요. 편지도 받았지만 소인이 찍혀 있지 않았죠. 즉 누군가 그에게 직접 배달한 거예요. 프랭크는 칠십대였어요.”

“잭 래디보도 칠십대지.”

“그러니까 둘 다 열외예요.”

“명단에 있는 아홉 명 중에서 몇 명이나 열외로 칠 건데?” 루스가 말했다. 인체 공학적 의자에 기대앉은 그녀는 에런이 사무실에 들어온 이후로 자세를 전혀 바꾸지 않았다.

"그걸 내가 어떻게 알아요, 젠장. 미치겠네."

루스가 얼굴을 찡그렸다. "자네가 제시카 일로 속상한 건 아는데 나한테 화풀이하지는 마. 알았어?"

"죄송해요. 그 말이 맞아요. 내가 무슨 말을 하려고 여기 왔는지도 잊어버렸네요."

"범인은 피해자가 고통스럽게 죽는 걸 원치 않는다고."

"맞아요. 프랭크 홉킨스만 제외하고요. 매슈 보몬트는 등에 총을 맞았고, 아서 크루즈는 자다가 독가스를 마셨고, 제시카도 뒤에서 총을 맞았어요. 마치 피해자들이 자기가 죽으리라는 걸 모르게 하고 싶었던 것처럼."

루스가 말했다. "도널드 베넷은 자기가 죽을 걸 알았어. 아니, 알았을 거야."

에런은 그가 누군지 생각해내는 데 잠시 시간이 걸렸다. 도널드 베넷은 사건 현장에 제시카와 함께 있던 사망자로 그 지역 사람이었고, 아마 제시카를 쏜 범인이 데려왔을 것이다. 적어도 그가 제시카의 차를 타고 오지 않았다는 사실은 분명했다. 랍스터 포트에서 바텐더로 일하는 테리 미쇼는 단골인 도널드 베넷이 낯선 남자와 술집을 나갔다고 말했다. 그 남자는 현금으로 계산했고, 꼬질꼬질한 외모에 뒷머리를 길게 길렀다고 말했다. 도널드 베넷은 제시카를 쏜 사람에게 고용되었다는 것이 현재로서는 유력한 가설이었다.

"그 남자에 대해서도 생각해봤어요." 에런이 말했다. "만약 베넷이 범인을 돕기로 하고 어떻게든 제시카를 외딴곳으로 유인했다면 베넷도 유죄죠. 그러니까 어떻게 죽든 상관없어요." 에런은 정장 바지에 붙은 보풀을 튕겼다. "하지만 무고한 피해자의 경우에는 본인이 죽으리라는 사실을 모르게 했어요."

"가설일 뿐이야." 루스가 말했다.

"그건 다시 말해 프랭크 홉킨스는 죄가 있다는 뜻이고요. 하지만 맨 처음 죽었기 때문에 물어볼 수가 없죠."

"저기, 이 얘기 좀 잠시 미뤄도 될까? 몇 군데 전화해야 해." 루스가 말했다.

"아, 알았어요. 죄송해요. 사실은 뭔가 새로운 소식이 있는지 확인하러 온 거였어요."

"겨우 한 시간밖에 안 됐어."

"그렇죠.

"사실은 새로운 소식이 있어." 루스가 미소를 지으며 말했다. 에런은 루스를 좋아했지만 불현듯 그녀의 뺨을 때려 미소를 지워버리고 싶었다. "제이 코츠를 찾았대."

"진짜요? 죽었어요, 살았어요?"

"살아 있어. 조지아주 디케이터에 산대. 편지를 받았지만 버렸다나봐. 내가 아는 건 그뿐이야."

"몇 살이래요?"

"말했듯이 내가 아는 건 그게 전부야. 컴퓨터 관련 일을 한다니까 나이가 그렇게 많지는 않을 거야. 어쨌든 은퇴하지는 않았어."

"알았어요. 이제 앨리슨 혼만 빼고 다 찾았네요."

"그런 것 같아."

"담당자가 제이 코츠에게 부모님에 대해 물어볼까요?" 에런은 창밖으로 건물 아래 주차장을 내다보며 물었다.

"틀림없이 물어볼 거야, 에런. 하나도 빠짐없이 다 물어볼 거라고."

"그게 제시카가 마지막으로 한 말이었어요. 우리가 마지막으로 만나서 이야기했을 때요. 만약 자기가 이 사건 담당자라면 부모의 프로필을 작성해서 유사점을 찾아볼 거라고, 거기에 답이 있을 거라고요."

"그 말이 맞는 것 같네." 루스가 말하더니 몸을 아주 살짝 움직여 의자를 앞으로 기울였다.

"뭐 들은 거라도 있어요?"

"내가 들은 걸 다 자네에게 말하지는 않을 거야, 에런. 왜냐하면 지금 자네가 약간 걱정되거든."

"아, 부모들 간에 정말로 연관이 있군요."

루스는 의자를 손톱만큼 더 움직여 두 발로 바닥을 꽉 디뎠다. "연관이 있는지는 나도 몰라. 다만 지리적으로 볼 때 부모들이 대체로 뉴잉글랜드 지역에 몰려 있어."

"그거 흥미롭네요."

"자네에게 알려줘야 할 정보를 줬으니까 이제 그만 나가봐. 제시카가 맡았던 브런디 사건을 자네에게 맡길 거야."

"엘런이 맡은 줄 알았는데요."

"그랬는데 지금은 아니야. 이제 자네 담당이야. 그러니까 법정에서 증언할 준비나 해. 그 사건이 재판까지 갈 가능성은 거의 없지만."

다시 자리로 돌아온 에런은 브런디 사건 조서를 살펴봤지만 도무지 집중이 되지 않았다. 서류를 넣어두는 서랍 안쪽에 듀어스 위스키 파인트 한 병과 샷잔 두 개가 있었다. 그는 사무실에서 야근하다가 이 술병과 잔을 꺼내 동료와 한잔하는 상상을 오랫동안 해왔다. 허접한 형사 드라마에서 그런 장면을 숱하게 봤기 때문이다. 하지만 어째서인지 지금까지 한 번도 그러지 못했다. 에런은 술병을 정장 재킷 안주머니에 넣고 5층의 인적 없는 화장실로 갔다. 변기 칸으로 들어가 문을 잠근 뒤 변기 뚜껑을 내리고 그 위에 앉아 위스키를 마셨다. 그러고는 두 손에 얼굴을 묻고 이 분 정도 소리 죽여 울었다.

3

9월 28일 수요일 오후 5시 45분

조지아주 디케이터에 사는 마흔한 살의 클라우드 보안 전문가 제이 코츠는 마침내 자신이 큰 실수를 저질렀음을 인정했다. 목소리가 예쁜 경관이 전화해 한 달 전쯤에 수상한 명단을 우편으로 받았느냐고 물었을 때 받았다고 대답했던 것이다. 그 결과 연방 요원 두 명이 그의 아파트로 찾아와 확인할 사항이 있으니 사무실로 같이 가달라고 했다. 그때 곧바로 자신이 거짓말했다는 사실을 털어놓았어야 했다. 하지만 회색 정장에 머리가 희끗희끗하며 한 명은 백인이고 한 명은 흑인인 두 요원이 어찌나 진지해 보이고 목소리도 저음인지 제이는 사실 명단을 받은 적이 없다고 고백할 엄두가 나지 않았다.

"저한테 전화했던 여자분이 절 신문할 건가요? 첸 경관이라고 했는데." 제이가 말하자 두 요원은 잠시 당황했다.

둘 중에 더 나이가 많은 흑인 요원이 천천히 고개를 저으며 말했다. “우리가 할 겁니다.”

제이는 방음벽과 녹음 장비를 갖춘 조사실로 안내되었다. 이쯤 되자 도저히 사실대로 말할 수가 없었다. 다행히 거짓말하는 건 그리 어렵지 않았다. 친절한 경관과 통화했을 때 그녀가 명단에 대한 세부 사항을 자세히 알려주었기 때문에 제이는 그럴듯하게 꾸며낼 수 있었다.

“그런 명단을 받기는 했습니다. 그런 거 같아요.” 여자 경관과 통화할 때 제이는 그렇게 말했다.

“더 자세히 설명해주시겠어요?”

“음, 한참 전의 일이라서요. 말씀하신 대로 한 달 정도 됐을 겁니다.”

“백지에 아홉 명의 이름이 적혀 있었나요? 당신 이름을 포함해서?”

“네, 그랬던 것 같습니다.”

“그중에 아는 이름이 있었나요?”

“아닐걸요.”

“지금 기억나는 이름이 있으세요?”

“아뇨. 그냥 그 명단에 제 이름이 있었던 것만 기억납니다. 미안해요.”

“미안해하실 필요 없어요. 괜찮습니다. 그런 명단을 받으면 누구나 대수롭지 않게 생각할……”

“제 말이 그 말입니다.”

그래서 제이는 그냥 첸 경관에게 전화로 했던 말을 그대로 반복했다. 편지를 받은 정확한 날짜는 기억나지 않는다. 거기 적힌 다른 이름도 마찬가지고, 그저 자신의 이름인 제이 코츠가 있었다는 사실만 기억한다. 신문이 끝난 뒤 제이는 별문제 없을 거라고, 그가 거짓말했다는 사실을 아무도 모를 거라고 결론을 내렸다. 고등학교 때 가장 친한 두 친구에게 자신이 펜싱 캠프에서 동정을 잃었다고 거짓말했지만 끝내 아무도 몰랐듯이.

하지만 그로부터 거의 일주일이 지난 지금, 제이가 마흔네 가구가 사는 아파트 건물을 나설 때면 별 특징 없는 쉐보레가 늘 그가 일하는 사무실 주차장까지 따라왔다. 해질 무렵에 퇴근해 주차장에서 아파트 공동 현관 입구까지 걸어갈 때도 늘 자신을 주시하는 시선이 느껴졌다. 제이는 최대한 전과 다름없이 생활하되 무언가를 하거나, 어딘가를 가거나, 평상시 스케줄에서 벗어나는 일을 할 작정이면 꼭 담당 요원—역시 회색 정장을 입었으나 머리카락은 전혀 희끗희끗하지 않은—에게 미리 알리라는 지시를 받았다. 하지만 제이는 그럴 일이 없었다. 그저 집과 직장만 오갔으며, 매일 저녁 음식을 배달해 먹었다. 오늘밤에도 먹으면 안 된다는 걸 알면서도 또 피자를 주문했다. 심지어 페퍼로니 피자 라지 사이즈에 치즈까지 추가하고, 2리터짜리 닥터 페퍼도 시켰다. 피자가 오기를 기다리는 동안 게임 〈다크 소울 2〉를 하다가 상어에 관한 다큐멘터리를 보며 피자를 먹었다.

그날 밤 역류성식도염이 재발해 베개를 여러 개 겹쳐 베고 잠자리에 누운 제이는 예전에 즐겨 했던 공상을 떠올렸다. 자신도 모르게 실험 대상이 되는 공상이었다. 과학자들은 그의 눈과 귀에 몰래 기록장치를 이식한 다음 평범한 인간의 삶을, 그의 평범한 삶을 하루종일 이십사 시간 관찰한다. 연구팀은 그의 시각으로 세상을 보고 그의 일거수일투족을 관찰할 것이다. 아침이면 그가 스크램블드에그를 만들고 설거지를 하는 모습, 직장에서 불평 한마디 없이 혹은 선 넘는 행동을 하지 않고 사람들을 참아내는 모습을. 과학자들은 기록하며 객관적인 태도를 유지하려고 노력하지만 그의 소박한 삶과 지성, 선의를 존경하지 않을 수 없게 된다. 또한 주위 사람들이 그에게 무심하며 그가 어떤 공도 인정받지 못한다는 사실을 깨닫는다. 사람들은 그의 수고를 당연히 여기거나 무례하게 굴거나 그를 무시한다. 가끔은 공상이 깊어져 연구팀의 일원인 여자 과학자가 직장을 그만두고 과학자의 길도 접고 그를 찾아와 사귀게 되는 상상까지 했다. 이런 내용으로 책을 쓰면 멋질 거라고 제이는 종종 생각했다. 영화로 만들면 더 좋을 것이다. 본인이 직접 써볼까도 생각했지만, 죽었다 깨어나도 쓰지 않을 터였다.

하지만 이제 회색 차를 탄 익명의 경찰관에게 진짜로 감시를 받게 되자 이 상황이 마냥 좋지만은 않았다. 혹시 경찰이 그의 인터넷 검색 내역까지 살펴보는 건 아닐까? 그래서 여자 경관에게 그의 이름이 명단에 있다는 말을 들은 후로 특정 사이트에 들어가지 않았다. 지금은 그 사이트들이 너무 그리웠다. 눈을 감고 침대에 누워 이비 오로라의 모습을 떠올렸다. 캠걸*인 그녀는 그를 보면 늘 반가워했다. FBI에서 전화가 오기 전, 행복했던 시절의 일이었다.

* 돈을 받고 웹캠으로 자신을 보여주는 여성.

4

10월 1일 토요일 오전 10시 30분

캘리포니아주 로스앤젤레스에 사는 제이 코츠는 엄마와 일주일에 한 번 하는 통화에 대비해 아파트 창밖으로 스모그가 낀 하늘을 내다보며 태극권 동작 몇 개를 연습했다.

정확히 약속한 시간에 그의 휴대전화가 울렸다. 로스앤젤레스 시간으로 열시 반, 엄마가 사는 도시의 시간으로는 열두시 반이었다.

"안녕, 엄마." 제이가 말했다.

"잘 있었니, 우리 아들? 바쁜데 내가 방해한 건 아니지?"

"아니에요. 엄마가 전화하길 기다리고 있었어요."

"아, 다행이구나. 난 방금 점심 먹었다."

"뭐 드셨어요?" 제이는 휴대전화를 손에 든 채 태극권 동작을 마무리하며 엄마가 토마토샐러드 어쩌고저쩌고하는 이야기를 건성으로 들었다.

"듣고 있니, 얘야? 전화가 끊기는 것 같구나."

"듣고 있어요."

"아, 다행이네. 네 얘기 좀 해주렴. 오디션을 본다던 광고 배역은 따냈니?"

"그쪽에선 계약하고 싶어했지만 제가 거절했어요. 돈이야 그럭저럭 주겠지만 그런 광고나 찍으려고 여기 온 건 아니잖아요?" 이어서 제이는 아주 멋진 연극에 출연할 예정이라고 말했고, 엄마가 보러 가도 되느냐고 묻자 업계 관계자만을 위한 연극이라고 했다. 그 말을 믿는지는 알 수 없었지만 엄마는 그냥 넘어갔다. 배우는 성공했다고 거짓말하기 어려운 직업이었다. 연기는 대중 앞에서 하기 때문이다. 가끔은 자신이 시나리오도 쓰며, 몇 편은 팔기도 했지만 언제 제작에 들어갈지는 아무도 모른다고 말했다. 엄마는 늘 그에게 〈굿 윌 헌팅〉의 맷 데이먼과 벤 애플렉처럼 직접 연기할 배역도 썼는지 물었고, 제이는 자신은 그렇게 자기중심적이지 않다고 말했다. 매사추세츠주 케임브리지 출신인 엄마는 입만 열면 같은 지역 출신인 맷 데이먼과 벤 애플렉을 언급하며 마치 두 사람과 연고가 있는 것처럼 굴었다.

"방금 내가 한 말 들었니, 제이?"

"네? 죄송해요. 잠깐 안 들렸어요."

"네 아빠에 관한 소식이 있다고."

아빠는 이십 년도 더 전에 엄마를 떠났는데도 엄마는 종종 아빠 소식을 전해주었다. “아, 뭔데요?” 제이가 물었다.

“난 네 아빠의 페이스북을 팔로우하지 않지만 내 친구 스텔라가 아직 팔로우하거든. 근데 스텔라 말로는 네 아빠가 비타민 보충제 같은 걸 팔려고 한다는구나. 완전 사기꾼 같았대. 그 말을 들으니 네 아버지가 돈이 엄청 궁한가보다 싶더라.”

“아빠는 실패자예요, 엄마. 알잖아요.”

“너도 알다시피 난 네 아빠에게 감정이 좋지 않지만, 네가 그렇게 말하는 건 듣기 싫구나.”

“그럼 아빠 얘기를 꺼내지 마세요.”

“그래, 잘 알았다. 이제 그 이야기는 하지 않으마. 최근에 무슨 영화 봤니? 난 브래들리 쿠퍼가 나오는 영화를 봤는데 아주 좋더구나.”

몇 번의 실패 끝에, 이십 분이 지난 뒤에야 제이는 마침내 엄마와 통화를 끝낼 수 있었다. 마음을 진정시키기 위해 달리기를 하기로 했다. 러닝화 끈을 묶는데 초등학교 때 단짝이었던 제러미 에번스가 떠올랐다. 제러미는 열두 살 생일 선물로 에어 조던 운동화를 받았는데, 제이는 그렇게 멋진 운동화를 받은 제러미에게 너무도 질투가 났다. 그래서 교회 예배 시간에 제러미의 집으로 가, 열린 창문을 통해 1층에 있는 제러미의 방에 몰래 들어가서 에어 조던을 훔쳤다. 그런 다음 편의점 뒤쪽에 있는 대형 쓰레기통에 버렸다. 몇 년 동안 그 일을 까맣게 잊고 있었다. 아마 전화로 엄마의 목소리를 듣고 나서 러닝화 끈을 묶다 보니 그 일이 떠올랐으리라. 제이는 어느새 그 추억을 만끽하고 있었다. 운동화를 잃어버리고 슬퍼하는 제러미의 모습은 제이에게 중요한 경험이 되었다. 타인에겐 상처지만 자신에겐 기쁨이 되는 일을 남몰래 해낸 것이다. 그 순간이 그에게는 전환점이었다.

달리면서 들을 곡을 고른 후 제이는 집을 나섰다. 적어도 5킬로미터는 뛸 작정이었다.

5

10월 5일 수요일 오후 8시 49분

이선과 캐럴라인은 여전히 이메일을 주고받았지만 최근에는 통화를 더 많이 했고, 심지어 스카이프로 영상통화도 시작했다. 이선은 가끔씩 스카이프가 가장 안전한 대화 방식이라고 확신했다. 경찰이나 FBI 혹은 미치광이 살인마가 그들이 휴대전화로 주고받는 모든 대화를 끊임없이 엿들을 터였기에, 왠지 스카이프가 더 비공개적으로 느껴졌다. 비록 사실이 아니라 할지라도. 또한 캐럴라인이 입력한 단어만 보거나 전화로 그녀의 목소리만 듣는 것이 아니라 그녀의 얼굴을 볼 수 있었다. 이선은 그녀의 얼굴에 매료되었다. 그의 엄마는 사람처럼 옷을 입은 작은 도자기 동물을 수집하곤 했다. 정확히 기억은 안 나지만 그 동물들에겐 이름이 있었는데—우드랜드 크리처인지 뭔지 그랬다—새로 하나씩 살 때마다 엄마는 그 작은 얼굴을 바라보며 귀여워 죽겠다고 몇 번이고 말하곤 했다.

캐럴라인의 얼굴을 보면 이선은 그 우드랜드 크리처가 떠올랐지만 그녀에게는 말하지 않았다. 그녀는 입과 코가 작았지만 눈은 크고 이마가 넓었는데, 갈색 머리카락을 늘 뒤로 넘겨 느슨하게 틀어올려서 한층 더 넓어 보였다. 피부는 어찌나 창백한지 거울처럼 사물이 비칠 듯했고, 연갈색 눈동자도 그랬다. 어떨 때는 소녀처럼 보였다가 어떨 때는 할머니처럼 보인다고 이선은 생각했다. 이 역시 캐럴라인에게는 말하지 않았다.

하지만 그 외에는 거의 모든 것을 털어놓았다. 오 년 전에 팔린 곡의 쥐꼬리만한 저작권료로 근근이 생계를 유지하는데, 그 노래는 개사되어 전국에 방송되는 청바지 광고에 사용되었다는 사실. 지금까지 사귀었던 여자, 자신에게 재능이 없는데 이룰 수 없는 꿈을 좇느라 인생을 낭비하는 것일지 모른다는 두려움까지. 또 피비 폰스와 일 년간 사귀었던 일도 말해주었다. 피비 역시 싱어송라이터였는데 그가 옆에서 자는 동안 옥시콘틴 과다복용으로 사망했다. 심지어 이선이 열두 살이었던 어느 여름, 부모님의 친구 밥 오닐 아저씨가 그의 가족과 함께 케이프코드에 빌린 별장에서 지내는 동안 모래언덕에서 그에게 무슨 짓을 했는지도 말해주었다. 그 이야기를 들은 캐럴라인은 자기 가족들 사이의 역학관계와 교활하게 잔인했던 아버지, 그리고 몇 년 전 아버지가 돌아가시고 마침내 아버지 일로 엄마와 다퉜을 때 엄마가 아버지의 잔인한 성격에도 불구하고 결혼한 것이 아니라 그런 성격이 좋아서 결혼했다고 말했던 일을 들려주었다.

또 그들은 명단과 이제 그들 삶의 일부가 된 경찰의 존재에 대해 이야기했다. 한번은 밤늦도록 곧 자신에게 닥칠 죽음에 대해 이야기하기도 했다. 그리고 과연 경찰이 프랭크 홉킨스, 매슈 보몬트, 아서 크루즈를 죽인 범인을 잡을 수 있을지 없을지도.

"내 생각에는 범인이 잡힐 것 같아요." 이선이 말했다. 그는 머리 밑에 베개를 여러 개 겹쳐 베고 옆으로 누워 캐럴라인을 바라보았다. 그녀 역시 미시간에 있는 집에서 그와 똑같은 자세로 누워 있었다.

"정말요?"

"모르겠어요. 어쨌든 지금은 범인이 살인을 멈췄잖아요."

"그건 우리가 경찰의 보호를 받고 있기 때문이에요. 하지만 경찰이 우리를 영원히 보호해줄 수는 없죠. 내 생각엔 범인이 그냥 시간을 끄는 것 같아요." 캐럴라인이 말했다.

"아마 당신 말이 맞을 거예요. 범인은 경찰이 개입하기 전까지 할 수 있는 한 많은 사람을 죽였고, 지금은 그냥 기다리는 중이죠. 경찰이 자신의 정체를 알아내지 못하는 한 범인은 서두를 필요가 없어요."

"그런 거라면 좋겠네요." 캐럴라인이 말했다.

"어디선가 읽었는데, 인간은 사실 자기 죽음을 상상할 수 없대요. 만약 상상할 수 있다면 두려움에 마비될 거라고 하더군요."

"시를 연구하는 일이 직업인 사람으로서 말하는데, 시인은 그 특별한 규칙에서 예외예요. 시에는 필사의 개념이 많이 등장하거든요."

"당신 학생들은 어때요?" 이선이 물었다.

캐럴라인은 얼굴을 찡그리더니 웃음을 터뜨렸다. "뭔가 알고 하는 말 같네요. 우리 학생들은 언젠가 자신이 죽을 거라는 생각을 전혀 하지 않아요. 그래서 시에 감동받지 않는 것 같아요."

이선은 곧바로 대답하지 않았다. 머릿속에서 어떤 생각을 끄집어내는 중이었다. 이런 정적은—대개는 편안한 정적이었다—평소 그들이 하는 통화의 일부가 되었다. 특히 스카이프로 이야기할 때. "아마 경찰은 범인을 잡을 겁니다." 마침내 이선이 말했다. "경찰에게는 틀림없이 단서가 있어요."

"아, 다시 그 얘기로 돌아왔네요. 우리 부모님이 단서라는 건가요?"

"네."

며칠 전 각기 다른 FBI 요원이 이선과 캐럴라인에게 연락해 부모에 대해 물었다. 그로부터 얼마 지나지 않아 그들의 부모도 FBI의 전화를 받았다. 이선은 엄마가 FBI와 면담을 마치자마자 전화했고, 엄마는 그들이 긴 명단을 보여주며 아는 사람이 있는지 물었다고 했다.

"캐럴라인 게디스, 제이 코츠, 제시카 윈즐로가 적힌 명단이었나요?" 이선이 물었다.

"아니었던 것 같은데. 제시카 윈즐로라는 이름은 들어본 것 같구나. 웨인 코츠를 아느냐고 묻길래 웨인 챌펀트는 안다고 했지. 너도 기억하지? 식료품점에서 일했던 그 친절한 지적장애인 말이다."

"그래서 그 사람들이 언급한 이름 중에 아는 사람이 하나도 없었어요?"

"없었단다, 얘야. 하지만 내가 늙어서 건망증이 생긴 건지도 모르지. 네 아빠도 그렇게 말하더구나."

"엄마에게 건망증이 생긴 건 아니에요." 이선은 거짓말을 했다. "그리고 사실 요원들은 그냥 떠보는 거예요. 메리 루이스 고티에는 어때요? 아니면 메그 고티에는?"

엄마는 잠시 말이 없더니 이내 대답했다. "그래, 요원들이 그 이름도 물어본 것 같아. 대체 왜 물어본 거지? 넌 그 사람들을 아니? 네가 좀더 자세히 말해줬으면 좋겠구나, 이선. 우리 아들이 이런 일을 겪는 게 싫다."

고티에는 캐럴라인 엄마의 결혼 전 성이었다. 나중에 확인해본 결과 FBI 요원들은 캐럴라인의 엄마에게도 이선의 엄마에 대해 물었다. 이로써 FBI에 단서가 있다는 사실이 명확해졌다. 잘못된 단서일 수도 있지만—아마 잘못된 단서일 것이다—FBI는 명단에 있는 사람들의 부모 간에 어떤 연관성을 발견했다고 여기는 것 같았다.

이선은 전화를 끊기 전에 엄마에게 한 가지 더 물었다. "엄마, 이상한 질문이긴 한데 혹시 엄마에게 복수하고 싶어할 만한 사람이 있어요? 혹시 어린아이를 다치게 했다거나 뭐 그런 적 있어요? 고의가 아니라 사고로요."

아주 짧은 침묵이 흘렀다. 평소 엄마의 말투에 익숙한 이선만 눈치챌 정도의 짧은 침묵이었다. 이내 엄마가 대답했다. "당연히 없지. 난 절대 그런 짓을 하지 않아."

"알죠. 알아요, 엄마. 하지만 어쩌다 사고로 그랬을 수 있잖아요."

이번에도 역시 짧은 침묵이 흘렀고, 순간적으로 이선은 엄마가 뭔가 중요한 이야기를 해줄 거라고 생각했다. 하지만 엄마는 "네가 왜 그런 질문을 하는지 모르겠구나"라고 대꾸할 뿐이었다.

이제 캐럴라인은 꾸벅꾸벅 졸았다. 그녀가 반으로 접은 베개 위로 고개를 툭 떨어뜨리는 걸 보면 알 수 있었다. 이선이 말했다. "이제 그만 놓아줄게요. 내일도 영상통화할래요?"

캐럴라인은 하품을 하면서도 팔꿈치로 몸을 지탱했다. "얼마 전에 시를 읽었는데 우리 생각이 났어요."

"아, 그래요?"

"최근에 출판된 필립 라킨의 시인데, 제목이 '우리는 파티가 끝날 무렵에 만났다'예요."

"어떻게 최근에 필립 라킨의 시가 출판될 수 있죠?"

"아, 사후에 출간된 거예요. 미리 말했어야 했는데."

"나한테 읽어줄래요?"

"아뇨. 지금은 안 돼요. 당신 말대로 난 피곤해요. 그냥 그 시를 읽으니까 우리 생각이 났어요. 우린 만나긴 했지만 아마 너무 늦게 만난 걸 거예요."

"암울하네요."

캐럴라인이 빙그레 웃었다. 그녀는 입이 작았지만 활짝 미소 지었다. 분홍색 잇몸이 살짝 보일 정도로. "맞아요. 나도 알아요. 하지만 어쩔 수 없죠. 검색해서 읽어봐요."

"알았어요. 그럴게요."

통화를 끝낸 뒤 이선은 욕실로 가서 양치를 하고 주방으로 가서 물을 한잔 마셨다. 작은 뒤뜰로 이어지는 미닫이 유리문을 지나는데 밖에서 무슨 소리가 나는 듯했다. 커튼을 젖혀보니 그가 타운스라고 이름을 붙인 길고양이가 벽돌이 깔린 파티오에 놓아둔 사료를 먹고 있었다. 보름달이 뜬 밤이었고, 접이식 의자와 녹슨 바비큐 그릴이 놓인 덤불투성이 뒤뜰 전체에 은은한 노란빛이 감돌았다.

침실로 돌아온 이선은 인터넷에서 라킨의 시를 찾아냈다. 몇 년 전 〈뉴요커〉에 발표된 시였다. 나이를 먹고 누군가를 만나 사랑에 빠졌으나 시간이 얼마 남지 않았다는 내용이었다. 캐럴라인이 이 시를 읽고 그들을 떠올렸다는 사실이 마음에 걸렸다. 하마터면 그녀에게 다시 전화할 뻔했으나 마음을 바꿔 그냥 자게 두기로 했다. 대신 아침에 일어나자마자 그녀에게 문자를 보낼 것이다.

6

10월 13일 목요일 오후 11시 11분

버뮤다에 있는 조너선의 집은 앨리슨의 기대와 달랐다. 앨리슨은 외부인 출입 제한 단지에 새로 지은 화려한 저택을 상상했으나, 도착한 곳은 세인트조지의 좁고 구불구불한 거리에 있는 19세기 콜로니얼양식의 저택으로 금방이라도 무너질 듯했다. 정원은 웃자란 풀로 뒤덮였고 방에는 곰팡내나는 가구가 가득했으며 낡아서 올이 드러난 오리엔트풍 러그가 깔려 있었다. 앨리슨은 이 저택이 마음에 들었다. 아침이면 스쿠터를 타고 타바코만으로 가서 지칠 때까지 수영한 다음 일광욕을 즐겼다. 오후에는 서늘한 저택의 천장 높은 방으로 피신했다. 물론 무선인터넷이 있기는 했으나 그걸 제외하면 이 집에 현대적인 시설은 전혀 없었다. 가장 최근에 보수공사를 마친 공간이 아마도 주방일텐데, 그마저도 1950년대일 것이었다.

온종일 조너선과 함께 있을 거라는 예상도 어긋났다. 조너선은 많은 시간을 서재에서 노트북 앞에 앉아 있거나 정원에서 전화를 받으며 보냈다. 그래도 매일 날이 선선해지는 오후 여섯시쯤이면 그녀와 함께 산책했다. 앨리슨은 그와 팔짱을 끼고 꽃향기가 풍기는 조용한 공원을 한 바퀴 돌았다. 아내가 떠난 후 조너선은 어딘가 달라졌다. 더 차갑고 말수가 더 적어졌지만 갑자기 이상한 질문을 툭툭 던지곤 했다. 이 세상에 정말로 행복한 사람이 있다고 생각해? 하느님이 인간사에 개입한다고 믿어? 조너선이 원래 그런 성격인데 일주일에 한 번 만날 때는 드러나지 않았던 것일 수도 있다. 조너선은 심지어 섹스도 더는 원치 않았다. 그래도 기둥이 있는 킹사이즈 침대에 그녀와 함께 누워 있어서 행복한 듯했다. 그는 그녀의 허벅지에 한 손을 올리고 가슴에 소설책을 얹은 채 잠들곤 했다. 어떤 날은 악몽을 꾸는지 알아들을 수 없는 잠꼬대를 하기도 했다. 한번은 신음하는 그를 깨웠더니 앨리슨이 누군지 전혀 모르겠다는 눈으로 그녀를 바라보았다.

그 저택은 조너선의 부모님 소유였고, 그는 어릴 때부터 이곳에 왔다고 했다. 2층 복도를 따라 벽에 가족사진이 걸려 있고, 넓은 거실에는 유화가 있는데 각각 그의 부모님, 조너선, 누이의 초상화였다. 둘 다 어려서 여덟 살과 열 살쯤 되어 보였다. 앨리슨이 그의 가족에 대해 물었지만 그는 별말이 없었다. 그저 지금은 다 죽었고, 이 집도 빨리 팔아야 할 것 같다고 했다. 현지인 여성이 격일로 오후에 청소하러 왔는데, 조너선은 늘 그녀와 대화를 나누었다. 조너선 말로는 오십 년을 알고 지냈고, 세상 누구보다 오래 알고 지낸 사이라고 했다. 그녀가 하는 청소는 그저 먼지를 떨고 진공청소기를 돌리는 것이 전부였기 때문에 앨리슨은 직접 몇 가지 집안일을 시작했다. 주로 옷장과 창고를 정리하거나 은붙이를 찾아내서 닦거나 집에 걸어둘 새로운 미술품을 찾는 일이었다. 한번은 무늬를 새겨넣은 1960년대 칵테일잔 세트를 찾아내 깨끗이 닦은 다음, 저녁 먹기 전 조너선에게 럼스위즐을 만들어주었다. 하지만 그녀가 발견한 최고의 물건은 역시나 1960년대 제품으로 추정되는 코닥 인스터매틱 카메라와 필름 한 상자였다. 앨리슨은 필름 상태가 여전히 괜찮은지 확인하지도 않은 채 집과 마을을 찍기 시작했다. 한 롤을 다 찍자 해밀턴에 있는 작은 현상소로 가져가 인화했다. 그녀는 사진들이 아름답다고 생각했다. 그리고 이제 나머지 필름으로 계속 사진을 찍었다. 마치 낡은 카메라와 낡은 저택, 그리고 이 새로운 세상의 일부가 합쳐져 사진을 향한 그녀의 열정에 다시 불을 붙인 듯했다.

그들이 버뮤다에 머문 지 열흘쯤 되었을 때, 조너선이 서부 해안 지역으로 출장을 가야 한다고 말했다. 그가 말을 마치기도 전에 두려움이 앨리슨을 엄습했다. 그녀는 뉴욕으로 돌아가고 싶지 않았다. 이 집을 떠나고 싶지 않았다. 조너선도 그녀의 얼굴에서 그런 두려움을 보았는지 재빨리 덧붙였다. “원한다면 당신은 여기 있어. 일주일쯤 있다가 다시 여기로 돌아올게.”

앨리슨은 안도했다. 하지만 그가 공항으로 떠난 날에 오후 내내 비가 내렸고, 그녀의 삶에서 무언가가 잘못되었다는 차갑고 오싹한 감각이 다시 스멀스멀 올라왔다. 딱히 예감이라고 할 수는 없었지만 앨리슨은 뼛속까지 부정적인 기운을 느꼈다. 그날 밤, 널찍한 침대에 누워 누렇게 변한 천장의 이리저리 갈라진 틈을 응시하던 앨리슨은 따뜻한 대서양에서 헤엄치는 상상을 하며 불안을 가라앉히려 했다. 하지만 타바코만의 풍경이 자꾸 다른 것으로 변했다. 빗줄기가 꾸준히 떨어지는 차가운 잿빛 바다. 휴조. 하늘을 맴도는 갈매기. 해초로 뒤덮인 검은 바위.

앨리슨은 침대에서 내려와 꼭대기 층을 돌아다니다가, 결국 구석방에 있는 싱글 침대의 살짝 퀴퀴한 냄새가 나는 시트 안으로 들어가 잠이 들었다. 벽지엔 잔잔한 푸른색 꽃들이 무늬를 이루고 있었다.

7

10월 14일 금요일 오후 12시 2분

이제 완연한 가을이었다. 가을은 캐럴라인이 가장 좋아하는 계절이었다. 그녀의 집에서 앤아버 반대편에 있는 엄마의 집까지 가는 길이 너무 평화로워서 캐럴라인은 엄마와의 점심 약속을 건너뛰고 계속 운전하고 싶었다.

그녀는 이선이 추천한 루신다 윌리엄스의 앨범을 들으며 운전하는 중이었다. 대부분의 나무는 단풍이 절정에 달해 주황색과 노란색과 빨간색으로 물들어 있었다. 하늘은 청량한 푸른빛이었고, 바람에 낙엽이 허공에서 빙글빙글 돌았다. 이 순간에 영원히 머물 수도 있을 것 같았지만 엄마가 기다렸고, 경찰이 그녀의 일거수일투족을 감시하고 있었다. 캐럴라인은 엄마의 차인 포드 토러스 뒤에 주차하고 낙엽이 흩어진 잔디밭을 가로질러 열린 현관문으로 갔다. 딸과 더 가까운 곳에서 살고 싶었던 엄마는 이 년 전에 이 집을 구입했다.

점심은 손이 많이 가는 치킨캐서롤, 견과류와 석류 씨앗을 뿌린 시금치샐러드였다. 엄마의 기분이 좋다는 신호였다. 엄마가 우울할 때, 엄마의 표현대로 하면 기분이 꿀꿀할 때 제일 먼저 나타나는 증상은 근사한 요리를 하지 않는 것이었다.

그들은 다이닝룸에서 식사했고, 엄마의 늙은 래브라두들 개는 식탁 밑에서 자고 있었다.

"저 만나는 사람 있어요." 캐럴라인은 그렇게 말하고 본인도 놀랐다.

"그래? 누군데?" 엄마가 눈을 빛내며 물었다.

"설명이 부족했네요. 좋은 사람을 만나긴 했는데 아직 실제로 만난 적은 없어요. 통화만 했죠. 텍사스에 사는 싱어송라이터예요."

"재미있구나. 어떻게 만났니?"

캐럴라인은 거짓말을 할까 했지만 엄마는 늘 거짓말을 잘 알아차렸다. "사실 그 사람도 저처럼 그 빌어먹을 명단에 이름이 있어요. 그래서 이야기를 나누게 됐죠."

엄마는 리슬링 와인을 한 모금 마셨다. "아직 범인이 안 잡혔니? 경찰에서 무슨 말 없어?"

"누군가를 잡았다 해도 저한테는 알려주지 않았을 거예요. 게다가 아직 경찰이 절 따라다니는 걸로 봐서 범인이 잡힌 것 같지 않아요. 저도 엄마보다 더 아는 게 없어요."

엄마는 볼을 문지르더니 앞에 놓인 음식을 내려다봤다. "경찰이 널 보호하는 건 알지만, 그래도 각별히 조심해라. 엄마는 너무 걱정이 되는구나."

"제가 뭘 더 조심해야 할지 모르겠어요. 범인이 잡힐 때까지 그냥 기다리는 중이에요. 그쪽에서 다시 연락하진 않았죠?"

"누구 말이니?"

"FBI요. 엄마를 면담한 사람들. 다시 연락이 오진 않았죠?"

"연락이 와야 하는 거니? 내가 아는 건 다 말했는데 별거 없었을 거야."

캐럴라인은 이미 엄마에게 FBI로부터 어떤 질문을 받았는지 물어보았고, 엄마는 사실대로 대답했다고 맹세했다. 엄마를 믿기는 했으나 중요한 기억을 억압하고 있을지 모른다는 의심이 들었다. 전에도 그런 적이 있었다.

"엄마, 아빠랑 처음 헤어졌을 때 기억나요? 줄리어스가 대학에 간 직후였잖아요."

"줄리어스가 대학에 갔을 때가 기억나는구나. 집에서 벗어나게 됐다고 엄청 기뻐했지. 다시는 그애를 못 볼 줄 알았어."

"그거 말고 아빠를 쫓아냈던 일 기억해요?"

"네 아빠가 그 무렵에 떠났지? 호텔에서 지낼 거라고 했는데 알고 보니 당시 여자친구였던 대학원생 집에서 지냈어."

"엄마가 아빠를 쫓아냈잖아요. 자물쇠도 바꾸고 서재 창문으로 아빠 책을 전부 다 던져버렸죠. 몇 년 뒤에 제가 물어봤더니 기억나지 않는다고 했어요."

엄마는 심호흡을 하더니 뒤뜰을 독차지한 단풍나무가 보이는 널찍한 창에 시선을 고정했다.

"예전에 정신과에 다닐 때, 아마 닥터 페니였을 텐데, 선생님이 그러더구나. 우울증으로 괴로워하는 수많은 사람들에게 있어 우울증의 장점은 기억력이 떨어지는 거라고. 내 삶에서 기억나지 않는 일들이 있는데, 나중에 보니까 기억할 가치가 없는 일들이었어."

엄마의 삶에 우여곡절이 많기는 했어도 캐럴라인은 엄마가 우는 모습을 한두 번밖에 본 적이 없는 것 같았다. 하지만 지금 엄마는 눈물을 흘리기 직전인 듯 울먹였고, 한쪽 눈에 눈물이 살짝 고였다.

"그 얘기를 꺼내서 미안해요." 캐럴라인이 말했다. "전 그냥…… 이 명단을 수사하는 요원들이 명단에 있는 사람들의 부모 간에 어떤 연관이 있다고 생각하는 게 분명해서요, 적어도 제가 보기에는. 그래서 그 사람들이 엄마에게 전화한 거예요. 엄마한테 여러 이름을 보여주고 아는 사람이 있는지 물어봤죠?"

"난 아는 이름이 없다고 말했다. 내 말 믿으렴, 캐럴라인. 아는 이름이 있었다면 있다고 말했을 거야."

"알아요, 엄마. 엄마가 뭔가를 숨긴다고 비난하는 게 아니에요. 다만 예전에, 어쩌면 엄마가 어린아이였을 때 뭔가 중요한 사건이 있지 않았을까 궁금한 거예요. 아마 이 일도 기억나지 않겠지만, 엄마가 아주 우울할 때면 가끔씩 난 이런 일을 겪어도 싸다고 말하곤 했거든요. 한번은 엄마가 어릴 때 나쁜 아이였고, 이렇게 대가를 치르는 거라고 말한 적도 있고요."

"글쎄다, 사실 내가 아주 착한 아이는 아니었던 것 같구나. 적어도 네 할머니에게는 말이야." 엄마는 포크로 닭고기 한 조각을 찔러 입에 넣었다.

"하지만 구체적으로 기억나는 사건은 없어요?"

"우리 옆집에 성이 랜드리인 가족이 살았어. 그 집의 남자아이가 아마 나보다 세 살 정도 어렸을 텐데 매일 우리집에 와서 나한테 함께 놀자고 했지. 물론 난 그애와 놀고 싶은 마음이 없었어. 처음에는 엄마한테 내가 집에 없다고 말해달라고 했어. 하지만 나중에는 그애가 초인종을 누르면 내가 직접 문을 열어주면서 오 분 뒤에 공원에서 만나자고 했지. 그러고는 그냥 안 갔어. 슬픈 사실은 그애가 계속 찾아왔다는 거야."

캐럴라인은 전에도 이 이야기를 들은 적이 있었다. 엄마는 어릴 때 자신이 얼마나 잔인했는지의 예시로 그 이야기를 들려주었다. "FBI에서 물어본 이름 중에 랜드리는 없었어요?"

"응, 없었어. 그나마 잭 래디보라는 이름이 어렴풋이 귀에 익었는데, 네 아빠가 산 책의 저자라는 걸 깨달았지. 안 돼, 홀리, 넌 닭고기 먹으면 안 돼. 이따 식탁 치우고 나서 줄게." 잠에서 깬 래브라두들이 음식을 달라고 졸랐다.

평소 모녀는 점심을 먹고 나면 산책을 했고, 특히 오늘은 날씨도 화창했다. 하지만 굳이 위험을 무릅쓸 필요는 없을 것 같아서 그냥 커피를 들고 판석이 깔린 파티오로 나갔다. 그러고는 엄마가 제일 좋아하는 드라마 〈그레이 아나토미〉에 대해 이야기했다. 물론 줄리어스 이야기도 했다. 줄리어스는 하필 몽골에서 오토바이를 타다가 교통사고를 당해 현재 몽골에 머물며 회복중이었다. 하늘에 먹구름이 몰려들자 캐럴라인의 손끝이 하얗게 변했지만 엄마는 눈치채지 못한 듯했다. 대화가 잠시 끊기자 캐럴라인은 일어나서 집안으로 자리를 옮기려 했다. 그때 엄마가 말했다. "어릴 때 끔찍한 악몽을 꿨는데, 아직도 그 꿈이 계속 생각난단다."

"무슨 꿈인데요?" 캐럴라인이 물었다.

"바보 같은 꿈이지, 나도 알아. 하지만 너무 생생해서 아직도 눈에 선하구나. 지금도 가끔씩 그 꿈을 꾸는 것 같아. 다시 고등학교로 돌아가 사물함 비밀번호가 기억나지 않는 꿈을 계속 꾸는 것처럼 말이다."

"그 꿈이 무슨 내용인데요?"

"꿈에서 난 아마 열 살이나 열한 살쯤 됐을 거야. 다른 아이들과 함께 가출했는데, 다들 내 친구였어. 아마 그럴 거야, 누군지는 정확히 기억나지 않지만. 아무튼 우린 다 함께 가출했고, 여차저차해서 큰 배를 훔쳐 바다로 나갔지. 돛대 두 개와 돛 하나가 달린 나무배였어. 아마 네가 봤다면 옛날 해적선 같다고 했을 거야. 그 배에는 당연히 바다를 향해 걸쳐둔 널판도 있었어. 그 꿈에서 가장 기억에 남는 건 우리 중에서 한 명이 그 널판을 걸어가야 한다고 다 함께 결정했다는 거야. 나는 내가 뽑힐까봐 걱정했는데 다행히 다른 여자아이가 뽑혔어. 우린 그애의 손을 묶었고, 널판 끝까지 걸어가서 바다로 뛰어내리라고 했지. 아니면 우리 모두 죽을 거라고."

돌풍에 엄마의 스카프가 휘날려 잠시 입을 가리자 엄마는 스카프를 걷어내고 말을 이었다.

"그게 다야. 그런 꿈이란다."

"그래서 그 여자아이는 널판에서 뛰어내렸어요?"

"응. 우린 그 아이의 손을 묶었고, 그애는 울면서도 바다로 뛰어들어 다시는 올라오지 않았어. 정말 끔찍했지. 지금도 생각만 하면 속이 울렁거리는구나."

"이름은 기억 안 나세요?"

"꿈에서? 아니. 그냥 아이들이었어, 나처럼." 엄마가 말했다.

"그 꿈이 무슨 의미일까요?"

엄마가 일어서자 캐럴라인도 따라서 일어났다. 둘은 함께 미닫이문을 지나 따뜻한 집안으로 걸어들어왔다. "꿈에 꼭 무슨 의미가 있어야 하니? 그냥 무서운 꿈이었어. 아이들이 꾸곤 하는 악몽."

8

10월 14일 금요일 오후 6시 9분

해질 무렵 웨스트하트퍼드의 집으로 돌아온 잭은 방마다 돌아다니며 불을 켰다. 뉴저지주 서밋에서 변호사와 점심을 먹은 뒤 예전에 살았던 집에 들러 앞마당에서 잠깐 아내를 만나 자신이 부탁한 서류를 건네받고 온 참이었다.

"살이 빠진 것 같네." 아내가 말했다. 잭이 고맙다고 하자 아내는 칭찬이 아니라고 했다.

나중에 구름이 짙게 낀 하늘 아래서 공원도로를 달리던 잭은 이렇게 말했으면 좋았을 걸 싶었다. "이게 인생의 겨울에 접어든 내 모습이야." 인생의 겨울이라는 구절이 한동안 머릿속에 맴돌았다. 어린 시절에 살았던 하트퍼드의 집으로 돌아와 방마다 불을 켜고 커튼을 치는 지금도 마찬가지였다. 여기서 하룻밤만 잘 작정이었기에 냉장고로 가서 저녁으로 때울 만한 음식이 있는지, 아니면 외식을 해야 할지 살펴보았다. 하지만 시든 채소와 말라비틀어진 치즈, 유통기한이 지났을 달걀 여섯 개를 들여다보며 배가 고프지 않다는 걸 깨달았다. 그저 불안할 뿐이었다. 잭은 재킷을 입고 산책하러 나갔다.

멀리는 가지 않고 근처 주택가만 한 바퀴 돌았다. 지금이 딱 재미있게 산책할 수 있는 시간이었다. 바깥은 아직 완전히 어두워지지 않았지만 집안에 불이 켜져 있고, 사람들은 커튼을 열어둔 채 각자 할일을 했기 때문이다. 한 여자가 주방에서 와인 한 잔을 따르고, 한 남자는 소형 텔레비전이 달린 고급 실내 자전거를 타고, 아이들은 애니메이션을 보고 있었다. 심지어 어떤 젊은 커플은 벽을 다 차지한 텔레비전 앞에서 뉴스를 보며 계속 껴안고 있었다. 다시 집으로 돌아온 잭은 이웃집을 힐끗 바라보았다. 마거릿과 그 끔찍한 남편—이름이 에릭이었다—이 집에 있는지 궁금했다. 잭은 아무 생각 없이 옆집과 바싹 붙은 자신의 집 진입로를 따라 올라가서는 높은 산울타리 그림자로 들어갔다. 옆집 뒤뜰의 불이 환히 켜진 일광욕실이 보이는 자리였다.

일광욕실에는 아무도 없었지만 소파 앞 커피테이블에 물잔이 놓여 있었고, 그 옆에 읽다가 엎어둔 양장본 한 권이 있었다. 잠시 후에 마거릿이 레드와인이 담긴 잔을 들고 나타나더니 소파에 다시 앉았다. 그녀는 긴 머리카락을 이마 뒤로 넘기고, 한쪽 다리를 접어 소파 위로 올린 다음 팔걸이에 몸을 기댔다. 잭은 마거릿이 다시 책을 집어들 거라고 생각했지만 그녀는 그냥 앉아 있었다. 와인도 마시지 않고 잔을 든 채로 어둠을 응시했다.

순간적으로 잭은 그녀가 자신을 보는 줄 알고 가슴이 철렁했으나 그녀의 시선은 옆으로 약간 비켜나 있었다. 게다가 바깥은 너무 어두워서 아무것도 보이지 않았다.

외로움의 끔찍한 점은 항상 타인으로 치유되지만은 않는 것이라고 잭은 다시 한번 생각했다. 어쨌든 그의 경험으로는 그랬다. 다른 사람들, 심지어 사랑하는 사람들과 함께 있어도 혼자 있을 때보다 더 외로웠다. 그는 거의 평생 그런 외로움을 느끼며 살았다. 오래전 누이가 죽은 뒤로, 그리고 부모님이 그 상실감을 끝내 극복하지 못한 뒤로.

자동차 소리가 들리더니 헤드라이트 불빛이 그를 잠깐 비춰서 잭은 움찔했다. 에릭이 집에 돌아온 것이다. 그의 차가 진입로로 들어섰고 금세 헤드라이트가 꺼졌다. 잭은 자신이 발각됐는지 궁금했지만 아닐 거라고 생각했다. 하지만 산울타리 그림자 속에 최대한 움직이지 않고 서서 만약 들키면 무슨 핑계를 댈까 고심했다.

마거릿도 차 소리를 들었는지 그쪽으로 고개를 돌렸다. 그녀는 목이 길고 우아했는데, 손에 와인잔을 든 채 고개를 돌린 그 자세가 어쩐지 명화 속 인물 같았다. 마거릿은 와인잔을 내려놓고 심호흡을 했다. 잭은 그녀의 얼굴에 스치는 온갖 감정을 보았다. 슬픔, 경계심, 그리고 어쩌면 진정한 사랑도 약간. 마거릿은 자리에서 일어나 남편을 맞이하러 갔고, 잭은 기회를 틈타 자신의 집 옆문으로 걸어갔다.

그가 다시 집안으로 들어가려는데 에릭의 쩌렁쩌렁한 목소리가 들렸다. 현관으로 나온 그의 아내에게 하는 말이었다.

"당신 남자친구가 돌아온 모양이던데." 잭은 그게 자신을 의미한다는 사실을 잠시 후에야 깨달았다.

9

10월 15일 토요일 오후 4시 40분

매디슨에게서 음성메시지가 왔다. 숨가쁘게 내뱉은 두 문장이었다. "당장 전화해. 도저히 믿을 수 없는 소식이야." 거기다 문자까지 보냈다. **전화해.** 무슨 의미인지 알 수 없는 이모티콘도 함께. 발그레한 얼굴 앞에 작은 양손을 올린 이모티콘이었는데, 아마 무언가를 축하하는 의미일 것이다. 순간적으로 제이는 토할 것 같았다. 매디슨에게 일이 들어온 게 분명했다. 그가 아는 한—매디슨은 그에게 비밀이 없었다—그 일은 지역방송 광고거나(이건 숨가쁜 메시지를 남길 정도는 아니었다) 이제 막 시즌 2 제작이 확정된 FX 채널의 허접한 3부작 시트콤일 터였는데, 시트콤 출연이 틀림없었다. 솔직히 제이는 지금 매디슨과 이야기하면서 함께 기뻐하는 척하고, 넌 거기 출연할 자격이 있다고 격려해줄 엄두가 나지 않았다. 맙소사. 그랬다가는 정말로 토할 것이다.

제이는 이 년 전 샌퍼낸도밸리의 한 연기 수업에서 매디슨을 처음 만났다. 마지막 수업이 끝난 후 매디슨을 술집으로 데려가 함께 술을 마시고, 친구 마이클의 방갈로에서 그녀와 잤다. 마이클이 런던에 머무는 동안 그가 대신 관리해주던 집이었다. 당시 매디슨은 방 하나짜리 집에서 룸메이트인 다른 여자 배우와 함께 살았는데, 그날 밤에는 룸메이트가 집에 있어서 거기로 갈 수 없었다. 그렇다고 자기 집으로 데려가 자기가 어디 사는지 알려줄 수도 없었으니 남은 선택지는 마이클의 집뿐이었다.

제이는 매디슨을 다시 볼 일이 없을 거라고 생각했지만 육 주 뒤에 할리우드의 한 술집에서 우연히 재회했고, 함께 술을 두어 잔 마셨다. 매디슨은 과장되게 슬픈 표정으로 새로운 사람과 사귀기 시작했다고, 지금 일하고 있는 스타벅스의 동료 바리스타라고 했다. 제이는 안도했다. 매디슨과 그저 그런 섹스를 또 할 마음이 전혀 없었기 때문이다. 그래도 둘은 술을 마시며 즐거운 시간을 보냈다. 매디슨은 멍청했고, 제이는 그녀의 그런 면이 좋았다. 자신이 이것저것 설명해줄 수 있기 때문이었다. 또한 매디슨은 연기력이 형편없었는데 그런 점은 두 배로 좋았다. 그녀가 제이보다 먼저 배역을 따낼 가능성이 없었기 때문이다.

그런데 이제 이런 일이 벌어졌고, 제이는 빌어먹을 시트콤에 출연하게 된 매디슨을 축하해줘야 할 처지가 되었다. 도저히 견딜 수가 없었다. 하지만 매도 빨리 맞는 편이 낫다고 제이는 미루지 않고 지금 당장 매디슨에게 전화하기로 마음먹었다.

"시트콤을 하게 된 거야?" 제이가 물었다.

"응." 매디슨이 심드렁하게 대답하더니 갑자기 꺄악 하고 소리를 지르는 바람에 제이는 휴대전화를 귀에서 떼야 했다.

매디슨이 이 분간—그가 참을 수 있는 한도였다—신나서 떠들어대도록 내버려두었다가 마침내 제이가 말했다. "정말 잘됐네, 매즈. 네 기분을 망치기 싫어서 나중에 얘기하려고 했는데, 방금 엄마랑 통화했어. 안 좋은 소식이야."

"무슨 일인데?"

"엄마가 폐암 5기래."

"맙소사!"

"그래서 난 이 문제를 해결해야 해. 앞으로 어떻게 할지 생각해야겠어. 그러니까 지금은 너한테……"

"알아. 이해해. 가서 엄마를 돌봐드려, 제이. 혹시 필요한 거 있으면 말하고."

"그럴게."

전화를 끊은 뒤 제이는 매디슨과 절교해도 괜찮을지 생각했다. 아마 괜찮을 것이다. 매디슨은 남자들이 잠수를 타는 데 익숙할 것이다. 그래도 한때 그녀는 제이를 '내 새로운 절친'이라고 불렀는데……

아니면 그녀를 죽일 수도 있다.

그 생각만으로도 기분이 훨씬 좋아졌다.

틀림없이 오늘밤에 매디슨은 그 일을 축하하려고 몇 군데 바를 돌아다닐 테니 타이밍만 잘 맞춘다면 그녀의 아파트 단지 앞에서 기다리고 있다가…… 아니다, 그랬다가는 결국 들통날 것이다. 어찌됐든 둘은 아는 사이였고, 무엇보다 통화 기록이 있었다. 설사 매디슨이 더 많은 배역을 따내서 도저히 견딜 수 없는 존재가 된다 해도 그녀에게는 머리통을 박살내는 수고조차 아까웠다. 아기 새를 짓밟아 죽이는 것처럼 너무 쉽고 무의미한 일이 될 터였다.

제이는 소파 팔걸이에 휴대전화를 내려놓았다. 전화기를 어찌나 세게 쥐고 있었는지 손끝이 하얗게 질렸다. 주방으로 가서 냉동실에 넣어뒀던 케틀원 보드카를 병째로 한참 들이켠 다음 침실에서 태극권을 하며 마음을 가라앉히려 애썼다. 그뒤에 몇 가지 상상을 하다가 그만두었다. 생각만 할 게 아니라 실제로 무언가를 해야 했다. 그것만이 기분이 좋아질 수 있는 유일한 방법이었다.

그날 밤 제이는 로스앤젤레스 시내의 한 술집에 갔다. 매디슨이나 그녀의 친구들을 마주칠 가능성이 전혀 없는 곳으로, 금주법 시대의 무허가 술집처럼 꾸며놓았다. 구석 칸막이 자리에 앉은 제이는 라임 두 개를 곁들인 보드카소다를 마시며 오가는 여자들을 바라보았다. 다들 리어나도 디캐프리오에 대해 이야기했다. 가장 최악은 미니드레스에 하이힐을 신은 어리디어린 여자들이었는데 훨씬 연상인 남자 각본가 지망생들이 무슨 말을 할 때마다 하이에나처럼 웃어댔다. 그들은 자신이 정말로 할리우드에 진출할 수 있을 정도로 섹시하다고 생각하며 스스로에게 매우 만족해했다. 시간이 좀 걸리기는 했지만 마침내 제이는 자신의 요구에 완벽히 부합하는 여자를 찾아냈다. 그녀는 연붉은색 머리에 청바지와 노출이 심한 톱을 입고 있었다. 친구와 함께 왔지만 그 친구는 다른 남자와 이야기하는 중이었고, 연붉은색 머리는 지겨운 표정이었다. 그녀는 계속 휴대전화를 확인하며 보드카소다를 홀짝였는데 자지러지게 웃어대는 멍청한 친구가 제발 입 좀 닥쳤으면 싶은 듯했다. 저 여자라면 어느 순간 친구에게서 떼어내 단둘이 있을 수 있었다. 하지만 그때 출입문이 벌컥 열리자 붉은 머리가 고개를 돌렸고, 자신을 만나러 온 누군가를 발견하더니 갑자기 미소를 지으며 머리카락을 어깨 뒤로 넘겼다. 그러고는 앳된 얼굴에 어울리지 않는 콧수염을 기른 재수없는 녀석이 앉을 수 있도록 옆자리로 옮겨 앉았다.

제이는 보드카소다를 다 마시고 술집을 나섰다. 한동안 시내를 쏘다니다가 한 술집의 야외 테이블에 자리를 잡았다. 거리가 내다보이는 그 자리에서 술을 한 잔 더 마셨다. 두 여자가 코로나 라이트를 들고 오더니 옆 테이블에 앉았다. 이미 취해서 중서부 억양으로 시끄럽게 떠들어대다가 제이가 영화배우인지 아닌지 확인하려고 그가 있는 쪽을 힐끗거렸다. 제이는 휴대전화에서 눈을 떼지 않은 채 마치 누군가를 기다리는 것처럼 보이도록 문자를 보내는 시늉까지 했다. 위스콘신주인지 미네소타주인지 아무튼 촌구석에서 올라온 이 못생긴 두 여자를 꼬셔서 방금 자신이 드라마에서 비중 있는 배역을 막 따냈다고 말하면 어떨까? 둘 중 하나 혹은 둘 다 그와 자고 싶어할 수도 있겠지만 제이는 그러고 싶은 마음이 전혀 없었다. 하지만 둘 중 한 명과 단둘이 있을 수 있다면……

"실례합니다. 혹시 배우예요?" 둘 중에 허벅지가 굵고 머리를 금발로 염색하고 나이가 더 많은 여자가 말했다.

"아뇨. 당신들은요? 배우예요?"

그 말에 두 여자는 미친듯이 웃어대더니 자기들은 그냥 로스앤젤레스로 처음 여행을 왔다고 했다. 그리고 그날 아침에 조시 루커스가 길을 건너 SUV에 올라타는 걸 봤다고 말했다.

"누군지 모르겠네요."

"영화 〈스위트 앨라배마〉에 출연했어요." 두 사람이 거의 동시에 말했다.

"난 영화를 안 봐요. 아마 내가 배우들과 함께 일해서 그들이 얼마나 쓰레기인지 알기 때문일 겁니다."

"무슨 일을 하는데요?"

"영화 촬영장에서 무술감독으로 일합니다. 당신들이 좋아하는 영화배우의 뒷이야기를 들려줄 수 있어요. 하지만 듣고 나면 실망할 겁니다."

두 여자는 실제로 비명을 지르며 그에게 합석하자고 했다. 제이는 문자로 중요한 대화를 나누는 중이라 잠시 뒤에 합석하겠다고 말했다. 그러고는 이제 어떻게 할지 생각하며 휴대전화를 계속 응시하고 술을 홀짝거렸다. 갑자기 혐오감이 그를 휩쓸었다. 옆 테이블에 앉은 멍청한 두 여자가 혐오스러웠고, 매디슨에게 제대로 된 배역을 준 캐스팅 담당자가 혐오스러웠고, 자기가 살고 있는 이 거지같은 도시, 벌레 같은 인간들이 우글거리는 이 도시가 혐오스러웠다. 제이는 술을 다 마시고 일어나서 술집 안으로 들어가 반대편으로 나갔다. 오늘은 그만 포기하고 집에 가서 인터넷이나 하기로 했다. 더 많은 것을 바랐으나 오늘밤은 때가 아니었다.

그때 길 건너편에서 우버 택시 한 대가 멈추더니 미니스커트에 홀터톱을 입은 금발 여자가 내렸다. 그녀는 잠시 인도에 서서 휘청거리며 휴대전화를 보다가 거리를 골똘히 바라보았다. 제이는 여자가 술집 쪽으로 올지 모른다고 생각했으나 그녀는 몸을 돌려 반대 방향으로 비틀비틀 걸어갔다.

정말로 기회가 온 걸까?

여자는 사거리로 들어섰고 제이는 그녀를 따라갔다. 혹시 주위에 교통 단속 카메라가 있을지 몰라서 고개를 숙이고 걸었다. 그들은 주택가로 접어들었다. 한때는 세련되었던 낡은 스페인식 아파트 단지가 나왔는데, 지금은 배우의 꿈을 안고 할리우드로 온 사람들과 마약중독자로 바글거렸다. 여자는 20미터 정도 앞에 있었지만 자꾸 걸음을 멈추고 휴대전화를 들여다보았다. 전화기 불빛이 그녀의 헝클어진 금발과 화장이 진한 얼굴을 비췄다. 제이는 가슴이 두근거렸다. 가죽 재킷 주머니에 일 년 전 벼룩시장에서 구입한 묵직한 사냥칼이 들어 있었다. 한 손으로 칼을 잡자 성적인 쾌감이 몸을 휘감았다. 마치 강한 마약을 투약한 것처럼 바닥이 흔들렸다. 이제 제이는 여자와 겨우 10미터 떨어져서 두 가로등 사이, 일렬로 늘어선 메마른 야자수 그림자 속을 걷고 있었다. 그는 걸음을 빨리했다.

그때 스테인리스스틸 봉이 그의 오른쪽 귀를 강타해 측두골을 부서뜨렸다. 제이는 바닥에 털썩 주저앉았고, 귀에서 울리는 소리가 머릿속을 가득 채웠다. '경찰에게 잡혔구나.' 그게 맨 처음 든 생각이었다. 비록 아직 아무 짓도 하지 않았지만. 이내 따뜻한 피가 철철 흘러 목을 타고 내려가 셔츠 속으로 들어가는 게 느껴졌고, 두려움이 밀려왔다.

봉이 다시 그의 귀에서 약 5센티미터 위쪽을 강타했다. 아까보다 훨씬 더 세게. 제이는 앞으로 쓰러지며 보도에 얼굴을 박았다. 두번째 타격이 그의 숨통을 끊어놓기에 충분했는데도—제이는 이미 죽어가고 있었다—범인은 그의 머리를 몇 번 더 내려치고는 재빨리 걸어가며 술 취한 여자를 지나쳤다. 그녀는 전화에 대고 "나 바로 문 앞이야, 너무 늦었다니 무슨 소리야?" 라고 말하고 있었다.

넷

~~Matthew Beaumont~~

~~Jay Coates~~

Ethan Dart

Caroline Geddes

~~Frank Hopkins~~

Alison Horne

~~Arthur Kruse~~

Jack Radebaugh

~~Jessica Winslow~~

1

10월 17일 월요일 오후 4시 40분

조지아주 디케이터에 사는 제이 코츠는 한 시간 넘게 경찰서 조사실에 앉아 있었다. 그의 상태를 확인하는 사람도, 그에게 물을 주는 사람도, 심지어 그가 왜 여기 있는지 말해주는 사람도 없었다. 아까 회사에서 일하는데 제복을 입은 경찰관 두 명이 나타나 그를 경찰서로 호송했다. 동료들이 그 상황을 어떻게 받아들일지 알 수 없었다. 제이 역시 화를 내야 할지 아니면 신나해야 할지 몰랐다. 하지만 어느 쪽이든 지금 이 상황, 그러니까 조사실에서 한없이 기다리고, 방을 구석구석 살펴보고, 맞은편에 있는 관찰 거울 뒤에 누가 있을지 궁금해하며 거울을 똑바로 보지 않으려 애쓰는 이 상황은 마음에 들지 않았다.

제이는 마음을 가라앉히려 방의 크기를 추정해보고 정확히 가로 2.5미터, 세로 3미터라는 결론을 내렸다. 하지만 그건 너무 쉬웠으므로 다른 지적 훈련을 하기로, 즉 피보나치수열로 어디까지 셀 수 있는지 알아보기로 마음먹었다. 예전에 대학 시절에 자주 하던 일이었다. 특히 수업시간에 긴장되거나 지루할 때면. 317811까지 셌을 때 문이 벌컥 열리더니 사복 차림의 경관 두 명이 들어왔다. 연갈색 정장을 입은 남자 경관은 팔이 길고 눈썹이 짙었다. 남자보다 젊은 여자 경관은 삭발에 가깝게 머리를 깎았는데 테이블 옆쪽으로 와서 앉았다. 정장 차림의 남자가 제이의 맞은편에 있는 의자 뒤에서 약간 서성이더니 마침내 입을 열었다. "딱 한 번의 기회를 줄 거야, 코츠. 한 번뿐이야. 만약 거짓말을 했다가는 공무집행방해죄로 처넣을 거라고. 알겠어?"

제이는 뭔가 말하려고 입을 열었지만, 경관이 계속 말을 이었다. "이 일로 널 꼭 감옥에 보내고 말겠어. 실형을 받게 할 거라고, 알겠어? 오늘 이 방에서 또 거짓말을 한다면, 아, 진짜 험한 꼴을 보게 될 거야. 그리고 지금 이게 무슨 말인지 모르는 척한다면……"

남자가 고개를 천천히 앞뒤로 끄덕였다. 제이는 여자 경관을 바라보았다. 그녀는 무표정하게 앉아 제이를 마주 쳐다봤다.

"부탁이야, 코츠." 정장 차림의 남자가 한층 부드러워진 목소리로 말했다. "질문에 사실대로 말해줘."

온몸이 밑으로 흘러내려 고이는 듯한 기분을 느끼며 제이는 경관을 바라보았고 고개를 끄덕였다.

"좋아, 코츠. 시작하지. 간단한 질문이야. 9월 15일 목요일에 편지를 받았나? 그 편지에 당신 이름을 포함한 아홉 명의 명단이 적혀 있었나? 잘 생각해보고 대답해. 왜냐하면 두 번 묻지 않을 거니까."

제이는 여자 경관을 바라보았지만 그녀는 멍하니 자기 손등만 쳐다보았다. 마치 이 과정 전체가 지루하다는 듯이.

"지금 어딜 쳐다보는 거지?" 남자가 물었다.

제이는 다시 그를 보며 말했다. "아뇨. 아뇨. 전 편지를 받은 적이 없어요." 두 경관은 시큰둥한 표정으로 서로를 바라보았고, 제이는 감정이 복받쳐 울음을 터뜨렸다.

2

10월 19일 수요일 오후 1시 15분

비행기가 새러소타에 착륙했을 때 뒤에서 두번째 줄에 앉아 있던 샘 해밀턴은 책장을 넘기고 있었다. 다른 사람들처럼 서둘러 일어나 선반 밑에 구부정하게 서서 앞좌석 승객이 내리기를 기다리지 않았다. 그는 프랭크 홉킨스가 죽은 뒤로 『그리고 아무도 없었다』를 두번째 읽는 중이었다. 아직 살아 있는 프랭크의 여동생을 만나려고 플로리다행 항공권을 예매한 뒤, 샘은 케너윅에 있는 유일한 서점에 들렀다. 중고책으로 가득한 그 허름한 서점은 '래기드 클로스 북스'라는 다소 허세를 부리는 이름이었다.* 한때는 샘도 그 이름을 어떤 시에서 인용했는지 알았

* '래기드 클로스(Ragged claws)'는 T. S. 엘리엇의 시 「J. 앨프리드 프루프록의 연가」에 나오는 표현으로 '초라한 집게발'이라는 뜻이다. 망설이기만 하고 행동하지 않는 자신을 옆으로 어기적어기적 걸어가는 게에 비유했다.

지만 지금은 잊어버린 지 오래였다. 샘은 서점 주인이자 유일한 직원인 찰스 몽고메리에게 인사한 뒤, 미스터리 코너로 가서 예전에 포켓북스에서 출간한 『그리고 아무도 없었다』 문고판을 찾아냈다. 플로리다 여행길에 이 책을 가져가고 싶었지만 한편으론 자신의 소장본을 가져가고 싶지는 않았다.

이 책을 다시 읽는 것이 수사에 도움이 될지 확신할 수 없었지만, 뭔가 선제적으로 대응하는 행동처럼 느껴졌다. 그리고 책을 읽으면 계속 사건을 생각하게 되었다. 그가 끊임없이 자문하는 질문, 아마도 이 사건을 맡은 모든 사람이 자문하고 있을 질문은 명단에 있는 아홉 명 사이에 어떤 연관성이 있느냐는 것이었다. 어떤 면에서 그것은 『그리고 아무도 없었다』의 주요 질문이기도 했다. 열 명의 낯선 사람이 섬으로 초대받고 한 명씩 차례로 살해된다. 그들은 서로 모르는 사이로 전에 만난 적도 없지만 함께 생사가 달린 상황에 내몰린다. 샘은 그들의 연결고리가 뻔하다고 생각했다. 그들이 모두 섬에 도착한 순간 연결고리가 만들어지는 것이다. 편지를 받은 아홉 명도 마찬가지였다. 이제 그들은 모두 살해 대상이 되었다.

샘은 자신이 왜 이 책에 그렇게 꽂혔는지 궁금했다. 범인은 이 책을 읽은 적도, 심지어 들어본 적도 없을지 몰랐다. 아홉 명이 동요에 나오는 대로 죽지도 않았다.* 게다가 책과 지금 벌어

* 『그리고 아무도 없었다』에서 열 명의 사람들은 동요 '열 꼬마 인디언'에 나오는 방법대로 죽는다.

지는 일 사이에는 큰 차이가 있었다. 소설에서는 초반에 등장인물들이 섬에 자신들 말고는 아무도 없기 때문에 범인이 그들 중 하나라는 사실을 깨닫는다. 아홉 명의 명단 사건은 그렇지 않다. 하지만 그렇다 해도 샘은 범인이 본인의 이름도 명단에 넣었을지 궁금했다. 주 경찰인 메리 파킨슨에 따르면 아직 아무도 앨리슨 혼의 소재를 파악하지 못했다. 그 사실이 중요할까? 그저 육감이기는 해도 샘은 그렇게 생각하지 않았다.

샘이 관심을 가진 사람은 잭 래디보였는데, 오로지 그의 나이 때문이었다. 명단에서 여섯 명은 삼십대나 사십대 초반인 데 반해 두 사람만 칠십대였다. 샘은 나이가 딱히 중요하다고 생각하지는 않았지만, 프랭크 홉킨스만 다른 네 명의 피해자와 다른 방식으로 살해되었다. 프랭크는 자신이 살해당한다는 것을 아는 상태에서 죽음을 맞이했다. 고통을 느끼고, 아마도 공황 상태에 빠졌을 것이다. 반면 나머지 사람들은 총에 맞거나 뒤에서 공격당하거나 자다가 질식사했다. 하지만 프랭크는 아니었다.

"실례합니다, 고객님."

샘은 자신에게 말을 건 스튜어디스를 올려다보다가 기내가 거의 텅 비었다는 사실을 깨달았다. 그는 사과하고 통로를 따라 나갔다.

렌터카를 픽업해서 시에스타키에 예약해둔 모텔로 간 샘은 체크인을 한 뒤 가벼운 치노 바지와 하늘색 반팔 폴로셔츠로 갈아입었다. 잠시나마 열대기후로 돌아오니 기분이 좋았다. 따뜻한 공기는 오후에 곧 몰아칠 폭풍을 잔뜩 머금고 있었다. 샘은 프랭크의 여동생 신시아 홉킨스와 이미 두 번이나 전화로 이야기를 나눴다. 한 번은 이런저런 질문을 하기 위해서였고, 한 번은 약속 날짜를 잡기 위해서였다. 신시아는 통화하면서 두 번 다 자신이 청력에 문제가 있어서 전화가 불편하다고 말했다. 샘이 여기까지 찾아온 이유가 그것이었다. 아마도 시간 낭비일 거라고 생각했지만 그래도 이틀 휴가를 내고, 포틀랜드에서 새러소타까지 왕복항공권을 예매하고, 하룻밤 잘 숙소도 예약했다. 오늘 오후 네시에 신시아를 만나기로 약속했다. 지금은 두시였고, 샘이 예약한 모텔에서 신시아의 집까지는 걸어갈 수 있었다. 그는 우선 해변으로 산책을 가기로 했다.

샘은 네시 정각에 신시아 홉킨스의 집에 도착해 초인종을 눌렀다. 외벽을 분홍색 치장 벽토로 마감한 방갈로로, 허름한 앞마당에는 잘 다져진 흙에 몇 군데 잔디가 누렇게 시들어 있었다. 문이 빠끔 열리더니 신시아 홉킨스가 밖을 내다보았다. 그녀의 둥근 얼굴엔 주름이 가득했고, 피부는 햇볕에 그을려 검버섯이 피었다.

신시아가 미리 잡아둔 오늘의 약속을 기억할지 확신이 없었던 샘은 말했다. "홉킨스 부인, 전 샘 해밀턴 형사입니다. 일전에 전화드렸죠."

"기억나요." 신시아가 문을 마저 활짝 열고 그를 안으로 들였다. "청력은 예전 같지 않지만 기억력은 그대로랍니다. 어쨌든 아직까지는요."

신시아는 몹시 더운 집안을 가로질러 방충망이 설치된 파티오로 샘을 안내했고, 고리버들 의자에 앉으라고 손짓하더니 뭘 마시겠냐고 물었다.

"괜찮습니다, 부인이 뭔가를 마시던 중이었다면 몰라도."

"약속을 다섯시로 잡을 걸 그랬네요. 그 시간에 진토닉을 즐겨 마시거든요."

"저 때문에 참지 마세요. 지금이 다섯시인 걸로 하죠."

"아뇨. 기다릴래요. 내 나이가 되면 정해진 의식을 따르는 게 중요하거든요." 신시아는 샘이 앉은 의자와 똑같은 맞은편 의자에 앉아 다리를 꼬았다. 흰 바지에 꽃무늬 블라우스를 입고 분홍색 카디건을 걸친 그녀는 프랭크와 별로 닮지 않았다. 첫째로 프랭크보다 키가 더 컸고, 얼굴은 햇볕과 바람에 상해 더 거칠었으며, 주름이 너무 많아서 원숭이 같았다.

"오빠분 일은 유감입니다." 샘이 말했다.

"고마워요." 신시아가 걸걸한 목소리로 대답했다. 샘은 그녀의 얼굴에 깊이 팬 주름이 단지 플로리다의 강렬한 태양 때문이 아니라 평생 마신 칵테일과 담배 때문은 아닐까 생각했다.

"두 분은 친했나요?"

"아뇨. 우린 친하게 지낸 적이 없지만 싸우거나 뭐 그런 적도 없었어요. 나는 조용하고 학구적인 아이였던 반면 프랭크는 우리 부모님처럼 사교적이었죠. 부모님은 두 분 다 호텔 일을 좋아하셨어요. 내게는 세상에서 제일 끔찍한 일이었지만. 손님이 끊임없이 드나드는 곳에 산다고 상상해봐요. 아무튼 나는 그곳을 떠날 수 있게 되자마자 보스턴으로 갔고, 호턴 미플린 출판사에 취직했어요. 거기서 남편을 만났죠. 남편도 나처럼 사람들과 거리를 두는 삶에 만족했어요. 우리는 자식이 없었지만 대신 책은 아주 많이 읽었죠."

"남편분은……"

"2003년에 죽었어요. 우리가 여기 시에스타키에 정착할 작정으로 이사한 지 몇 년 안 됐을 때였죠. 남편 패트릭이 죽은 직후에 프랭크가 처음이자 마지막으로 여기 왔어요. 또 오겠다고 약속했지만 아마 시간이 없었을 거예요. 호텔을 운영하면 그렇게 되죠. 누가 프랭크를 죽였는지 알아냈나요?"

갑작스러운 질문에 샘은 깜짝 놀랐다. "아뇨. 하지만 프랭크를 죽인 범인이 다른 사람들도 죽이고 있습니다. 피해자 이름이 전부 명단에 있었어요."

"이제야 이해가 되네요. 지난번에 다른 경찰과 정말 알아듣기 힘든 통화를 했는데 내게 여러 사람의 이름을 묻더군요. 조금이라도 귀에 익은 이름은 하나도 없었어요."

"제가 다시 여쭤봐도 될까요?"

"뭘요? 이름을? 그거야 상관없지만 내 대답은 바뀌지 않을 거예요."

샘은 이름을 하나씩 불렀고—이제 그 이름을 다 외웠다—신시아는 이름을 들을 때마다 생각하는 듯했으나 결국에는 전부 모르는 이름이라고 대답했다.

"여기까지 온 이유가 그게 전부는 아니었으면 좋겠네요." 신시아가 말했다.

"아닙니다. 사실은 윈드워드 리조트의 역사를 여쭤보고 싶었습니다. 혹시 과거에 거기서 어떤 사건이 벌어진 적 있나요? 평범하지 않은 사건이라면 뭐든 괜찮습니다."

"과거라고 하면……"

"부인과 프랭크가 어렸을 때 있었던 일일 수도 있고, 더 최근의 일일 수도 있고요."

"잠시 생각해볼게요. 어쩌면 진토닉을 조금 일찍 마셔야 할지도 모르겠네요, 오늘만 특별히요."

"어떤 비율로 조합한 진토닉을 좋아하시는지, 재료가 어디에 있는지 말씀해주시면 부인이 생각하시는 동안 제가 기꺼이 만들겠습니다."

"당신도 함께 마신다면요."

"그거 좋죠." 샘이 말하자 신시아는 주방으로 가는 길을 알려주었다. 샘은 바닥에 테라초 타일이 깔린 거실을 가로질러 환한 주방 벽감으로 갔다. 티끌 한 점 없이 깨끗한 조리대에 고든스 진 한 병과 퍼블릭스 토닉워터 한 병이 있었다. 샘은 근사한 하이볼잔을 발견하고 진토닉 두 잔을 만들어 파티오로 가져갔다.

"남자에게 칵테일을 대접받다니. 이런 호사를 다 누리네요." 신시아가 말했다.

샘은 다시 의자에 앉아 진토닉을 한 모금 마셨다. 너무 진하게 만든 건 아닌지 걱정했지만 신시아는 한 모금 마시더니 아주 맛있다고 했다.

"뭐가 좀 떠올랐나요?" 샘이 물었다.

"호텔의 역사요? 두 가지가 떠오르네요. 둘 다 내가 아직 윈드워드에 살 때 일어난 일이니 지금으로서는 고릿적 이야기죠."

"괜찮습니다. 듣고 싶어요."

"그렇다면 말해드리죠. 가장 충격적인 사건은 내가 열여덟 살 때, 대학으로 떠나기 직전에 일어났어요. 1961년 여름이었을 거예요. 우리 리조트에 손님 두 명이 묵고 있었는데 남자와 여자였죠. 사건이 일어난 후에 다들 처음부터 부부가 아닐 줄 알았다고 말하더군요. 듣자하니 두 사람은 부부 행세를 했던 모양이에요. 당시 난 가끔씩 프런트에서 일했는데, 두 사람에 대한 기억은 전혀 없어요." 신시아는 말을 멈추고 진토닉을 한 모금 마셨다. 마치 기억을 되살리려 애쓰는 듯 천천히. "중년 커플이었는데 체크아웃을 하기로 한 날에 방에서 나오질 않았어요. 청소부가 방에 들어갔다가 죽어 있는 두 사람을 발견했죠. 당시 사람들 말에 따르면 남자가 면도칼로 여자를 죽인 다음 욕조에 들어가 자기 손목을 그은 모양이에요. 경찰과 기자들이 왔던 기억이 나요. 무슨 일이 있었는지를 두고 의견이 분분했죠. 남자가 여자를 죽인 다음에 자살을 했는지 아니면 합의하에 동반자살하기로 했는지는 확실하지 않아요. 둘 다 기혼자였다는 사실은 기억나요."

"두 사람 이름을 기억하세요?"

"당신이 물어볼 줄 알았어요. 유감이지만 기억이 안 나네요. 기억나는 건 두 사람이 체크인할 때 누가 봐도 뻔한 가명을 댔다는 거예요. 존과 제인 스미스라고 했나. 하지만 본명은 기억나지 않아요. 객실 번호는 기억해요. 22호. 낡은 동에 있던 객실이었는데 1970년대에 건물 자체를 허물어버렸죠. 사건 이후로 그 방에는 손님을 받지 않았을 거예요."

"1961년이 확실한가요?"

"네. 확실해요. 왜냐하면 내가 그해에 대학에 입학했거든요."

"아까 두 가지 사건이라고 하셨는데요."

"두번째는 그다지 떠들썩한 사건은 아니었어요. 내가 그 사건을 기억하는 이유는 당시 나도 어린아이였기 때문일 거예요." 신시아는 생각을 정리하는 듯 시선을 위로 한 채 진토닉을 한 모금 마셨다. "그리고 미안하지만 이 사건 역시 피해자들 이름은 기억나지 않아요. 내가 열두 살인가 열세 살 때 있었던 일이죠. 윈드워드 리조트에 묵고 있던 한 여자아이가 방조제 아래쪽에 쌓인 돌 틈으로 기어들어갔다가 밀물이 들어와 익사했어요."

"그 아이와 아는 사이였나요?"

"아뇨. 여름 동안 리조트에 머무는 아이들과 전부 친하게 지낸 사람은 프랭크였죠. 난 주로 방에서 책을 읽었어요. 아, 정말 우습네요. 방금 당신에게 그 여자아이에 대해서 프랭크에게 물어보라고 말하려 했어요. 하지만 당연히 불가능한 일이죠."

"네." 샘이 말했고, 신시아가 자세를 바꾸는 동안 침묵을 지키다가 입을 열었다. "방조제라고 하시면……"

"케너윅 해변의 방파제요."

"프랭크가 죽은……"

"네, 맞아요. 그 생각은 미처 못했네요. 하지만 바로 거기예요. 프랭크는 틀림없이 오래전 그 여자애가 죽은 곳 근처에서 죽었을 거예요. 당연히 끔찍한 사건이었죠. 어떻게 보면 객실에서 죽은 그 커플보다 훨씬 더 끔찍한. 어린아이가 사고로 죽었으니까요. 요즘 같았으면 아마 방파제 주위에 철조망을 치고 사방에 경고문을 붙였을 거예요. 하지만 당시에는…… 그런 일이 있어도 그냥 지나갔죠."

샘은 진토닉을 다 마실 때까지 그 집에 머물렀고, 두 사람은 윈드워드에서 보낸 그녀의 어린 시절에 대해 좀더 이야기를 나눴다. 신시아는 기억력이 좋았고, 샘은 그녀의 이야기를 듣는 게 재미있었다. 하지만 배가 고팠고, 또한 노트북이 있는 모텔 방으로 돌아가 그녀에게 들은 사건을 검색하고 싶었기 때문에 가능한 한 빨리 자리를 떴다. 가는 길에 쇼핑몰에 있는 해산물 레스토랑에 들러 피시 타코를 포장 주문한 다음 진토닉을 한 잔 더 마시며 기다렸다. 타코를 들고 모텔로 돌아와 에어컨을 세게 틀어놓고 인터넷 검색을 시작했다. 신시아 홉킨스의 기억력이 얼마나 좋은지 알아봐야 했다.

3

10월 21일 금요일 오후 8시 22분

캐럴라인에게서 할일이 너무 많으니 오늘밤에는 통화하지 말자는 문자가 오자, 이선은 기다란 칼로 배를 찔린 기분이었다. 그는 답장을 보냈다. **그래요. 수고해요.** 그런 다음 청재킷을 찾아 입고 걸어서 카지노 엘 카미노에 갔다. 거기 가는 것도 꽤 오랜만이었다. 모스코뮬을 주문하는 그에게 바텐더 로런도 오랜만이라며 인사를 건넸다.

레센데즈 경관이 공공장소에서 보내는 시간을 줄여달라고 부탁하기는 했으나, 대놓고 집에만 있으라고 말하지도 않았다. 게다가 오늘밤에는 상관없었다. 비록 늘 그러듯이 어제도 명단의 이름을 검색하다가 제이 코츠가 지난주에 로스앤젤레스에서 살해되었다는 뉴스를 보기는 했지만. 명단이 점점 짧아지고 있었다.

모스코뮬을 석 잔째 마시던 이선은 뒤쪽 칸막이 좌석에서 낯익은 두 여자를 발견했다. 시간이 걸리기는 했지만 그들이 누구인지 기억해냈다. 예전에 그가 버키츠라는 단명한 밴드에서 활동할 때 공연하곤 했던 클럽의 웨이트리스였다. 이선이 그쪽으로 어슬렁거리며 다가가자 두 여자가 합석을 제안했다. 이선은 주문한 론스타 잔을 들고 칸막이 좌석으로 들어갔다. 그들과 합석한 지 한 시간쯤 되었을 때 이선은 둘 중에서 더 예쁘고 통통한 여자와 하룻밤 잤던 일이 기억났다. 이 년쯤 전에 공연을 마친 뒤였다. 그녀의 이름은 얼리샤였는데 본인은 꼭 얼리시아라고 네 음절로 발음했다. 얼리샤가 테이블 아래에서 그의 무릎에 계속 자신의 무릎을 대는 걸로 보아 그녀도 그날 밤을 기억하는 듯했다.

세 사람은 폐점 시간에 다 함께 일어났다. 제니퍼는 이미 리프트*로 차를 불러둔 터라 밖으로 나오자마자 얼리샤와 이선만 남겨둔 채 차를 타고 가버렸다. 둘은 이선의 집으로 걸어갔고, 이선은 여성 보컬을 위해 작곡한 새 곡에 대해 이야기하면서 자신이 기타로 반주를 칠 테니 그 노래를 조금만 불러달라고 얼리샤에게 부탁했다. 이건 이선이 여자에게 자주 쓰는 수법이었는데 순간적으로 예전에 얼리샤와 잤을 때도 이 수법을 써먹었나 싶어 패닉에 빠졌다. 하지만 얼리샤는 아무런 내색도 하지 않았다.

* 우버 같은 차량 호출 서비스.

그의 집에 도착해서 이선이 기타를 튜닝하고 자신이 쓴 가사를 출력하는 동안 얼리샤는 대마초를 말았다. 얼리샤는 실제로 목소리가 예뻤고, 노래는 그가 기억하는 것보다 더 좋았다. 그들은 노래를 두어 번 정도 부른 뒤에 소파에서 키스했고, 얼리샤는 전에도 자신과 키스했던 걸 기억하느냐고 물었다. "내가 왜 애초에 너희에게 말을 걸었겠어?" 이선이 말했다.

둘은 요로 자리를 옮기고 불을 껐다. 이선은 집에 온 뒤 처음으로 캐럴라인을 생각했다. 갑자기 혼자 있고 싶었다. 노트북을 열고 캐럴라인에게 영상통화를 할 수 있는지 묻고 싶었다. 창문으로 들어오는 달빛 덕분에 거의 감긴 얼리샤의 눈을 볼 수 있었다. 그녀의 입에서 술냄새가 진동했다.

"얼리샤, 가서 음악 좀 틀고 올게. 눈 감고 기다려. 잠들지는 말고, 알았지?" 이선이 말했다.

"당연하지."

이선은 일어나서 레이철 야마가타의 음반을 틀었고, 두 곡이 흐르는 동안 소파에 앉아 있었다. 다시 침실로 살금살금 들어갔더니 다행히도 얼리샤는 엎드려서 한쪽 다리를 이불 밖으로 내민 채 부드럽게 코를 골고 있었다.

이선은 다시 소파로 돌아가 노트북을 열고 텍사스주 오스틴과 미시간주 앤아버의 중간 지점이 어디인지 찾아보았다. 쇼니 국유림 근처에 멋진 산장이 있었는데 두 사람이 만나기에 딱 좋아 보였다. 이선은 캐럴라인에게 문자를 보냈다.

오늘밤 당신이 그립네요. 일리노이주 마칸다에 있는 롤링 브룩 산장에서 만날까요?

4

10월 21일 금요일 오후 11시 15분

캐럴라인은 이선에게 온 문자를 보고 답장을 썼다. 좋아요. 언제 만날까요?

당신이 정해요. 난 언제든 가능하니까. 이선에게서 답장이 왔다.

캐럴라인은 자신의 일정을 꿰고 있었지만 그래도 달력을 펼쳤다. 다음주 주말이 한가했다. 채점할 과제가 산더미처럼 쌓였지만 오늘밤에 많이 끝냈고, 다음주 평일 내내 좀더 할 수 있었다. 이선을 직접 만난다고 생각하니 배가 아팠으나 꼭 나쁜 의미는 아니었다. 만약 어색하거나, 둘 사이에 육체적 교감 같은 것이 전혀 없다면 적어도 친구로는 남을 수 있었다. 둘은 이미 친구였다.

금요일에 볼까요? 캐럴라인이 문자를 보냈다.

좋아요. 이선이 답장했다.

캐럴라인: 근데 핼러윈 주말이에요.

이선: 중요한 약속이라도 있어요? 취소할까요?

캐럴라인: 우리 학생들에게는 중요한 주말이죠. 다들 섹시한 코스튬을 입거든요.

이선: 파티에 초대받았어요?

캐럴라인: 초대야 늘 받죠. 동료가 핼러윈이 낀 토요일 밤마다 파티를 열거든요.

이선: 다른 주말에 볼까요?

캐럴라인: 아뇨. 당신을 만나면 코스튬을 고민할 필요가 없잖아요.

이선: 음탕한 실비아 플라스는 어때요?

캐럴라인: 이미 이 년 전에 했어요. 사람들이 기억할 거예요. 당신은 어때요? 파티에 안 가요?

이선: 갈 수 있는 파티가 있기는 하지만 난 일리노이에 더 가고 싶어요.

캐럴라인: 다행이네요. 당신은 어떤 코스튬을 입으려고 했어요?

이선: 빈털터리 록스타요. 매년 똑같은 코스튬이죠.

두 사람은 한 시간 동안 문자를 더 주고받았고, 대화가 끝나갈 무렵에 이선이 다음주 금요일과 토요일 이틀 동안 산장을 예약했다.

캐럴라인은 침대에 누워 이선을 만나는 일과 그가 무엇을 기대할지, 그와 함께 있으면 어떤 기분이 들지 걱정하지 않으려 애썼다. 대신 에스트렐라와 페이블을 누구에게 맡겨야 할지 걱정했다. 또 그녀와 이선 모두 살해 명단에 오른 상황에서 둘이 함께 어딘가로 여행을 떠나는 건 위험하지 않을까 걱정했다. 어쩌면 둘이 함께 있으려는 시도 자체가 어리석은 짓인지도 몰랐다. 하지만 마음 한편으로는 신경쓰지 않았다, 혹은 그다지 크게 신경이 쓰이지는 않았다. 그녀가 이선과 이야기할 때 혹은 이메일이나 문자를 주고받을 때조차 느꼈던 감정이 너무 강렬하고 너무 자유로워서, 그와 직접 만나도 이 감정이 지속되는지 알아봐야 했다. 캐럴라인은 가끔씩 자신이 진정으로 사랑에 빠진 적이 있는지 궁금했다. 그녀가 진지하게 사귄 남자친구는 앨릭 그레셤뿐인데, 풀브라이트 장학금을 받기 위해 옥스퍼드에 갔을 때 만났다. 앨릭은 미국으로 건너와 그녀가 이서커에서 박사과정을 마칠 때까지 이 년 동안 함께 지냈다. 그가 영국으로 돌아갈 무렵 둘은 연인이라기보다 단짝 친구에 더 가까운 느낌이었다. 아니, 그렇지 않다. 당시 캐럴라인은 그를 사랑했고, 어떤 면에서는 지금도 그를 사랑했다. 하지만 지금 갑자기 이선에게 느끼는 감정을 앨릭에게는 느껴본 적이 없었다. 『이성과 감성』의 한 구절이 계속 머릿속을 맴돌았다. "친밀감을 결정하는 것은 시간이나 기회가 아니라 오로지 성향이다. 어떤 사람에게는 칠 년이라는 시간도 서로를 알아가기에 부족할 수 있고, 어떤 사람에게는 칠 일만으로도 충분할 수 있다." 이선과 그녀는 성향이 맞는 걸까? 아니면 그저 둘이 처한 상황 때문일 수도 있다. 캐럴라인은 어떻게든 알아내야 했다.

이튿날 아침 캐럴라인은 강사이자 고양이를 좋아하는 동료 메이브와 이야기했고, 메이브는 주말 동안 그녀의 고양이를 돌봐주기로 했다("내가 계속 키워버릴지도 몰라"). 캐럴라인은 자신의 신변 보호를 담당한 리즈 핸리 경관에게도 전화했다. 핸리 경관은 일리노이주 롤링 브룩 산장 외부에 경관을 배치하겠다고, 자세한 내용은 다시 알려주겠다고 말했다. 통화를 끝내면서 핸리 경관이 말했다. "남자 전화에 달려가기에는 너무 먼 거리네요." 그러고는 종종 그러듯이 호탕한 웃음으로 마무리했다.

"그러게요." 딱히 그런 건 아니라고 말하고 싶은 충동을 억누르며 캐럴라인이 말했다. 하지만 그 말이 맞다는 걸 그녀도 알았다.

5

10월 26일 수요일 오후 5시 33분

잭 래디보는 고급 호텔 객실의 편안한 침대에서 전화를 걸었다. 신호음이 두 번 울리더니 상대가 전화를 받았다. "엘런 머서입니다."

"머서 요원, 안녕하세요. 잭 래디보입니다. 지난번에 통화……"

"안녕하세요, 잭. 누군지 알아요. 어떻게 지내세요?"

"잘 지냅니다. 아무 문제 없어요. 근데 지난번에 당신이 했던 말이 생각나서요. 사건과 조금이라도 연관 있는 사실이 생각나면 전화하라고……"

"맞아요."

"음, 명단에 있는 다른 사람들의 이름은 여전히 생소합니다. 하지만 검색해봤더니 프랭크 홉킨스가 윈드워드 리조트 소유주였더군요. 사실인가요?"

"네."

"내가 착각한 게 아니라면, 윈드워드 리조트에 묵은 적이 있습니다. 확실해요. 메인주 케너윅에 있는 리조트가 맞죠?"

"네, 맞아요."

"아주 옛날 일입니다. 내가 열두 살 때였는데 그해 여름을 가족과 거기서 보냈어요."

"그럼 프랭크 홉킨스도 기억나세요?" 머서 요원이 물었다.

"아뇨. 1956년에 프랭크 홉킨스가 리조트를 운영했을 것 같지는 않군요."

"사실 프랭크 홉킨스는 1956년에 그 리조트에 있었어요. 당시 그의 부모님이 리조트를 운영했고, 저희가 조사한 바로는 프랭크 홉킨스는 평생 거기 살았어요."

"아."

"그러니까 래디보 씨가 거기 머물렀을 때 프랭크 홉킨스를 만났을 가능성이 매우 커요. 두 분은 나이가 비슷했을 거예요."

잭은 침대 머리맡 테이블에 놓인 미네랄워터를 한 모금 마셨다. 호텔에서 무료로 제공하는 생수였다. "만났을 수도 있겠네요. 당시 그 리조트는 내 또래 아이들 천지였어요. 이름은 하나도 기억나지 않지만."

"당연히 그렇겠죠, 이해합니다."

"저기, 내가 거기 머물렀던 건 순전히 우연의 일치겠지만 그래도 당신이……"

"그럼요, 그럼요. 전화 잘하셨어요. 설사 우연이라 해도 생각나는 게 있다면 뭐든 도움이 될 거예요. 다른 이름에 대해서는 기억나는 거 없으세요?"

"네, 유감이지만 없네요."

"뭐라도 생각나시면……"

"연락드리죠. 약속합니다."

"그리고 하나 더 있어요, 잭. 안 그래도 경찰 보호를 받는 걸 재고하실 생각이 있는지 물어보려던 참이었어요. 특정 시간대만이라도 가끔씩 집 앞에 암행 순찰차가 잠복할 순 없을까요?"

"지금 나는 여행중이라 빈집만 지키게 될 겁니다. 정말이지 그럴 필요 없어요. 제안은 고맙지만 사양할게요."

전화기 너머에서 머서 요원의 한숨소리가 들렸다. "알겠습니다. 윈드워드 리조트에 대해 알려주셔서 감사합니다. 또 생각나는 게 있으시면 언제든 전화 주세요. 뭐든지 좋아요."

전화를 끊은 후 잭은 FBI에 연락한 게 옳은 일이었는지 잠시 생각했다. 윈드워드 리조트에서 누이에게 있었던 일도 말했어야 했을까?

그때 노크 소리가 들렸다. 머서 요원에게 전화하기 직전에 룸서비스를 요청하긴 했지만 이렇게 빨리 올 리는 없었다. 잭은 조심스럽게 침대에서 내려와—출장을 다닐 때면 항상 특히 더 늙은이가 된 기분이 들었다—문을 살짝 열었더니 키 작은 라틴계 남자가 보였다. 남자가 든 쟁반에는 잭이 주문한 콥샐러드와 와인 반병이 놓여 있었다. 잭은 쟁반을 들고 객실의 유일한 창문 앞에 있는 테이블로 갔다. 붙어 있는 세 개의 판유리 너머로 평평한 농지의 전경이 시야 끝까지 펼쳐졌다. 창문으로 저물어가는 햇살이 들어왔지만 전경 중간쯤 어딘가에 먹구름과 그 아래 양털 구름이 보였고, 멀리서 폭풍우가 쳤다. 순간적으로 잭은 지금 자신이 어디에 있는지 완전히 잊어버렸다가 이내 인디애나폴리스 외곽이라는 사실을 기억해냈다.

그는 자리에 앉아 샐러드에 씌운 랩을 벗겨냈다. 구운 닭고기와 베이컨을 포함해 모든 재료가 얼음장처럼 차가웠다. 미리 만들어 냉장고에 넣어두었으니 이렇게 빨리 가져온 게 당연했다. 잭은 마개를 비틀어 열고 와인을 한 잔 따랐다.

6

10월 28일 금요일 오후 5시 47분

롤링 브룩 산장은 밖에선 평범해 보여도 내부는 호화로운 편이었다. 엘엘빈* 카탈로그 속에 들어온 듯한 분위기로 진갈색 목제 가구에 벽에는 낚시 그림이 걸렸고 침대는 빨강, 초록, 노랑 줄무늬의 흰 담요로 덮여 있었다. 사용 가능한 벽난로와 일인용 소파 두 개가 있었고, 욕실에는 깊은 욕조가 설치되어 있었다.

먼저 도착한 이선은 캐럴라인에게 체크인을 마쳤으니 곧바로 산장으로 오라는 문자를 보냈다. 캐럴라인에게서 삼십 분 뒤에 도착한다는 문자가 왔다. 이선은 긴장되어 산장을 서성였고, 얼른 샤워라도 할까 고민하다가 하지 않기로 했다. 계속 창문으로

* 미국의 정통 아웃도어 브랜드.

다가가 커튼을 젖히고 캐럴라인이 도착했는지 확인했다. 그가 체크인한 뒤에 한 경관이 이선을 찾아와 자신을 소개했는데도 순찰차는 눈에 들어오지 않았다.

이선은 냉장고를 살펴보았다. 호텔에서 무료로 제공하는 화이트와인 한 병과 랩을 씌운 과일 한 접시가 있었다. 그는 둘 다 그대로 두었다. 그의 배낭에 꽤 강력한 대마초를 꾹꾹 눌러담은 파이프가 있었지만, 캐럴라인을 처음 만나는 자리에서는 맨정신을 유지하고 싶었다. 왠지 꼭 그래야 할 것 같았다.

문을 두드리는 소리에 그의 가슴이 쿵쾅거렸다. 이선이 문을 열자 캐럴라인이 서 있었다. 생각보다 키가 크고, 미소를 띤 얼굴은 발그레했다.

"긴장되네요." 캐럴라인이 말했다.

"나도요. 대체 왜 긴장되는 걸까요?"

"그러니까요."

캐럴라인은 산장 안으로 들어와 여행가방을 내려놓았고, 둘은 포옹했다. 좋으면서도 초현실적인 기분이 들었다. 마치 세상이 갑자기 한 차원 더 확장된 듯했고 이선은 서둘러 그 느낌을 받아들이려 했다.

"우리 이제 뭘 해야 하죠?" 캐럴라인이 물었다.

"뭘 하고 싶어요?"

"내가 먼저 물어봤잖아요."

"내 생각에는 함께 침대로 가야 할 거 같아요. 섹스를 하든 안 하든 상관없어요. 난 그저 당신 옆에 누워서 당신을 만지고 키스하고 싶어요."

"나도 그러고 싶어요."

두 시간 뒤 그들은 침대에서 와인을 마시며 과일을 먹었다. 둘 다 지난 몇 주 동안 느꼈던 친밀감이 여전히 지속된다는 사실에 크게 안도했다. 가끔씩 둘 중 하나가, 혹은 둘 다 갑자기 웃음을 터뜨렸다.

"누가 우릴 본다면……" 캐럴라인이 말했다.

"상관없어요. 난 당신과 함께 있어서 너무 행복해요."

"나도요."

한 시간 뒤 둘은 서로 마주보고 누워 알몸 위로 시트와 담요를 끌어당겼다. 둘 다 기진맥진했다. "'우리는 파티가 끝날 무렵에 만났다.'" 이선이 말했다.

캐럴라인은 잠시 어리둥절해하다가 웃음을 터뜨렸다. "지금 내 앞에서 시를 인용한 거예요?"

"당신이 찾아낸 시죠."

"알아요. '우리는 파티가 끝날 무렵에 만났다, 술이 다 떨어졌을 때.'"

"나머지도 알아요?"

"일부만요. 전부는 아니고. 이제 시 인용은 안 해요."

"우리 만나길 잘했네요." 이선이 말했다.

"생각할수록 너무 신기해요, 우리가 알게 된 과정이."

"나도 늘 그렇게 생각해요."

"운명적인 만남이었다고 생각해요?" 캐럴라인이 말했다.

이선이 잠시 생각한 뒤에 대답했다. "아뇨. 난 소울메이트는 안 믿어요. 모든 사람에게 완벽한 한 명의 짝만 있다고 생각하지도 않고요. 완벽한 짝은 많고, 가끔은 짝을 찾지 못하거나 두 명 혹은 그 이상을 찾는다고 생각해요. 복불복이죠."

"동의해요. 나도 소울메이트는 안 믿어요. 하지만 성향은 믿어요."

"그래요?" 이선이 말했다.

"어떤 면에서 우리는 닮지 않았지만 성향은 비슷하죠. 나는 그게 제일 중요하다고 생각해요. 이렇게 만나길 정말 잘한 것 같아요."

"나도요. 다른 건 몰라도 이 침대는 내가 지금껏 자본 침대 중에서 제일 편해요."

"하하. 그렇죠?" 캐럴라인이 말했다.

둘은 깊은 잠에 빠져들었다. 아까 그들이 마신 와인에 코르크 마개를 뚫고 주입된 액상 벤조다이아제핀 때문이었다. 이윽고 잠든 그들에게 처음에는 훨씬 더 많은 양의 벤조다이아제핀이, 이어서 치사량의 모르핀이 주입되어 둘 다 깨어나지 못했다. 자신을 안고 있는 남자보다 체중이 거의 20킬로그램가량 덜 나가는 캐럴라인은 살짝 경련을 일으켰고, 뇌에 산소가 부족해져서 사망했다.

셋

~~Matthew Beaumont~~

~~Jay Coates~~

Ethan Dart

~~Caroline Geddes~~

~~Frank Hopkins~~

Alison Horne

~~Arthur Kruse~~

Jack Radebaugh

~~Jessica Winslow~~

1

10월 29일 토요일 오전 2시 22분

이십 분 뒤, 이선 다트도 캐럴라인 게디스와 같은 방식으로 사망했다.

둘

~~Matthew Beaumont~~

~~Jay Coates~~

~~Ethan Dart~~

~~Caroline Geddes~~

~~Frank Hopkins~~

Alison Horne

~~Arthur Kruse~~

Jack Radebaugh

~~Jessica Winslow~~

1

10월 30일 일요일 오후 4시 39분

뉴올리언스 세인츠 미식축구팀의 경기가 막 시작되었다. 비록 텔레비전 앞에 앉아 경기를 볼 생각은 없었지만 샘 해밀턴은 맥주를 한 캔 땄다. 그는 서재에 있었고, 텔레비전 음량을 크게 높여둔 터라 결정적인 순간을 놓치지 않고 들을 수 있었다. 서재 벽엔 사진, 신문기사 스크랩, 그가 직접 쓴 메모가 빼곡히 붙어 있었는데, 모두 프랭크 홉킨스 혹은 그가 '아홉 명의 명단'이라고 이름 붙인 사건과 연관이 있었다. 플로리다로 가서 프랭크 홉킨스의 여동생 신시아를 만나고 온 이후로 샘은 주 경찰 메리 파킨슨에게 주기적으로 최신 정보를 받는 데에 그치지 않고 신시아에게 들었던 두 사건을 조사하는 데 열을 올렸다. 그리고 마침내 지금 벌어지는 모든 일의 열쇠가 될 만한 무언가를 찾아냈다.

처음에는 1961년에 벌어진 자살 혹은 살인사건에 집중했다. 메인주 포틀랜드 출신의 바트 냅이라는 남자가 윈드워드 리조트에서 자신의 정부 벳시 스터니번을 살해한 뒤 자살했다. 둘 다 기혼자였고, 메인주 포틀랜드에 있는 회계사무소에서 일했다. 이 사건은 전국적인 뉴스였던 터라 자세한 내용을 찾기가 그리 어렵지 않았다. 객실에서 심각한 몸싸움을 벌인 흔적이 없고, 두 사망자 모두 혈액에서 진정제와 알코올 성분이 나왔기 때문에 공식적으로 동반자살이라는 결론을 내렸다. 벳시가 침대에 누워 손목을 긋고, 바트는 욕조로 가서 면도날로 손목을 그었을 거라고 추정했다. 하지만 벳시 스터니번의 유가족은 그 결론을 거부하며 바트가 벳시를 살해했을 뿐 아니라 억지로 윈드워드 리조트로 끌고 가 계속 진정제를 투여했다고 주장했다.

충격적인 사건이었다. 샘은 많은 기사를 찾아 읽었는데, 대부분이 당시 지방신문 〈케너윅 스타〉에 실린 것이었다. 그때 사건을 조사했던 경찰은 모두 사망했다. 하지만 바트 냅과 벳시 스터니번에게는 사망 당시 어린 자녀가 있었고, 샘은 그들을 찾아볼까 고민했다. 지금은 육십대 초반이나 중반쯤일 것이다. 하지만 두 연인 중 어느 쪽도 명단에 있는 사람들과 연관이 없었기에 결국 찾지 않기로 했다. 궁극적으로 이쪽은 막다른 길이라는 결론을 내렸다.

그럼 남는 건 방파제에서 익사한 소녀 사건뿐이었다. 샘이 검색창에 '윈드워드 리조트'와 '익사'를 입력했더니 2000년에 방파제 부근에서 수영하다가 사망한 두에인 워즈니악이라는 십대 소년 기사만 나왔다. 샘은 그 사건에 대해 찾을 수 있는 기사를 전부 다 읽었지만 모든 면에서 사고가 틀림없었고, 두에인 워즈니악의 가족과 명단에 있는 사람들 간에도 연관성을 찾을 수 없었다. 왠지 몰라도 샘은 프랭크의 여동생에게 들은 사연에 훨씬 더 끌렸다. 신시아는 그 사건이 일어났을 때 자신이 열두 살인가 열세 살이라고 했다. 또한 1961년에 자신이 열여덟 살이라고 했으니 익사 사고는 1955년이나 1956년에 일어났을 확률이 높다. 인터넷 검색으로는 그 무렵 윈드워드 리조트에서 일어난 익사 사고 관련 기사를 찾기 힘든 게 이해가 갔다. 메인주 해변에서 어린 소녀가 익사한 사고는 딱히 전국적으로 보도될 기삿감은 아니었고, 전국 단위 신문만 데이터베이스화되었기 때문이다. 하지만 틀림없이 지역신문에는 언급되었을 것이다. 그래서 샘은 지난 사흘 동안 케너윅 공공도서관에 앉아 1950년대 중반에 발행된 지역신문 〈케너윅 스타〉와 〈서던 메인 포캐스터〉의 마이크로필름을 눈이 흐릿해지도록 훑어보았다. 그는 거의 포기하려다가 마침내 세 시간 전에 〈케너윅 스타〉에서 1956년 7월에 페이 그랜트라는 소녀가 익사한 비극적 사건을 다룬 기사를 찾아냈다. 소녀는 열 살로 엄마랑 오빠와 함께 윈드워드 리조트에서 여름을 보내고 있었다. 기사에 인용된 윌리엄 케이블이라는 형사의 말에 따르면 페이 그랜트의 죽음은 사고로, 돌을 쌓아둔 방파제 틈 아래로 들어갔다가 밀물이 들어오는 바람에 빠져나오지 못한 것 같았다.

한 기사에 페이의 유가족 이름이 언급되어 있었다. 아버지는 코네티컷주 하트퍼드 출신의 보험회사 임원 존 그랜트였다. 페이의 오빠는 '리틀 잭 그랜트'라고 한 걸로 보아 아버지와 이름이 같은 듯했다. 엄마의 이름은 릴리 그랜트, 결혼 전 성은 래디보였고 볼티모어 출신이었다.

그 대목을 읽었을 때 샘의 양팔과 목덜미에 찌릿한 전율이 흘렀다. '리틀 잭 그랜트'는 잭 래디보라는 필명을 사용했을 수 있다. 만약 페이가 그의 여동생이라면 아홉 명의 명단은 페이의 죽음과 연관이 있을 것이다. 아마 복수이리라. 페이가 죽었을 때 윈드워드 리조트에 있었을 프랭크 홉킨스는 방파제 근처에서 익사했다. 명단의 나머지 사람들은 페이의 죽음을 목격하기에는 너무 어렸다…… 샘은 그들이 왜 표적이 되었는지 알 수 없었다. 최대한 추측해보자면 잭이 유죄라고 믿었던 사람들과 어떻게든 연관이 있지 않을까 하는 것이었다. 어쩌면 부모 중 한 명과. 그러면 연도상으로도 맞아떨어졌다.

주 경찰 메리 파킨슨 형사와 FBI 루스 잭슨 요원에게 모든 관련 기사의 JPEG 이미지 파일을 첨부한 이메일을 보낸 후, 샘은 이제 피해자의 가족에 대해 적어둔 메모를 검토했다. 모든 게 맞아떨어졌다. 피해자 본인보다 부모 간에 더 비슷한 점이 많았다. 모두 백인에 중산층 혹은 중상류층이었고, 뉴잉글랜드 부근에 살았다. 그리고 한 가지 더 있었다. 샘이 일주일 전에 깨달은 사실이었는데, 명단의 아홉 명 중에 남자가 여섯이고 여자가 셋이었다. 샘은 그 점에 주목했다. 만약 잭 래디보나 다른 누군가가(그것도 가능했다) 여동생의 죽음에 연루되었다고 생각한 자들의 자식을 살해하기로 했다면, 그들을 고통 없이 죽이고자 했을 것이다. 뿐만 아니라 아마 딸보다는 아들을 살해 대상으로 선택했을 것이다. 제시카 윈즐로가 명단에 오른 이유는 당연히 외동이었기 때문이다. 그리고 캐럴라인 게디스는 외동은 아니었지만 남동생이 외국에 있었다. 머릿속이 복잡해지자 샘은 냉장고로 가서 맥주를 한 캔 더 꺼냈다. 텔레비전에서 중계하는 미식축구 경기에는 눈길조차 주지 않았다.

서재로 돌아온 그는 아직 소재를 파악하지 못한 앨리슨 혼을 생각했다. 그 여자는 이미 죽었을까? 아마 아닐 것이다. 만약 죽었다면 FBI가 경찰 조서든 사망 통지서든 뭐라도 찾아냈을 것이다. 어쩌면 죽었는데 아직 시신이 발견되지 않았을 수도 있다. 하지만 그렇다면 틀림없이 누군가 실종 신고를 했으리라. 따라서 샘은 그녀가 아직 살아 있을 거라고 추정했다. 그녀는 어디에 있을까? 그리고 자신이 얼마나 큰 위험에 처했는지 알고 있을까?

2

10월 31일 월요일 오후 3시 3분

조너선 그랜트는 공항에서 앨리슨에게 버뮤다로 돌아왔으며 삼십 분 뒤면 집에 도착할 거라는 문자를 보내려다가 마음을 바꿨다. 앨리슨을 깜짝 놀라게 해주고 싶었다. 그녀가 깜짝 이벤트를 별로 좋아하지 않는다는 사실을 잘 알면서도.

처치폴리 레인에 있는 저택에 들어선 조너선은 매트에 구두를 문지르며 "나 왔어"라고 외쳤다. 집안은 조용했다. 그는 앨리슨이 타바코만에 가거나 산책을 나간 건가 싶었다. 하지만 그때 긴 흰색 나이트가운을 입은 앨리슨이 계단에 나타났다. 순간적으로 조너선은 이상하게도 유령을 보는 듯한 기분이 들었다.

"나 왔어." 그가 말했다.

앨리슨은 계단을 내려와 조너선을 껴안으며 말했다. "잘 왔어요." 그러고는 곧바로 덧붙였다. "전화를 먼저 해주지 그랬어요."

"당신을 놀라게 해주고 싶어서. 살이 빠진 것 같네."

"아." 앨리슨은 얇은 가운을 입은 자신을 내려다봤다. "요거트와 과일만 먹고 살아서 그런가봐요. 당신이 돌아와서 정말 기뻐요."

"일단 짐 먼저 풀고 샤워 좀 할게. 그런 다음 함께 나가서 맛있는 저녁을 먹자고."

두 사람은 스위즐 인으로 갔고, 거기 갈 때면 늘 그러듯이 조너선은 그곳이 이제 관광객을 상대로 비싼 가격에 티셔츠와 칵테일잔을 파는 기념품 가게로 전락했다고 투덜댔다. 그래도 좋아하는 자리를 가까스로 얻어낸 다음 애피타이저로 차우더를, 메인으로 양파를 곁들인 간 요리를 주문했다. 앨리슨은 샐러드를 시켰다.

"출장은 어땠어요?" 그녀가 물었다.

"이제 다 끝났어."

"무슨 말이에요?"

"약속. 돈. 전부 다. 버뮤다에 대해 이야기 좀 해봐. 여기서 혼자 지내니까 어땠어?"

앨리슨은 로제와인을 한 모금 마신 뒤 말했다. "좋긴 했는데 잘 모르겠어요. 내가 가진 이상한 능력에 대해 말한 적 있나요?"

조너선이 미간을 찡그렸다. "아니. 없는 것 같은데."

"대단한 능력은 아닌데 어릴 때부터 나쁜 일이 일어나려고 하면 매번 느낌이 왔어요. 온몸에 한기가 느껴졌죠. 가끔은 그런 일이 일어나는 순간에 느낀 적도 있고요."

"더 말해봐. 재미있네."

앨리슨은 할머니의 임종을 확신했던 일, 고등학생 때 어느 금요일 오후에 복도에서 미시 탤벗을 지나치는데 몸에서 온기가 전부 빨려나가는 듯했던 일을 들려줬다. 미시는 이튿날인 토요일 밤에 사망했다. 브라이언 셰징어의 파티에 갔다가 남자친구의 차를 타고 집으로 돌아가던 중 포프 로드에서 자동차가 도로를 이탈하며 차에서 튕겨나간 것이다. 앨리슨은 예전에 조너선이 그녀에게 근무가 끝나고 와인을 함께 마시자고 청했던 그 밤에도 똑같은 한기를 느꼈다는 말은 하지 않았다. 하지만 그가 버뮤다를 떠나고 혼자 집에 머무는 동안 부정적인 감정과 한기에 휩싸였다고 말했다.

"딱히 예감 같은 건 아니에요. 처음에는 나도 그런 건 줄 알았는데, 아무래도 집 때문인 것 같아요. 집에 혼자 있으니까…… 어쩌면 옛날에 그 집에서 있었던 어떤 일들을 감지했을 수도 있고……"

"일리 있는 말이야." 조너선이 말하더니 진마티니를 길게 들이켰다. "그 집에는 사연이 있어. 단지 우리 가족만이 아니라 아마 그전에 살았던 사람들의 사연도 있을 거야."

"아니면 그냥 외로웠을 수도 있고요."

접시를 치우러 온 웨이트리스가 조너선을 '자기'라고 불렀다.

"몇 살 때부터 이 식당에 왔어요?" 웨이트리스가 가자 캐럴라인이 물었다.

"어릴 때부터. 평생이라고 할 수 있지. 여긴 오래된 식당이야. 백 년 정도 됐을걸."

"개인적인 질문 하나 해도 돼요?"

"물론이지."

"당신도 알다시피 내가 집안 곳곳을 뒤지고 다녔잖아요. 그러다 옷장에서 당신이 관심을 가질 만한 사진을 몇 장 더 찾아냈어요. 그리고 당신 여동생 사진은 어릴 때 찍은 것밖에 없다는 걸 깨달았죠. 내가 상관할 바는 아니지만."

"동생은 아주 어릴 때 죽었어. 내가 말 안 했나?" 조너선이 말했다.

"죽었다는 말은 했지만 언제, 왜 죽었는지는 말해주지 않았어요."

"열 살 때 죽었어. 그때 난 열두 살이었고. 아주 오래전 일이야."

"그래도 정말 안타깝네요. 동생 이름이 뭐였어요?"

"페이."

"어쩌다 죽은 거예요?"

"익사했어. 메인주에서. 여름에 가족끼리 케너윅에 있는 리조트에서 한 달을 묵었거든. 거기 해변에 돌을 쌓아 만든 방파제가 있었어. 간조 때면 여기저기 조수 웅덩이가 생기고, 아귀가 맞지 않는 화강암 틈새에 작은 동굴도 드러났지. 페이는 그런 동굴에 갇혔다가 다시 조수가 밀려와 익사했어."

"아, 끔찍하네요."

"맞아." 조너선이 말했고, 앨리슨은 그의 말투에서 더는 이 주제에 대해 이야기하고 싶어하지 않는다는 느낌을 받았다.

집으로 돌아온 두 사람은 거실에서 술을 한 잔 더 마셨고, 앨리슨은 벽난로 위에 걸린 페이와 조너선의 유화 초상화를 바라보며 서 있었다.

"동생이 예쁘네요." 앨리슨이 거의 혼잣말하듯 말했다.

"예뻤지." 한 손에 위스키가 담긴 유리병을 든 채 칵테일 테이블 옆에 서 있던 조너선이 말했다.

"저 사진들은 어디서 찍었어요?"

"여기가 아닌 건 확실해. 어릴 때 살았던 웨스트하트퍼드일 거야. 기억이 가물가물한데, 어머니가 우리에게 세일러복을 입히려 고집을 부렸고 난 그래도 나이를 먹었다고 너무 창피해했던 기억이 나."

"음, 둘 다 세일러복을 입은 모습이 귀여운데요. 리틀 조너선, 혹은 리틀 조니⋯⋯ 그때는 사람들이 당신을 뭐라고 불렀어요?"

"주로 잭이라고 불렀지."

"아, 그럼 언제 이름이 바뀐 거예요?"

"내가 이름을 바꾸면서."

"어릴 때는 모든 사람들이 날 앨리라고 불렀어요. 우리 아버지만 빼고요. 아버지는 항상 날 앨리슨이라고 불렀는데, 그 이름을 들으면 어른스럽고 세련된 사람이 된 기분이 들었죠. 그래서 대학에 입학했을 때 사람들에게 내 이름은 앨리슨이라고 말했고, 지금까지 그 이름으로 통해요."

"나랑 비슷하네. 하지만 난 아예 법적으로 개명했어. 부모님은 여동생의 죽음을 잘 받아들이지 못했어, 특히 우리 아버지가. 아버지는 페이가 아예 이 세상에 존재하지 않았던 척하는 게 최선이라고 생각하셨지. 난 아버지의 그런 나약한 면을 도저히 용서할 수 없었어. 그래서 가능한 한 빨리 성을 바꿔버렸지, 어머니의 결혼 전 성인 래디보로. 요즘에는 날 잭 래디보로 아는 사람도 있고, 당신처럼 조너선 그랜트로 아는 사람도 있어. 이젠 내 이름에 신경쓰지 않아. 다리 아래로 흘러간 강물처럼 다 지나간 일이야." 조너선은 유리병을 칵테일 테이블에 내려놓았다. 그는 잔에 술을 채우지 않았다.

"다리 아래로 흘러간 피처럼."

"응?"

"아버지가 자주 하던 말이에요. '다리 아래로 흘러간 피처럼 다 지나간 일이다.'"

"아버지 말이 맞아. 지금은 다 지난 일이지."

"많이 들어본 이름이에요." 앨리슨이 시선을 옆으로 돌리며 말했다.

"뭐, 내 이름?"

"네, 성이요. 아니, 이름 전체가 귀에 익어요. 잭 래디보."

"책을 한 권 쓴 적이 있는데 그 이름으로 출간했어."

"무슨 책인데요?"

"경제경영서야. 아주 잘 팔렸지만……"

"아뇨, 그 책 때문은 아닐 거예요." 앨리슨은 가장 가까이에 있는 의자에 앉았다. 파란색 바탕에 흰색 닻 무늬가 자잘하게 그려진 천을 씌운 의자였다.

잭은 앨리슨을 쳐다보며 생각했다. 그녀가 어디서 래디보라는 성을 봤는지 기억해낼까? 그 성이 그녀가 받은 명단에 있었다는 사실을 기억해낼까? 하지만 앨리슨은 와인을 한 모금 마신 뒤 빙그레 웃으며 말했다. "오늘 핼러윈이에요."

"알아. 내 코스튬이 마음에 들어?"

"뭘로 분장한 건데요?"

"인생의 겨울에 접어든 남자."

앨리슨은 아랫입술을 삐죽 내밀었다. "가을이면 몰라도 겨울은 아니에요. 아, 너무 피곤하네요. 그만 잘까요?"

"그래, 그만 자도록 하지."

3

11월 1일 화요일 오전 1시 10분

잭 래디보—앨리슨 혼을 비롯한 소수의 사람들은 부모님이 지어준 이름인 조너선 그랜트로 알고 있는—는 삐걱거리는 복도를 조심스럽게 내디디며 수년 전 아버지가 사용했던 침실로 갔다. 삼나무와 먼지 냄새가 풍기는 좁은 벽장으로 들어간 그는 벽에 박힌 두 개의 못 위에 놓인 22구경 라이플을 향해 손을 뻗었다. 라이플을 내려 장전되었는지 확인하고는 다시 침실로 돌아갔다. 앨리슨은 한 손으로 뺨을 받친 채 옆으로 누워 자고 있었다. 잭은 그녀를 내려다보았다. 직사거리에서 쏜다고 해도 그녀가 죽기 전에 통증을 느끼지 않을까 약간 걱정되었다. 총알이 두개골에 맞고 튕겨나간다는 이야기도 듣기는 했지만 그런 경우는 확실히 드물었다. 제대로 조준한다면 그런 일은 일어나지 않으리라.

앨리슨이 갑자기 깨어나지 않도록 술에 약을 탈 걸 그랬군. 조너선은 생각했다. 일전에 캐럴라인 게디스와 이선 다트에게 약을 먹였던 것처럼. 하지만 걱정하지 말자고 자신을 타일렀다. 그는 앨리슨 혼이 어떤 사람인지 잘 알게 되었는데, 그중 하나는 일단 잠들면 누가 업어가도 모른다는 사실이었다. 잭은 마음의 준비를 했다. 총구는 앨리슨에게서 5센티미터 떨어져 있었다. 잭은 그녀를 사랑하지 않았다. 사실 자신이 진정으로 사랑하는 사람이 있는지도 의문이었다. 적어도 현재 지구상에 살아 있는 사람 중에는 없었다. 그래도 앨리슨은 꽤 좋아했다.

일 년 전, 그저 앨리슨을 한번 보려고 그녀가 일하는 허접한 스테이크 하우스에 맨 처음 갔던 때를 떠올렸다. 당시 잭은 모든 계획을 완벽하게 세워두었지만 실행에 옮길지는 아직 결정하지 않은 터였다. 아홉 명의 명단도 이미 작성해두었다. 자신이 죽음의 표적이 되었다는 사실을 전혀 모르는 여덟 명의 예비 피해자. 그가 신상 정보를 얻으려고 고용한 사립 탐정은 여덟 명에 관한 방대한 파일을 건네주었다. 어떤 면에서 앨리슨 혼을 직접 보러 가는 것은 자신을 시험하고, 신의 역할을 대행하는 일이 어떤 기분인지 알아보는 한 방편이었다. 잭은 제일 좋은 정장을 차려입고 바에 앉아 입구에 서 있는 앨리슨을 바라보며 그녀를 죽이면 어떤 기분일지 상상해보려 했다. 그런데 하나뿐인 자식 그레이스가 떠올랐다. 대학을 졸업한 이듬해에 음주 운전자가 모는 차와 충돌해 죽지 않았다면 지금 앨리슨과 비슷한 나이일 것이다. 그때 그레이스는 솔트 비스트로라는 고급 프렌치 레스토랑에서 저녁 근무를 마치고 차를 몰아 귀가하던 중이었다. 그녀는 코넬대학교 4학년일 때 인턴으로 일했던 이서커의 신문사에 신입 기자로 입사한 터라 굳이 웨이트리스로 일할 필요가 없었다. 게다가 돈이 더 필요했다면 잭이 기꺼이 주었을 것이다. 하지만 그레이스는 원래 독립적인 성격이었고, 고등학교 2학년 때 뉴저지주의 한 케이터링회사에서 처음 웨이트리스로 일해본 이후로 그 일 자체를 좋아했다. 또 웨이트리스로 하룻밤에 버는 돈이 신문사에서 일주일 내내 일하고 버는 돈보다 더 많다고 말하기도 했다.

그레이스는 굉장히 예뻤고, 잭은 솔트 비스트로의 남자 손님들이 딸을 눈여겨봤을 거라고 생각했다. 그래서 딸이 밤늦게 식당을 나와 차까지 걸어가는 사이에 무슨 일이 일어나지 않을까 걱정했다. 하지만 현실에서는 우리가 걱정했던 일과 다른 일이 일어나기 마련이다. 술에 취한 운전자는 사차선 도로를 가로질러 다른 차량을 피하다가 그레이스의 폭스바겐 골프 GTI를 들이받았다. 어찌나 세게 들이받았는지 그레이스의 차는 가드레일을 뚫고 두 바퀴나 구른 뒤 쇼핑몰 주차장에 뒤집힌 채로 멈췄다. 그녀가 사는 아파트 단지에서 일 분도 채 떨어지지 않은 곳이었다.

스테이크 하우스에서 앨리슨을 지켜보던 잭은 그녀도 그레이스처럼 여기서 일하는 걸 좋아하는지 궁금해졌다. 왠지 아닐 것 같았다. 앨리슨은 마흔이 다 된 나이였지만 크롭티와 꽉 끼는 가죽 스커트가 잘 어울릴 정도로 여전히 섹시했다. 잭의 시선을 알아차린 그녀가 그를 보며 환하게 웃었다. 어쩌면 이 여자와 좀더 친해져야 할지도 몰랐다. 그게 가능하다면 말이지만. 이 여자를 죽일 생각이라면 먼저 그녀에 대해 알아가는 게 논리적으로나 도덕적으로 옳은 일일 것이다. 물론 다른 피해자들은 알고 싶은 생각이 전혀 없었는데, 어차피 그들은 그에게 미소를 지어줄 정도로 가까이 있지도 않았다.

잭은 몇 번 더 스테이크 하우스를 찾았고, 마침내 앨리슨에게 함께 와인을 마시자고 청했다. 그다음에는 자신의 정부가 되어 달라고 했다. 그 과정은 수월했다. 앨리슨은 얼굴이 예쁘고 레스토랑에서 일한다는 점을 제외하면 딸을 연상시키는 점이 하나도 없었다. 우리 모두가 그렇듯 그저 세상에 홀로 존재하는 불특정한 인간이었다. 딱히 좋은 사람도, 딱히 나쁜 사람도 아니었다. 잭은 앨리슨을 해치고 싶지 않았지만, 그래도 죽이고 싶었다. 앨리슨은 이루 말할 수 없이 복잡한 시스템의 작은 부품이었고, 잭은 이 시스템을 조정해야 했다. 이 우주의 업보가 제대로 작동하게 하는 중이었다.

잭은 라이플 총구를 앨리슨의 두개골 뒤쪽에 조심스럽게 조준하고 방아쇠를 당겼다.

하나

~~Matthew Beaumont~~

~~Jay Coates~~

~~Ethan Dart~~

~~Caroline Geddes~~

~~Frank Hopkins~~

~~Alison Horne~~

~~Arthur Kruse~~

Jack Radebaugh

~~Jessica Winslow~~

1

11월 1일 화요일 오후 3시 45분

버뮤다의 세인트조지공항에서 메인주 포틀랜드로 갈 계획이었던 잭 래디보는 행선지를 집으로 바꿨고, 승객이 반쯤 탄 에어버스 A320이 현재 브래들리국제공항을 향해 하강중이었다. 자칫하면 치명적인 실수가 될 수도 있음을 알고 있었다. 특히나 일이 거의 끝나가는 이 시점에서. 하지만 갑자기 상관없다는 생각이 들었다. 한 시간, 길어야 두 시간 정도만 웨스트하트퍼드에 머물다가 메인주로 갈 작정이었다. 적어도 그렇게 하면 자신의 차를 가져갈 수 있었다.

요즘 잭의 머릿속은 통제할 수 없는 슬라이드 쇼 같았다. 이미지와 잡념, 강박적인 생각이 난무했지만, 그는 그런 것과 함께 사는 법, 그 대부분을 통제하는 법을 배웠다. 곧 생일 케이크의 촛불을 후 불어버리듯 그 생각들을 꺼뜨릴 거라는 사실도 도움이 됐다.

잭은 공항에서 택시를 타고 웨스트하트퍼드로 갔다. 집안을 바삐 돌아다니며 춥고 바람 부는 날씨에 좀더 적합한 옷으로 갈아입었다. 버뮤다에 가져갔던 여행가방에서 몇 가지 물건을 꺼낸 다음 지하실로 내려가서 옆집 이웃을 상대하는 데 도움이 될 만한 물건 몇 개를 더 챙겼다. 그가 웨스트하트퍼드로 돌아온 진짜 이유도 그것이었다. 한 달 전, 사랑스러운 이웃 마거릿 그리고 그녀의 잘난 척하는 개자식 남편 에릭과 함께 저녁을 먹은 이후로 잭은 계속 그들을 생각했다. 에릭을 어떻게 하고 싶은지 계속 상상했다. 어쩌면 그저 긴 머리에 목이 가늘고 소심하면서도 재치 있는 마거릿이 여동생을 연상시켰기 때문일 수도 있었다. 아니면 마거릿이 좋은 사람이고 에릭은 아니기 때문일 수도 있었다. 어쩌면 평생의 과업을 완성하기 직전인 지금, 마지막으로 마거릿에게 호의나 베풀어야겠다고 생각했을 수도 있었다. 마거릿의 성이나 알고 있을까? 들은 기억이 없었다. 하지만 그녀가 도서관에서 파트타임으로 일한다고 했던 말은 기억했다. "월요일부터 수요일까지는 저녁에 일하고, 토요일에는 종일 일해요. 최악의 근무시간표죠." 잭이 그녀의 근무시간표를 기억하는 이유는 처음부터 이 일을 계획했기 때문인지도 몰랐다.

어릴 때 살았던 집을 마지막으로 잠근 뒤 이웃집으로 건너가 초인종을 눌렀다. 마거릿이 문을 열면 어떻게 하지? 그러면 잠시 집을 비울 예정이라 그냥 작별인사를 하러 왔다고 둘러댄 뒤 떠날 것이다. 이상해 보이겠지만 큰 틀에서는 상관없었다.

문을 연 사람은 에릭이었다. 헐렁한 반바지에 민소매 티셔츠를 입었고, 운동중이었는지 살갗이 땀으로 번들거렸지만 손에는 맥주 캔을 들고 있었다.

"방해해서 미안해요, 에릭. 마거릿이 집에 있나요?"

에릭은 눈을 몇 번 깜빡였다. 추측건대 잭의 이름을 기억해내려는 것이리라. 그러다 기억이 났는지 재빨리 대답했다. "미안하지만 마거릿은 출근했어요, 잭. 도서관에 갔어요."

"아, 신경쓰지 말아요. 그냥 마거릿에게 물어볼 게 있어서요. 하지만……" 잭은 잠시 머뭇거리다가 말을 이었다. "어쩌면 당신이 대신 대답해줄 수도 있겠네요. 잠깐 들어가도 될까요?"

에릭이 망설이자 잭은 기다렸다. 표정이나 현관 계단에 서 있는 자세를 바꾸지도, 사과하지도 않은 채. 마침내 에릭이 말했다. "들어오세요. 맥주 드릴까요?"

현관으로 들어서며 잭이 말했다. "아뇨, 괜찮아요. 아까도 말했듯이 오 분 정도면 됩니다."

에릭은 잭을 거실로 안내하더니 의자를 가리켰다. 잭은 의자에 앉으며 오른쪽 주머니에 손을 넣을 수 있도록 패딩을 매만졌다. 에릭은 둘 사이에 놓인 커피테이블에 맥주 캔을 내려놓고 이상한 표정을 지으며 자리에 앉았다. 처음에는 몰랐지만 잭은 이내 그 표정이 무슨 의미인지 알아냈다. 에릭은 아직 이 이웃을 어떻게 받아들여야 할지 모르는 것이었다. 잭은 한물간 노인네일까, 아니면 여전히 영향력이 있는 베스트셀러 작가, 화려한 인맥을 가진 거물일까? 에릭은 잭을 분류하려 애썼다. 그래야 그를 어떻게 대할지 알 수 있었기 때문이다.

"곧장 본론으로 들어갈게요, 에릭. 당신의 시간을 낭비하고 싶지 않으니까. 또 마거릿이 언제 올지도 모르고요." 잭이 말했다.

"아직 오려면 멀었습니다." 에릭이 말했다.

"내가 마거릿에게 물어보려던 질문은 이겁니다. 하지만 당신에게 대신 물어보죠. 어떻게 마거릿처럼 착하고 친절한 사람이 당신 같은 개자식과 결혼하게 됐을까요?"

에릭이 그 질문을 받아들이려 노력하는 동안 어색한 미소가 서서히 퍼지며 얼굴이 일그러졌다. "진담입니까?" 마침내 그가 말했다.

"진담이냐고요? 네. 난 정말 알고 싶거든요. 내 생각에 당신은 마거릿을 보며 어머니를 떠올렸을 겁니다. 아마도 당신 아버지에게 학대당했을 어머니. 혹은 마거릿이 당신을 보며 아버지를 떠올렸을지도 모르죠. 그게 아니고서는 마거릿이 왜 당신의 막말을 참는지 이해할 수가 없어요."

에릭의 목에서 시작된 진한 홍조가 얼굴까지 올라왔다. "이봐요, 잭. 안 그래도 당신이 주제도 모르고 내 아내를 짝사랑하는 게 아닌가 싶었는데 이제 확실히 알겠네요. 쫓아내기 전에 당장 내 집에서 꺼져요."

잭은 빙그레 웃으며 구스다운 패딩 주머니에 손을 넣어 토러스 44구경 매그넘 리볼버를 꺼냈다. 보스턴 외곽 교외에서 매슈 보몬트를 죽일 때 썼던 바로 그 총이었다. 그때가 몇 년 전처럼 느껴졌다. 잭은 총구를 에릭의 가슴에 겨눴다.

"성이 뭐지, 에릭? 아무래도 내가 자네 성도 모르는 것 같아."

에릭은 얼어붙은 채 리볼버에 시선을 고정하고 마치 무언가를 씹듯이 턱을 움직였다. 그러다 마침내 입을 열었다. "음."

"난 자넬 죽일 거야, 에릭. 자네 성을 알든 모르든 상관없지만 그래도 궁금해서."

에릭은 리볼버에서 잭의 얼굴로 시선을 옮기며 물었다. "왜죠?"

"왜 자넬 죽이냐고? 아니면 왜 자네 성을 알고 싶냐고? 자네를 죽이는 이유는 자네가 깡패에 겁쟁이고, 나는 그런 자네가 싫기 때문이야. 게다가 자네는 내가 좋아하는 사람과 결혼했어. 그러니 자넬 죽이면 마거릿의 삶이 나아질 거야. 아마 다른 많은 사람들의 삶도 나아지겠지. 자네를 죽이는 또다른 이유는 내가 살인에 능숙해졌기 때문이야. 그래서 인생 말년에 얻은 이 기술을 써먹어야겠다고 생각했지. 자네 표정을 보니 혼란스러운 모양이군. 그럼 간단히 말해주지. 자네가 죽는 이유는 내가 그걸 원하기 때문이야."

"저기, 잭. 만약 이게 마거릿 때문이라면…… 당신이 마거릿과 사랑에 빠졌다거나 뭐 그런 거라면 이 문제는 해결할 수 있어요. 제 말은 굳이 이렇게……"

잭은 잠시 대화를 더 이어가고 싶은 유혹을 느꼈다. 지난 이 년간 자신이 계획했던 일, 그리고 자신이 이룬 일을 이 남자에게 전부 다 말하고 싶었다. 생각만 해도 신났다, 제임스 본드 영화에 나오는 악당이 자신의 계획을 주절주절 떠들어대는 것처럼. 하지만 에릭은 건성으로 들을 터였다. 그는 벌써 목숨을 부지할 방법을 찾고 있었고, 아마 그의 몸엔 아드레날린이 넘쳐흐를 것이었다. 그래서 잭은 그의 가슴 한가운데를 쏘고, 눈처럼 새하얀 소파 위로 쓰러지는 에릭을 지켜보았다. 어리둥절한 채 고통스러워하는 그의 표정을.

잭은 일어나서 전면 내닫이창을 내다보며 길을 지나가다 총성을 들은 사람이 없는지 살폈다. 그러고는 에릭의 몸 위로 허리를 숙이고 목에 손가락 두 개를 댔다. 맥박이 뛰지 않았다. 테이블에 놓인 맥주 캔 옆에 에릭의 휴대전화가 있었다. 잠금 설정이 되어 있었지만 상관없었다. 잠겨 있어도 911에는 언제든 걸 수 있었다. 잭은 휴대전화를 앞주머니에 넣고 권총은 여행가방에 넣은 다음 집을 빠져나오다, 현관에서 허리 높이의 테이블에 쌓인 뜯지 않은 우편물더미를 보고 잠시 걸음을 멈췄다. 맨 위에 있는 편지의 수신인은 마거릿 허친슨이었고, 그 밑의 편지는 에릭 마일스였다. 마거릿은 결혼 전 성을 그대로 쓰는 걸까? 그렇다면 다행이었다. 운전면허증과 은행 계좌의 이름을 바꿀 필요가 없을 테니까.

동네에서 1.5킬로미터 정도 벗어났을 때 빨간불에 걸려 차를 세운 잭은 911에 전화했다. 마거릿 허친슨과 에릭 마일스의 주소를 알려주며 거기서 한 남자가 총에 맞았다고 말했다. 도서관 근무를 마치고 집에 돌아온 마거릿이 죽은 남편의 시신을 발견하지 않도록 해주는 것이 그가 할 수 있는 최소한의 배려였다.

84번 주간 고속도로를 타고 북쪽으로 향하면서 잭은 차창 밖으로 에릭의 휴대전화를 던졌다.

세상 사람들에게는 그저 11월의 평범한 화요일이었다. 잭은 아내를 생각했다. 지금 뭘 하고 있을까? 샤르도네를 마시며 좋아하는 초저녁 프로그램을 보고 있으리라. 〈제퍼디!〉 아니면 〈PBS 뉴스아워〉를. 경찰은 그가 한 짓을 알아낸 후에 아내를 찾아가겠지? 아내를 면담하고, 아마 그녀가 어떤 식으로든 남편을 도왔는지 알아내려 할 것이다. 적어도 왜 그가 그런 짓을 했는지 물어보리라. 아마 아내는 교모세포종*을 언급할 것이다. 그가 교모세포종 진단을 받고 치료한 뒤에 성격이 변했다고 할 것이다. 아내는 그에게도 여러 차례 그런 이야기를 했다. 그가 어딘가 달라졌다고 확신했다. 아마 아내의 말이 맞으리라. 그 특별한 시련을 겪은 뒤에 잭은 약간 변했다. 자신이 하찮은 인간일 뿐 아니라 세상 모든 사람이 하찮다는 사실을 깨달았다. 그리고, 맞다, 이 시기에 해적 협회의 아이들을 죽이고 세상을 바로잡는 환상을 품기 시작했다.

아내가 그들의 하나뿐인 딸도 언급할까? 딸이 대학을 졸업한 해에 죽었다는 사실도? 그때도 잭은 변했다. 하지만 그건 예상된 일이었다. 세상은 어리고 아름다운 사람들을 기꺼이 꺾어버린다는 사실을 잭은 두번째로 배웠다. 질서는 없고 혼돈뿐이었다. 잭은 질서를 되찾으려고 명단을 만들었지만, 아내는 그 연

* 일종의 뇌종양으로 치사율이 높다.

관성을 결코 모를 것이다. 아마 세상 누구도 모를 것이다.

잭이 윈드워드 리조트의 반쯤 빈 주차장에 들어섰을 때는 늦은 시간이었다. 차갑고 짭조름한 공기 속으로 발을 내디디자 바닷가 냄새에 늘 동반되는 묵직한 슬픔이 밀려들었다.

프런트의 젊은 여성 직원이 잭의 정보를 받아 적고 공허한 눈으로 그에게 미소를 지었다. 조너선 그랜트라는 이름으로 체크인하는 사람을 경계하라는 지침이 아직 내려오지 않은 게 확실했다. 잭은 조석표가 있는지 물었다. 직원은 책상 서랍을 뒤지더니 마침내 하나를 찾아냈다.

"낚시하러 가실 건가요, 그랜트 씨?" 그녀가 물었다.

"아뇨. 그냥 해변에 가려고요."

"이맘때가 아주 좋답니다. 사람이 없거든요." 그녀는 잭을 똑바로 바라보았지만, 이내 잭의 옆머리를 힐끔거렸다. 평소 잭은 삼 년 전 뇌수술로 인해 새살이 볼록 올라온 흉터가 가려지도록 머리를 빗는데, 오늘은 깜빡 잊고 그냥 호텔로 들어왔다.

2층으로 올라간 잭은 칙칙한 복도를 지나 객실로 갔다. 어릴 때는 이 리조트가 너무 호화로워서 넋을 잃었다. 아니면 그저 어린 나이에 이곳을 마음대로 돌아다닐 수 있다는 자유에 취했던 것일지도 모른다. 동굴 같은 식당, 조명이 은은한 라운지, 끝없이 이어진 복도. 하지만 지금은 그저 낡고 허름해 보였다. 복도에서 통조림 수프와 소독제 냄새가 났다.

객실로 들어가자 냄새가 더 지독했다. 조석표를 살펴보니 간조는 오전 한시 사십구분, 만조는 오전 일곱시 오십삼분이었다.

딱 좋았다. 그가 여기 와서 하려고 했던 일을 하기에 시간이 많지는 않았지만 이 정도면 충분했다. 잭은 맥캘란 25년산을 딴 다음 욕실에서 가져온 유리잔에 약간 따랐다. 그러고는 책상에 앉아 편지를 썼다.

자정이 조금 지나자 남은 위스키를 대학 때부터 가지고 다녔던 휴대용 순은 술병에 따르고, 리조트를 나와 뒤쪽 주차장으로 이어지는 후문으로 빠져나갔다. 텅 빈 아스팔트 도로 위로 차가운 바람이 여전히 휘파람을 불고 있었다. 조너선은 방수 부츠를 신고 기모 청바지에 두툼한 스웨터, 그 위에 패딩까지 입었다. 원래 추위라면 딱 질색이었고, 비록 그런 계획을 세우기는 했어도 날씨가 추울까 긴장되었다. 주머니에서 털모자를 꺼내 머리에 쓰고 믹맥 로드를 가로질러 방파제를 향해 단호하게 걸어갔다.

날이 좋아 하현달이 뜬 밤하늘에서 별이 쏟아질 듯했다. 축축한 바람이 패딩을 파고들었지만, 그래도 수월하게 어두운 해변을 가로질렀다. 방파제에 도착하자 위험을 무릅쓰고 잠시 손전등을 켜서 오십 년도 넘는 세월 전에 여동생이 죽도록 버려둔 장소를 찾아냈다. 이전에 여기서 프랭크 홉킨스를 기다릴 때 이곳을 둘러본 적이 있었다. 정확히 여기라고 백 퍼센트 확신할 수는 없어도 꽤 비슷했다. 성인이 비집고 들어갈 수 있을 정도로 큰 돌담 아래쪽 틈새. 잭은 틈새 안쪽을 살펴보았다. 조류 웅덩이에 달이 비쳤고, 그의 부츠가 축축한 모래를 밟자 무언가가 허둥지둥 도망쳤다.

잭은 청바지 앞주머니에서 약을 꺼내 남은 위스키와 함께 삼켰다. 그런 다음 무릎을 꿇고 해초로 뒤덮인 바위 밑으로 꿈틀꿈틀 기어들어가 딱히 편안하지는 않아도 고통스럽지 않은 자세를 취했다. 사실 바위가 드리운 어둠 속에 앉아 있는 건 생각보다 괜찮았다. 비록 얼음장처럼 차가운 물이 밀려들었다가 다시 빠져나가며 가끔씩 얼굴에 튀기는 했어도. 입술에 튄 바닷물에서 짭짤한 맛이 났다. 귀에서 들리는 굉음과 함께 바닷물이 주위의 모든 구멍을 채우고 있었다. 무언가가 목덜미를 건드렸다. 아마도 게일 것이다. 잭은 눈을 감고 페이를 생각했다. 사실 아주 피곤했다. 파도가 바위 틈새로 쏴 밀려왔다가 다시 쏴 빠져나가는 소리가 왠지 마음을 달래주었다. 쏴 밀려오고, 쏴 빠져나가고.

예상보다 춥지는 않았다. 어쩌면 바람이 들어오지 않아서일지도 몰랐다. 아니면 약과 위스키의 효과일지도. 물론 밀물이 들어올 때 의식이 없는 상태로 있는 것은 반칙이었다. 페이는 그런 호사를 누리지 못했다. 하지만 잭은 완벽한 사람이 아니었다. 한 번도 그랬던 적이 없었다.

영

~~Matthew Beaumont~~

~~Jay Coates~~

~~Ethan Dart~~

~~Caroline Geddes~~

~~Frank Hopkins~~

~~Alison Horne~~

~~Arthur Kruse~~

~~Jack Rudebaugh~~

~~Jessica Winslow~~

1

12월 2일 금요일 오후 5시 13분

샘 해밀턴은 윈드워드 라운지 바의 스툴에 올라앉아 십야드 IPA를 주문했다.

"어머, 왔어요, 샘." 셸리가 맥주를 따르며 그를 올려다보았다. "익숙한 얼굴을 보니 반갑네요. 올해 12월은 관광객들로 난리예요."

"그래요?"

"구경꾼들이 총출동했어요."

"그 사람들에게 뭐라고 해요?"

"기분 내키는 대로요. 대개는 사실대로 말하죠, 그자가 여기 온 날 난 보지 못했다고요. 하지만 재미삼아 몇 명에게는 그가 이 바에 와서 손님들의 술값을 다 냈다고 말했어요. 왠지 그랬을 것 같지 않아요? 곧 방파제로 가서 죽을 작정이었으니까."

"그랬다면 좋았겠네요."

"그렇죠. 내 말이 그 말이에요. 어차피 죽으면 가져갈 수도 없는데, 차라리 다른 사람들에게 술이나 사는 게 낫죠. 저녁 먹고 갈 거예요?"

"아직 결정 안 했어요." 샘이 말했다.

"천천히 생각해요. 오늘의 특별 요리는 줄무늬 농어 스테이크인데 토머스 말로는 꽤 괜찮대요."

셸리는 반대쪽으로 가서 중년 커플에게 와인 두 잔을 따라주었다. 그녀가 다시 오자 샘이 말했다. "셸리, 내 기억이 맞는지 모르겠는데 여기 아직 도서관이 있지 않아요?"

"도서관이요?"

"네. 일종의 셀프 대출 도서관이었어요."

"아, 맞아요. 당연하죠. 3층에 있어요."

샘은 맥주를 길게 들이켰다. 갑자기 3층으로 올라가 도서관을 둘러보고 싶은 충동이 솟구쳤다. 방금 이 리조트에 도서관이 있다는 사실이 기억난 터였다. 바닥에서 천장까지 닿는 책꽂이가 즐비한 공간으로 전부 기증받은 책이 가득 꽂혀 있었다. 윈드워드 리조트 설립자이자 프랭크 홉킨스의 아버지 머리 홉킨스가 만들었는데, 손으로 제작한 빛바랜 간판에 '머리 아저씨의 책 읽는 공간' 비슷한 이름이 적혀 있었다. 샘이 이 도서관을 아는 이유는 이삼 년 전 요크에 사는 이혼한 부동산 중개업자와 가끔씩 윈드워드에서 하룻밤을 보내곤 했기 때문이었다. 샘은 결코 이해할 수 없는 여러 이유로 그녀는 그의 집에 가려 하지 않았고, 대신 이 호텔에서 만나 겨우 한 시간 함께 있다가 그를 방에 남겨둔 채 가버렸다. 그는 이 호텔에서 자야 할 이유가 전혀 없었는데도. 그때 이 머리 아저씨의 도서관을 발견했다. 가족 단위로 온 피서객들이 이 리조트에 한 달 혹은 여름 내내 머물던 시절부터 있었던 도서관이었다.

잭 래디보의 생애 마지막날, 그는 207호에 체크인한 뒤 메모나 편지를 쓴 것이 분명했다. 책상에 펜과 백지 몇 장이 놓여 있었기 때문이다. 하지만 경찰은 아직 그가 쓴 글을 찾아내지 못했다. 현재로서는 그가 그걸 방파제에 가져갔고 그뒤 파도에 쓸려갔다는 가설이 유력했다. 하지만 샘은 고심 끝에 그 가설은 전혀 납득이 가지 않는다는 결론을 내렸다. 만약 그가 일종의 편지를—아마 자신의 죄를 고백하는 내용일 것이다—썼다면 왜 그냥 객실에 두지 않았을까. 아니면 자신이 왜 그리고 어떻게 그런 짓을 저질렀는지 설명할 필요성을 느꼈지만 막상 글을 쓴 다음에는 왠지 숨겨뒀을 수도 있다. 『그리고 아무도 없었다』의 범인처럼. 그 책에서 범인은 편지를 유리병에 넣어 바다에 던졌다. 잭 래디보도 그렇게 했을까? 아니면 다른 방식으로 숨겨뒀을까?

최근에 『그리고 아무도 없었다』를 두 번이나 다시 읽은 샘은 범인이 자신의 범죄를 완벽한 미스터리로 남겨두고 싶은 욕망과 세상으로부터 자신의 천재성을 인정받고 싶은 욕망 사이에서 갈등하는 내용을 기억했다. 샘은 자주 그 점을 생각했다. 케너윅 해변에서 방파제 아래쪽에 끼어 있던 잭 래디보의 시신이 발견된 이후로 샘은 그에 대해 많은 사실을 알게 되었다. 프랭크 홉킨스를 제외한 피해자들의 부모는 모두 예전에 윈드워드 리조트에 묵은 적이 있었다. 그리고 비록 날짜가 다 확인되지는 않았지만 잭의 동생 페이가 익사했을 당시에 그들은 이 리조트에 있었으며 본인들도 어린아이였다. 페이의 익사 사건을 가장 잘 기억하는 사람은 앨리슨 혼의 아버지 대니얼 혼이었다. 그는 사건을 수사하는 FBI 요원들에게 당시 자칭 '해적 협회'라는 아이들의 모임이 있었고, 잭과 페이도 그 일원이었다고 말했다.

"한 잔 더 드려요?" 셸리가 맥주 탭의 손잡이에 손을 올린 채 말했다.

"지금 말고 이따 다시 와서 마실게요. 일단 도서관에 가봐야겠어요. 거기 안 잠겼죠?"

"그럴 거예요. 거기 훔칠 게 뭐가 있겠어요. 책?"

도서관 문은 잠겨 있지 않았고, 샘은 전등 스위치를 찾아 문 안쪽 벽을 더듬었다. 깜빡거리는 전등 불빛에 도서관 내부가 모습을 드러냈다. 창문이 없는 공간은 일반적인 호텔 객실보다 약간 더 넓었다. 바닥을 다 덮은 암적색 카펫 위에 인조가죽을 씌운 일인용 소파 몇 개가 흩어져 있었다. 퀴퀴한 책냄새와 그보다 더 퀴퀴한 카펫냄새가 풍겼다.

샘은 서가를 시계 방향으로 훑어보기로 했다. 자신이 무엇을 찾는지 정확히 몰랐지만 보면 알 수 있기를 바랐다. 어쩌면 익사에 관한 책일 수도 있었다. 아니면 해적에 관한 책이거나. 거의 승산이 없다는 걸 샘도 알았지만, 어쩌면 잭 래디보는 정말로 자신의 죄를 고백하는 편지를 쓰고는 발견되지 않을 만한 곳에 숨겨두었을지도 모른다. 첫번째 코너엔 빛바랜 표지판에 누군가의 손글씨로 양장본 소설이라고 적혀 있었다. 책은 알파벳 순서에 따라 저자별로 정리되어 있었는데, 대다수가 사오십 년 전에 인기를 끌었던 소설이었다. 제임스 미치너와 리언 유리스의 책이 즐비했다. 서가 한 칸엔 전부 캐서린 쿡슨의 책만 꽂혀 있었다. 군데군데 좀더 최근에 출간된 책도 있었다. 존 그리셤 소설도 꽤 많았고, 스티븐 킹의 양장본은 훨씬 더 많았다.

샘은 소설에서 역사로, 이어서 전기로 넘어갔다. 그다음 코너엔 책이 아주 많았는데, 스릴러와 로맨스가 주를 이루는 문고본 소설이었다. 로스 맥도널드 코너에서 『익사하는 웅덩이』라는 책을 발견하고 얼른 꺼내 책장을 휘리릭 넘겨보았다. 아무것도 없었다.

그러다 애거사 크리스티가 떠올랐다. 시간이 좀 걸렸지만, 위쪽 칸에서 그녀의 책을 열두 권 찾아냈다. 그중에 그 책이 있었다. 『열 개의 인디언 인형』. 샘은 그 포켓북을 꺼냈다. 파란색 표지에 도끼로 목을 찍은 인디언 목각상이 그려져 있었다. 샘은 책을 털고 책장을 휘리릭 넘겨보았다. 역시 아무것도 없었다.

마지막 코너는 어린이책으로 아래쪽 몇 칸을 차지하고 있었다. 샘은 쪼그리고 앉아 책 제목을 훑어보았다. 낸시 드루와 하디 보이스의 책이 많았고, 심지어 밥시 트윈스 시리즈도 몇 권 있었다. 그림책은 책등이 너무 얇아 제목을 다 읽기 힘들다보니 어느새 대충 보고 있었다. 대부분 그가 어릴 때 읽었던 친숙한 책이었는데 그중에는 이니드 블라이턴의 『보물섬의 오인조』도 있었다. 그 책을 보니 블라이턴의 방대한 작품을 소장했던 요크셔의 외할머니 집으로 돌아간 듯했다. 샘은 이 책이 어쩌다 메인주까지 오게 됐는지 의아해하면서 책을 꺼내 책장을 넘기다가 이야기에 빠져들었지만, 서가를 마저 살펴봐야 한다고 자신을 다그쳤다. 왠지 몰라도 애거사 크리스티의 책에서 편지를 발견하지 못했으니 어린이책 코너에 숨겨져 있을 확률이 가장 높다는 생각이 들었다. 페이 그랜트의 익사 사건이 이 연쇄살인을 촉발한 원인이라면, 그 사건은 페이의 오빠 잭이 겨우 열두 살 때 일어났다. 샘은 계속 찾아보았다.

1956년에 여기 있었을 만한 책이라면 무조건 뽑아서 살펴보다가 그만 포기하려는 찰나, 눈에 익은 책등을 발견했다. 거기에는 『월트 디즈니의 피터 팬』이라고 적혀 있었다. 앨라배마주에 사는 샘의 사촌이 어릴 때 이 책을 가지고 있었다. 〈피터 팬〉 애니메이션의 개봉과 함께 출간된 책으로, 어릴 때 샘은 피터 팬과 관련된 것이라면 다 좋아했다. 그리고 이 책엔 해적이 나왔다. 뿐만 아니라 후크 선장이 타이거 릴리를 밀물이 들어올 때 익사시키려 하는 내용도 있었다. 샘은 그 장면을 잊은 적이 없었다. 그 사실이 떠오르자 심장이 좀더 빨리 뛰었다.

샘은 서가에서 책을 꺼내 펼쳤다. 접힌 종이 세 장이 책에서 스르륵 미끄러지더니 발치에 떨어졌다.

이 편지를 읽을 누군가에게

언젠가 누군가는 이 편지를 읽으리라 생각한다. 맨 처음 읽는 사람은 어쩌면 명석한 경찰관이나 연방 요원일 것이다. 혹은 오랜 세월이 흘러 누군가, 어쩌면 한 아이의 엄마가 벼룩시장에서 이 책을 골라 잊힌 사연의 한 조각인 이 편지를 발견할 수도 있고.

당신이 누구든 우선 내 악필과 앞으로 이야기할 주제에 대해 사과한다. 하지만 내가 왜 그런 짓을 했는지 설명하고 싶었다. 이해를 돕기 위해 설명하고 싶은 걸 수도 있고, 그저 나 자신에게 글로 설명하고 싶은 걸 수도 있다. 언젠가 누군가는 이 글을 읽어주길 바라지만, 설사 아무도 읽지 않는다 해도 난 끝내 모를 것이다.

그럼 시작하겠다.

1956년에 어머니는 여동생 페이와 나를 데리고 윈드워드 리조트에 갔다. 거기서 7월과 8월을 보낼 예정이었다. 당시 우리는 하트퍼드에 살았고, 주말이면 아버지가 우리와 함께 지내러 이곳으로 왔다. 당시에도 이렇게 긴 휴가를 보내는 가족은 많지 않았지만, 그런 사회적 분위기는 그 후에 곧 사라져버렸다. 요즘에는 부모가 둘 다 일자리를 유지하고 싶다면 두 달씩이나 휴가를 갈 수는 없다.

그해 여름 페이와 나는 천국에 있는 듯했다. 리조트는 해변 바로 앞에 있었고 우리는 마음껏 돌아다닐 수 있었다. 엄마와 함께 점심과 저녁을 먹기만 한다면. 리조트에는 여름을 보내러 온 아이들이 많았는데, 우린 곧 끈끈한 유대감을 형성했다. 난 그 당시를 매일 있었던 구체적인 일보다는 그때 느꼈던 감정으로 더 기억한다. 난 친구가 별로 없는 열두 살 소년이었는데, 이제 열 명이나 생긴 것이었다.

그 정도면 꽤 많은 인원이었다. 물론 그 아이들의 이름을 전부 기억하지는 못하지만, 책벌레였던 나는 일기를 꼬박꼬박 썼다. 사실 일기라기보다 기록에 가까워서, 노트에 그림을 그리고 목록, 계획, 아이디어를 빼곡히 적어넣었다. 새로 결성한 해적 협회 회원들은 저녁식사 후에 3층 도서관에서 모이곤 했는데, 그해 여름에 난 틀림없이 그 공책을 가져갔을 것이다. 왜냐하면 내가 '윈드워드 리조트 해적 협회'라는 제목 아래 회원들의 이름을 모두 적은 곳이 거기였기 때문이다.

잭 그랜트

메그 고티에

대니 혼

게리 윈즐로

데버라 매크레디

웨인 코츠

아트 크루즈

폴라 셰퍼드

프랭크 홉킨스

그 명단 아래 한 줄 띄우고 내 동생 이름 페이 그랜트를 적은 다음 옆에 견습생이라고 적었다. 해적 협회 회원들은 열 살짜리 꼬마를 우리 모임의 정회원으로 받아줄 생각이 없었다.

우리가 해적 협회라는 이름을 붙인 것이 누군가가 『피터 팬』 책을 꺼내서 보기 전이었는지 후였는지 기억나지 않는다. 다만 우리가 해적 흉내를 내기에는 다 컸다고 느꼈던 터라 좀더 세련되게 들리도록 '협회'를 붙였다는 건 기억한다. 또한 우리 모두가 그 책을 돌려가며 보던 중에 웨인 코츠가 작년 여름에 그 애니메이션을 봤다고 거짓말했던 일도 기억난다. 극장에서 그 애니메이션을 상영하지 않은 지 몇 년이나 되었다는 사실을 우리 모두 알았는데도.

하지만 페이를 우리 협회 회원으로 받아주기 위한 아이디어를 누가 냈는지는 기억나지 않는다. 페이의 양손을 묶은 다음 간조 때 비밀 동굴로 들여보냈다가 무사히 빠져나오면 받아주자고 했다. 우리가 『피터 팬』을 보는 동안 누군가 생각해낸 것이 틀림없다. 왜냐하면 후크 선장이 그 방법으로 타이거 릴리를 죽이려 했기 때문이다. 피터 팬과 후크 선장이 칼싸움을 하는 동안 타이거 릴리가 수면 위로 간신히 머리를 내밀고 있던 삽화를 난 잊지 못할 것이다. 내 무의식에 영원히 각인된 장면이다.

그런데 누군가가 그 아이디어를 내놓은 것이다.

만약 페이가 타이거 릴리처럼 밀물에서 살아남는다면 우리 해적 협회의 정회원으로 받아주자고.

우리는 그게 완벽한 통과의례라는 데 동의했다, 한 명도 빠짐없이. 도서관에서 비밀 회의를 할 때 우리는 페이에게 그 통과의례를 제안했고, 페이는 즉시 응하겠다고 말했다. 내 생각에, 아니 장담하건대 페이는 우리 협회의 정회원이 될 수만 있다면 무엇이든 동의했을 것이다.

내 기억에 이 모든 일은 단 하루 동안 일어났지만 확신할 수는 없다. 확실한 사실은 웨인 코츠에게 조석표가 있었고, 그에 따르면 오후 중반이 간조 때였다는 것이다. 점심과 저녁 사이라서 우리 모두 해변을 자유롭게 돌아다닐 수 있는 시간이었다. 내 기억엔 흐린 날인데다 비도 막 내리기 시작해 사실상 우리가 해변을 독차지했다. 대니가 반쯤 잠긴 랍스터 통발에 뒤엉켜 있던 밧줄을 가져왔지만, 처음에 페이는 손을 묶지 않겠다고 했다. 그때 한 여자아이가, 아마 메그였을 것이다, 페이에게 손을 꼭 묶을 필요는 없어도 의례에 통과하려면 동굴에 끝까지 있어야 한다고, 바닷물이 머리 위로 차오른 후에 나와야 한다고 말했다.

"일 분이라도 먼저 나오면 우리가 알 테니 넌 절대 해적이 될 수 없어."

내가 기억하기로는 그렇게 말했다. 또한 우리 모두가 페이에게 그 말을 몇 번이고 반복했던 기억도 난다. 헐렁한 원피스 수영복 차림에 몸이 뻣뻣하게 굳은 채 서 있던 페이는 눈을 휘둥그렇게 뜨고 필사적으로 언니 오빠들을 기쁘게 해주려고 열심히 고개를 끄덕였다. 긴 머리카락이 가냘픈 어깨에 찰싹 달라붙어 있었다.

우리는 페이를 둘러싼 채 만약 네가 동굴에서 일찍 나온다면, 만약 네가 겁에 질려서 바닷물이 머리 위로 차오르기도 전에 나온다면 남은 여름 내내 너와 한마디도 하지 않을 거라고 거들었다.

우리 중 누구도 다른 말을 하지 않았다.

아무도 이게 그냥 게임이라고 말해주지 않았다.

내 기억으로는 아무도 페이에게 웃어주거나 윙크하며 이건 그냥 장난이라는 힌트를 주지 않았다.

우리는 다 함께 동굴로 기어들어가는 페이를 지켜보았다. 이미 동굴 벽 아래쪽 틈새에 바닷물이 들어차고 조수 웅덩이가 생기기 시작했다. 페이는 손을 양옆에 붙인 채 등을 대고 누웠다.

우리는 깔깔 웃으며 도망쳤고, 페이를 까맣게 잊어버렸다. 그즈음에 본격적으로 비가 내리기 시작했기 때문에 우리는 리조트 게임실로 가서 오후 내내 보드게임을 했다.

늦은 오후가 돼서야 엄마가 내게 페이가 어디 있는지 아느냐고 물었다. 당연히 난 모른다고 대답했고, 해적 협회의 다른 회원들에게 우리가 페이에게 한 짓을 절대 말하면 안 된다고 재빨리 알렸다. 그때쯤에는 나도 걱정이 되었다. 나 말고 페이가 걱정되었다는 뜻이다. 하지만 무슨 이유에선지 페이는 괜찮을 거라고 생각했다. 아마 우리를 난처하게 하려고 다른 어딘가에 숨은 거라고.

페이가 실종됐다는 얘기가 빠르게 퍼졌고, 몇몇 어른들이 페이를 찾아 리조트 부지와 해변을 샅샅이 뒤졌다. 우리 패거리는 손님이 반쯤 있는 식당에 모여 우리가 한 짓을 절대 말하지 않기로 맹세했다.

해가 진 후에야 페이의 시신이 그 작은 동굴에서 발견되었다. 조수가 이미 다시 빠져나가는 중이었다.

육십 년 전 일이지만 나는 나와 그 여덟 명의 아이들이 페이에게 한 짓을 한 번도 잊은 적이 없다. 처음 계획과 달리 페이의 양손을 등뒤로 묶지는 않았지만 우리의 말만으로도 효과는 충분했다.

나는 페이의 마지막 순간을, 밀물 속에서 홀로 죽음을 맞이한 그애의 심정이 어땠을지를 평생 생각해왔다. 페이는 바위 밑에서 빠져나오려 했을까? 아니면 끝까지 기다려서 언니 오빠들에게 잘 보이자고 다짐했을까? 그애들은 이미 페이의 존재 따윈 까맣게 잊어버렸는데. 아니면 대서양의 얼음장 같은 물속에 누워 있으니 너무 추워서 몸이 움직이지 않았을 수도 있다. 페이는 죽어가며 누구를 생각했을까? 아마 우리 부모님을 생각했을 것이다. 엄마를 생각했을 것이다. 아니면 나일 수도 있다. 동생이 어디 있는지 알고 있던 오빠. 어쩌면 내가 돌아와 자신을 구해주기를 기다렸을지도 모른다.

나는 이 년 전에 해적 협회 회원들을 찾아내려고 사립 탐정을 고용했다. 놀랍게도 다들 아직 살아 있었고, 프랭크 홉킨스만 제외하고 모두 자녀가 있었다. 그 시점에 나는 계획을 구상하기 시작했다. 세상에 정의 따윈 없다는 사실을 알 정도로 나이를 먹었으니까. 나쁜 사람은 늘 처벌받지 않고, 죄 없는 사람은 지독하게 고통받는다. 페이가 죽은 후에 우리 부모님은 완전히 딴사람이 되었다. 세상에 대한 믿음을 잃었고, 두 분 다 진정한 기쁨을 두 번 다시 느끼지 못했을 것이다. 나는 페이의 죽음에 책임이 있는 사람들에게 최고의 벌이자 유일한 벌은 자식을 잃는 것이라는 결론을 내렸다.

이건 단순한 복수가 아니라 그 이상의 무언가처럼 느껴졌다. 아마 업보일 것이다. 나는 돈이 있었고, 본연의 세상이 절대 하지 않을 일을 하겠다는 의지도 있었다. 조금이나마 세상을 바로잡을 수 있었다.

이들이 열 살 혹은 열한 살 때 저지른 철없는 행동만으로 자식을 잃는다는 게 부당하지 않냐고? 당연히 부당하다. 하지만 원래 인생은 누구에게나 부당하다. 사랑하는 딸을 잃은 우리 부모님에게도 부당했고, 내게도 부당했다. 우리 딸은 한창 행복해야 할 나이에 세상을 떠났고, 이제 내 뇌는 다방면에서 내게 반기를 든다. 이에 관해서는 내 전 부인이 전부 다 말해줄 것이다.

나도 그 무고한 여덟 명을 죽이고 싶지는 않았지만, 그것만이 유일한 길이라는 결론을 내렸다. 이 행성에 거주해온 인류의 오랜 역사에서 나의 작은 보복 행위는 미미할 테지만 그래도 의미 있는 일이다. 악을 악으로 갚아봐야 좋을 게 없다고 말하는 사람이 있다면, 한 번도 억울한 일을 겪어본 적이 없는 사람이 아닐까 싶다.

이제 손이 저리고 자정도 넘었으니 빨리 마무리하겠다. 100만 달러를 여러 번 벌면 많은 일이 가능해진다. 이름을 밝힐 수는 없지만 나는 돈으로 사람을 사서 표적의 정보를 얻고 감시도 했다. 나는 그들이 어디에 있는지, 언제 어디에 갈지 다 알았다. 그들의 약점과 강점도 파악했다. 그리고 돈으로 그들에게 고통 없는 죽음도 선사할 수 있었다. 프랭크 홉킨스만 제외하고. 나는 페이가 익사한 곳 근처에서 그를 익사시켰고, 심지어 죽어가는 그의 귀에 페이의 이름까지 속삭였다.

매슈 보몬트는 데버라 매크레디의 아들이었다. 데버라는 말이 거의 없는 소심한 아이였지만 발작적으로 킥킥거리던 모습은 기억난다. 특히 페이가 마지막 안식처가 된 바위 밑으로 기어들어갈 때 킥킥거리던 그 모습이.

매슈는 꽤 부유했기 때문에 혹시 그 명단을 받고 자신을 보호하기 위해 사설 경호원을 고용하지 않을까 걱정했다. 그런 이유로 비교적 일찍 처리했다. 다트퍼드 숲에서 그의 등에 총을 쏜 사람은 나다. 수북이 쌓인 오렌지색 솔잎 위로 쓰러진 매슈는 꽤 평화로워 보였다.

아서 크루즈 주니어는 아트 크루즈의 아들이었는데, 정보원을 통해 아트가 이미 아들과 의절했다고 들었다. 아들이 게이라는 이유로. 놀랄 일도 아니었다. 해적 협회에서 가장 열성적인 파시즘 신봉자가 아트였기 때문이다. 우리가 페이의 양손을 묶지 않기로 결정했을 때 아트는 몹시 낙담했다. 그의 아들 아서는 모든 면에서 괜찮은 사람 같았다. 아들 말고 그냥 아버지를 죽일까도 생각했지만 그건 계획에 어긋나는 일이었다. 내가 내 삶에서 가장 좋아하는 한 가지가 있다면 질서였다. 그래도 아서가 고통 없이 죽도록 경찰이 집을 감시하는 동안 잠든 채 죽게 했다. 이름을 밝힐 수 없는 정보원에게 일산화탄소 용기와 기발한 타이머를 받은 덕분에 가능했다.

아서 크루즈를 죽인 뒤에는 올버니로 갔다. 제시카 윈즐로의 차에 폭발장치를 부착할 작정으로. 하지만 올버니에 도착하자마자 그녀의 집과 자동차가 매우 철저한 감시를 받고 있음을 알게 되었다. 어쨌든 그녀는 FBI 요원이었으니까. 내가 실수했다는 사실을 깨달았다. 그녀를 더 일찍 죽였어야 했다.

제시카는 게리 윈즐로가 입양한 딸이었다. 게리는 해적 협회에서 나이가 가장 많았는데, 나는 종종 그가 우리를 말렸어야 했다고 생각했다. 당연히 게리 혹은 내가. 하지만 우리는 모두 게리의 말을 따랐고, 한번은 게리가 이런 말을 했던 기억이 난다—내 기억이 틀렸을 수도 있지만—비록 우리는 해적일지라도 착한 해적이라고.

평생 성공적인 사업가이자 컨설턴트로 살면서 나는 많은 교훈을 얻었는데, 그중 하나가 모든 일을 직접 할 수는 없으며 때로는 전문가를 고용해야 한다는 것이다. 제시카를 처리하기 위해 그 교훈을 따랐다. 살인 청부업자까지 고용한 건 부끄러운 일이지만, 나는 제시카가 올버니를 떠났다는 사실을 알았다. 제시카를 찾아내 죽이려고 했다가는 누군가에게 저지당하거나 현행범으로 잡히기 십상이었다. 그래서 많은 돈을 주고 청부업자를 고용했다.

제이 코츠는 비교적 죽이기 쉬웠고, 내가 직접 처리했다. 나는 그에 대해 충분히 숙지한 터라 제이가 사이코패스인 그의 아버지와 비슷하다는 사실도 알았다. 제이가 조수에서 살아남는 통과의례를 치르기로 했을 때

웨인이 얼마나 기뻐했는지 기억난다. 또한 그 끔찍한 날 뭔가 단단히 잘못되었음을 우리 모두가 깨달은 뒤에도 그가 여전히 즐거워했던 것도.

FBI는 진짜 제이 코츠를 찾아내지 못했다. 그가 내 편지를 받기나 했는지도 의문이다. 왜냐하면 조지아주에 사는 제이 코츠가 명단을 받았다고 했다는 말을 들었기 때문이다. 어느 쪽이든 상관없었지만, 덕분에 제이를 더 수월하게 죽일 수 있었다. 나는 토요일 밤에 로스앤젤레스에서 제이를 미행하며 기회가 오기를 기다렸는데, 내가 착각한 게 아니라면 제이 역시 술에 취한 젊은 여자를 바에서부터 미행했다. 내가 제이를 죽인 덕분에 그 여자가 끔찍한 사고를 면한 게 아닐까 싶다. 내가 세상의 업보를 바로잡은 효과가 벌써 나타나는 건가?

캐럴라인 게디스는 메그 고티에(내 첫 키스 상대였는데 역시 그해 여름의 일이다)의 딸이고, 이선 다트는 폴라 셰퍼드의 아들이었다. 폴라는 우리 패거리에서 가장 조용한 아이였다. 내가 작성한 명단으로 인해 캐럴라인과 이선이 죽기 전에 함께했다는 사실이 너무나 신기하다.

그들의 죽음을 계획하기는 쉽지 않았다. 하지만 난 그들이 일리노이주 마칸다에서 만나기로 했다는 정보를 미리 입수했기에, 두 사람에게 줄 두둑한 뇌물만 준비하면 그만이었다. 한 사람은 그 지역 경찰관이고, 다른 한 사람은 내게 마스터키를 줄 롤링 브룩 산장 직원이었다. 가장 힘들었던 일은 침대 밑에 누워 그들의 마지막 순간을 듣는 것이었다. 하지만 아서 크루즈를 죽였을 때처럼 나는 이선과 캐럴라인 모두 고통 없이 죽음을 맞이하게 해줬다. 그리고 삶의 마지막 순간에 그들은 무척이나 행복했다. 어쩌면 내가 그 순간에 그들의 삶을 끝내준 것이 그들에게 좋은 일이었는지도 모른다. 내 덕분에 그들이 피하게 된 일이 뭘까? 가슴 찢어지는 이

별? 지독한 이혼? 자식을 가슴에 묻는 일? 틀림없이 그들은 내 덕분에 무언가를 겪지 않게 되었다. 행복은 언제나 일시적인 상태일 뿐이니까.

앨리슨 혼은 당연히 대니 혼의 딸이었다. 열두 살 때 페이의 죽음을 기획하는 데 일조했던 대니는 훗날 지저분한 불륜에 빠져 결국 가정을 버렸다. 자신의 어릴 적 친구가 딸과 바람을 피우고, 버뮤다에서 딸을 죽이기까지 했다는 사실이 밝혀지면 대니는 무슨 생각을 할까?

당연히 앨리슨에게는 미안하다. 버뮤다에서 그녀와 함께 지낼 수 있어서 기뻤다. 예전부터 버뮤다로 돌아가고 싶었는데, 내 뇌리에서 떠나지 않는 그 낡은 저택을 앨리슨의 시각으로 볼 수 있어서 좋았다. 또한 앨리슨에게 페이에 대해, 페이에게 벌어진 일에 대해 말할 수 있어서 좋았다. 아마 심리학자들은 내가 줄곧 그 이야기를 하고 있었던 거라고 말할 것이다. 내 모든 계획이 동생의 죽음을 세상에 알리기 위한 치밀한 방법이었다고. 또한 그들은 내가 경찰에 잡히기를 원했다고 말할 것이다. 어쩌면 그 말 역시 사실일지도 모르겠다.

이 편지에 답하지 않은 채 남겨둔 몇 가지 질문이 있음을 안다. 이를테면 왜 굳이 나한테까지 편지를 보낸 후 FBI에 윈드워드 리조트에 대한 정보를 주었을까? 그 질문에 대한 답은 나도 정말로 모르겠다. 다만 그게 옳은 일처럼 느껴졌다. 나 역시 내 동생의 죽음에 죄가 있으니 그 명단에 이름을 올려야 마땅했다. 앞으로 내가 맞이할 죽음이 그렇듯이.

아마 당신은 애초에 내가 왜 명단을 작성해 피해자들에게 보냈는지 궁금할 것이다. 그로 인해 그들을 죽이기가 더 힘들어졌고, 피해자들은 겁에 질려 마지막 순간을 맞이하게 되었으니까. 그러나 다시 한번 말하지만, 그저 그게 옳은 일 같았다. 달리 할말이 없다. 그들의 죽음은 무질서

한 세상에 질서를 되찾으려는 시도였고, 명단 자체도 그 질서의 일부였을 뿐이다. 또한 명단에 올랐다고 해봐야 그들이 이미 알았어야 마땅한 사실, 다시 말해 죽음이 우리 모두에게 다가오고 있음을 알려줬을 뿐이다.

그렇다면 하트퍼드에 살았던 내 이웃 에릭 마일스는 어떻게 된 거냐고? 내가 그자에 대해 할 수 있는 말은 그자는 어느 누구보다 죽어 마땅했다는 것뿐이다. 나를 청소부라고 생각하라. 그냥 길가에 내놓은 쓰레기 봉투를 치우는 일을 하는 게 내 직업이라고. 에릭은 그저 우연히 내 앞으로 굴러온 쓰레기였다. 그를 내 트럭에 버리는 일은 전혀 힘들지 않았다.

이제 시간이 다 된 것 같으니 더는 자아 성찰로 당신을 지루하게 하지 않겠다. 이 편지를 적절한 장소에 숨긴 다음, 남은 위스키를 들고 방파제로 갈 것이다. 곧 페이를 만나게 되리라. 천국에서 만날 거라는 뜻은 아니다. 왜냐하면 천국은 없다고 믿으니까. 그저 저세상에서 만날 것이다. 우리가 마침내 이 세상을 떠날 때 우리를 맞아주는 차갑고 텅 빈 공간.

부디 당신의 신은 당신의 영혼에 자비를 베풀기를.

진심을 담아

잭 래디보, 본명 조너선 볼랜드 그랜트

1944년 6월 21일~2014년 11월 2일

하나

~~Matthew Beaumont~~

~~Jay Coates~~

~~Ethan Dart~~

~~Caroline Geddes~~

~~Frank Hopkins~~

~~Alison Horne~~

~~Arthur Kruse~~

~~Jack Rudebaugh~~

Jessica Winslow

1

3월 19일 일요일 오전 5시 14분

그녀는 너무 오랫동안 여러 목소리를 들었기 때문에—아는 목소리도, 모르는 목소리도 있었다—이제 목소리는 아무 의미가 없어졌다. 하지만 그때 몇몇 목소리가 그녀의 의식을 뚫고 들어오더니 그중 하나가 말했다. "방금 눈을 떴어요."

어쩌면 꿈을 꾼 것일 수도 있었다.

그러다 다시 어둠 속에 있었지만 빛이 깜빡거렸다.

그녀가 어둠을 좋아하는 이유는 통증이 없기 때문이었다.

하지만 그때 아는 목소리, 엄마의 목소리가 들렸다. 말이 그녀의 머릿속에서 둥둥 떠다녔고, 예전에 눈을 떴을 때가 기억났다. 그래서 다시 떠보려고 했다. 이번에는 어둠뿐이었으나 기계음이 들렸다. 기계가 무슨 일을 하는지 몰라도 그녀가 있는 방에서 나는 소리였다.

그다음 여러 목소리가 들리고 그녀의 팔에 올린 누군가의 손이 느껴졌을 때, 그녀는 다시 눈을 떴다. 이번에는 누군가가 그녀를 바라보고 있었다. 모르는 얼굴이었지만 상대는 미소를 지었다. 어느 여성의 얼굴이었다. 헤어라인을 따라 짙은 주근깨가 있고, 턱에 면도날처럼 가느다란 흉터가 있었다. "이런, 오랜만이야." 여자가 말했다.

그후에 병상 주위로 어찌나 많은 얼굴이 몰려드는지 그들을 보는 것만으로도 행복한 동시에 피곤했다. 엄마가 옆에서 그녀의 손을 잡고 있었다.

"내가 죽었나요?" 그녀가 물었다. 목소리가 갈라져 전혀 자신의 목소리 같지 않았다. 병실에 있는 사람들 모두 웃음을 터뜨렸다. 우는 사람도 있었다.

"음, 거의 그럴 뻔했죠." 주치의가 말했다. "기억나는 거 있나요?"

그녀는 천천히 고개를 끄덕이며 기억을 설명할 수 있는 단어를 찾으려고 애썼다. 마침내 그녀가 말했다. "전 FBI에서 일해요."

"그래, 맞아, 얘야." 엄마가 말했다.

한참 후에 FBI에서 함께 일했던 걸로 기억하는 두 사람이 면회를 왔다. 기분좋은 오후였고, 그녀의 머릿속은 여러 기억으로 가득했다. 한줄기 여름 햇살이 다리를 가로질러 살갗을 따뜻하게 데워주었다.

여자의 이름은 루스 잭슨이었는데 동그란 얼굴에 목소리는 처음이었다. 남자의 이름은 에런 벌린으로 계속 뒤꿈치를 올렸다 내렸다 했다. 그녀는 자신과 저 남자가 동료 이상의 관계임을 알았다. 두 사람이 몸에 감긴 침대 시트를 풀며 한바탕 웃는 모습, 남자가 자신의 집 앞에서 현관문을 쾅쾅 두드리며 안으로 들어오려 하는 모습 등 몇몇 장면이 무작위로 계속 떠올랐다.

"좋아 보이네." 루스 잭슨이 말했다.

비꼬는 대답이 몇 개 떠올랐지만 그냥 무시하고 말했다. "고맙습니다. 당신도 좋아 보여요. 정장이 멋지네요."

루스는 미소 지었다. 그녀 옆에서 에런은 주머니에 손을 넣은 채 뒤꿈치를 올렸다가 내렸다.

"주치의 말로는 요즘 점점 기억력이 좋아지고 있다던데."

"오늘 아침에는 7학년 때 일이 전부 기억났어요. 끔찍하더라고요."

루스가 웃음을 터뜨리자 그녀는 자신이 사람들을 웃기는 걸 얼마나 좋아했는지 기억났다. "그거 유감이네. 전부 옛날 일만 기억나는 거야?"

"두 분 다 자리에 좀 앉아주실래요?" 그녀가 말했다. "얘기하는 건 좋지만, 에런, 그렇게 발꿈치를 계속 올렸다 내리니까 내가 정신이 너무 없어요."

두 요원 다 웃었고, 그녀는 그들이 한편으론 안도감이 들어 웃는 것이리라고 생각했다. 둘은 플라스틱 의자에 앉았고, 루스는 여전히 그녀와 더 가까운 곳에 있었다.

"여기 어떻게 왔는지 기억나?"

"총에 맞은 건 알아요. 근데 이유를 모르겠어요."

"으흠." 루스는 미간을 찌푸린 채 천장을 응시했다. 다음에 무슨 질문을 해야 할까 생각하듯이.

"명단에 대해 기억나는 건?"

"명단에 관한 질문을 받은 건 기억나지만 그건 여기 이 침대에서였어요. 누군가가 제게 물었는데 누구였는지 지금은 기억나지 않아요."

"아마 나였을 거야. 아직 자네가 준비가 안 됐을 때였을 테고. 하지만 그 명단이 자네가 여기 있는 이유와 연관이 있어."

"아, 그렇다면 말해주세요. 다들 제게 아무것도 말해주지 않아요. 전 계속 제가 뭔가 끔찍한 실수를 저질렀다고 생각했어요."

"자네는 아무것도 잘못하지 않았어."

그녀는 침대에서 몸을 약간 더 일으켰고, 그러자 눈이 맹렬히 깜빡거렸다. "그럼 명단에 대해 말해주세요. 제가 왜 여기 있는지도요. 듣고 싶어요."

"괜찮겠어?"

"네, 괜찮아요."

"좋아. 간단히 말해줄 테니까 피곤하거나 감당하기 힘들면 꼭 얘기해."

팔이 따끔거리자 그녀는 심호흡을 했다. "어서 말해주세요. 들어야겠어요. 어떤 이야기죠?"

"별로 좋은 이야기는 아닐 거야." 루스가 말했다.

"나쁘기만 한 이야기도 아니야." 에런이 불쑥 내뱉으며 의자를 앞으로 잡아당겼다.

그녀의 시선이 두 사람 사이를 오갔다. 그 이야기를 듣고 싶은 동시에 듣고 싶지 않았다.

"맞아. 나쁘기만 한 이야기는 아니야. 하지만 이제 서론은 그만하고 본론으로 들어갈게, 제시카. 듣고 자네 스스로 판단해." 루스가 말했다.

| 감사의 말 |

마틴 에이미스, 제인 오스틴, 대니엘 바틀릿, 로런스 블록, 앵거스 카길, 애거사 크리스티, 카스피언 데니스, 빅토리아 딜먼(제목을 지어줘서 고마워요), T. S. 엘리엇, 비앵카 플로러스, 조엘 고틀러, 존 그라인드로드, 케이틀린 해리, 데이비드 헤들리, 데이비드 하이필, 테사 제임스, 웰던 키스, 필립 라킨, 존 D. 맥도널드, 루이스 맥니스, 세라 파올로치, 소피 포르터즈, 조시 스미스, 냇 소벨, 뮤리얼 스파크, 버지니아 스탠리, 샌디 바이올렛, 주디스 웨버, 데이브 우드하우스, 아디아 라이트, 그리고 샬린 소여에게 감사의 뜻을 전한다.

옮긴이 **노진선**

숙명여자대학교 영문과를 졸업하고 외신 기자를 거쳐 전문 번역가로 활동하고 있다. 옮긴 책으로 매트 헤이그의 『미드나잇 라이브러리』, 피터 스완슨의 『죽여 마땅한 사람들』, 요 네스뵈의 『스노우맨』 『레오파드』 『네메시스』, 앨릭스 E. 해로우의 『재뉴어리의 푸른 문』, 니타 프로스의 『메이드』, 엘리자베스 길버트의 『먹고 기도하고 사랑하라』, 조디 피코의 『작지만 위대한 일들』 등 100여 권이 있다.

문학동네 세계문학

아홉 명의 목숨

초판 인쇄 2024년 8월 14일 | 초판 발행 2024년 8월 30일

지은이 피터 스완슨 | 옮긴이 노진선
책임편집 허유민 | 편집 윤정민 류현영
디자인 박현민 유현아 | 저작권 박지영 형소진 최은진 오서영
마케팅 정민호 서지화 한민아 이민경 안남영 왕지경 정경주 김수인 김혜원 김하연 김예진
브랜딩 함유지 함근아 박민재 김희숙 이송이 박다솔 조다현 정승민 배진성
제작 강신은 김동욱 이순호 | 제작처 한영문화사

펴낸곳 (주)문학동네 | 펴낸이 김소영
출판등록 1993년 10월 22일 제2003-000045호
주소 10881 경기도 파주시 회동길 210
전자우편 editor@munhak.com | 대표전화 031)955-8888 | 팩스 031)955-8855
문의전화 031)955-1927(마케팅), 031)955-2646(편집)
문학동네카페 http://cafe.naver.com/mhdn
인스타그램 @munhakdongne | 트위터 @munhakdongne
북클럽문학동네 http://bookclubmunhak.com

ISBN 979-11-416-0685-5 03840

잘못된 책은 구입하신 서점에서 교환해드립니다.
기타 교환 문의 031)955-2661, 3580

www.munhak.com